藍色の福音

若松英輔

講談社

藍色の福音

目次

第一章　5
第二章　27
第三章　51
第四章　76
第五章　99
第六章　120
第七章　141

第八章 165
第九章 188
第十章 213
第十一章 236
第十二章 264
第十三章 288
第十四章 311
第十五章 333
終章 357

カバー写真
iStock

装 幀
岡本歌織 (next door design)

第一章

未来に何が起こるかは、誰も知り得ない。

だが、あとになってみると、あのときの出来事は、のちの日々の到来を告げ知らせていたと感じることはある。何かが予告されていたにもかかわらず、見過ごしていたことを知らされるのである。

人はおそらく、幾度となく、そうしたことを繰り返す。しかし、同じ轍を踏んでいることに気がつかないこともあるだろう。

だから、いつもきまって後悔をする。ときには悔恨とはこういうことかと、生の実感を確かめることがある。分かっていたはずなのに、何もしなかった自分を恨むのである。

一つも作品を読んだこともなかったのだが、なぜか、その作家の講演会にいた。一九八八年のことだったと思う。

今となっても理由は分からない。もちろん、名の知れた人だったから興味本位で出かけただけなのかもしれないが、そうしたことをする習癖はないので、振り返ると少し奇妙な心地がする。

*

大学進学のために故郷から出てきて、東京での生活に少し慣れたころだった。それは同時にキャンパスから足が遠のき始めた時期でもあった。

大学にいても授業に出ないことは少なくなかった。どうしてなのか分からないが、教室が息苦しく感じた。高校時代とは比べものにならないほど大きな教室で行われる授業でも、寝ていたところで、誰に迷惑をかけることない場合でも、それは変わらなかった。

時間があれば、外部で行われる識者の講演会に出かけていた。当時は、新聞の木曜日の夕刊には、東京近郊で行われる催しの案内が出ていた。いわばそれが人生の時間割だった。

講演が行われたのは、千人ほどが入る会場だったように記憶している。ワインレッドの椅子と会場を照らす照明の光がいやに明るかったのが印象的だった。

大きな拍手で壇上に迎え入れられた作家は、かすれた特徴のある声で語り始めた。録音された自分の声を聞くことが、どれほど違和感のあることか。それに加えて、姿までも目にしなくてはならないなど、たまったものではない。だからあまりテレビを見なくなった、と言う。

彼は物書きになる以前、洋酒メーカーの宣伝部に勤務していたことがあり、それが縁で作家として名が知られるようになってから、古巣のテレビコマーシャルに出ていた。テレビを点けていると、宣伝が予告なく流れ始める。油断していると、自分の姿と声に心をかき乱される、という。

何とも他愛のない話なのだが、話しぶりが見事で、彼の読者ではなくても引き込まれていた。次は何を話すのか、と待ち構えていたら、時間が来たのでこの辺で話を終わりにする、ということになっていたので、ずいぶんと楽しんだのだと思う。

とはいえ、何が話されたのかはほとんど覚えていない。ただ、作家が冗談まじりの話し方で、しかし、どこか告白めいた語り口で話した一言が妙に強く記憶に残った。五十歳を過ぎると誰もが自伝を書いてみたいという衝動に駆られる、と語ったのである。ほどなくして彼は病のために急逝した。

この作家とは開高健である。

ずいぶん時間が経過して、これも何が契機だったのか、彼の作品を読むようになった。小説家としても秀でているが、じつに優れた散文の書き手でもありエッセイも好んで読んだ。よき書き手でもあるが、異能の読み手であることを知った。

作家は、釣りと食事をこよなく愛したが、その触覚はそのまま読書においても生きている。良き本を探し出し、その美味を味わうのである。この作家の秘密にふれた、そう思ったのは、『星の王子さま』の作者、アントワーヌ・ド・サン＝テグジュペリの別な作品をめぐって語ったあるエッセイの一節にふれたときだった。

「夜間飛行」は、書かれてないものが魅力になっている名文なんです。つまり、空。空中の一点として漂っている人物。

（「書物の狩人」『オール ウェイズ 上』）

何気ない言葉だが、この作家にとって「読む」とは、目に見える文字の奥に、不可視な文字を見ることにほかならないことが、じつに端的に表現されている。

書かれているものを文字通り読むこと、それは研究の基本だろうが、この作家にとって読書は、意味を味わうことだったから、書かれているものをなぞったところで、それは食べ物を噛まないで飲み込むようなもので、楽しみもよろこびもない営みに過ぎなかった。

「書かれていない」ものを読む。それが「読む」ということの秘義である。こうした経験に裏打ちされた自覚がある作家にとって、「書く」とき、文字の奥に書き得ないものを潜ませることになるのは自然なことだろう。

同時代の――現代もまた――多くの作家たちが、どう書こうかと苦心するなかで、この作家は、それ以前に、いかに書き得ないものを言葉に秘めることができるかを考えていた。

読める言葉だけの文学は、時代とともに消えゆく。しかし、目に映らない言葉を蔵した文学は、過ぎゆく時間の波に抗って生き抜くのかもしれない。

講演を聞いたあとで調べたことだが、その二年前、作家は『耳の物語』という二部作の音の自伝というべき作品を世に送り出し、前年に大きな文学賞を受賞していた。ただ、彼がいう自伝とは、自分がどんなことを成し遂げたかを語る、人生の履歴書のたぐいの作品ではなかった。

彼にとって自伝を書くとは、何に遭遇し、何を見出したかよりも、何を見出し得なかったのかを確かめることに重きが置かれていた。巡り会いながらもその意味を十分に受け取ることができなかったもの、それを「書く」という営為を通じて、今によみがえらせることだった。それは人生からの見えない手紙を受け取り直すことだといってもよい。この作品の冒頭、作家は世の中にはさまざまな自伝があると述べ、こう続けた。

一人は昔の香水瓶から過去をとりだした。もう一人はお茶碗からとりだした。ほかに、酒瓶からとりだしたのもいるし、タバコからとりだしたのもいる。

（『破れた繭　耳の物語 1』）

香水瓶から放たれた芳香に過去への扉を見出したのは詩人のボードレールだった。茶碗にそれを発見したのは、マルセル・プルーストである。さまざまな嗜好品は、それぞれの感覚と分かちがたくつながっている。作家は音を選んだ。頭で記憶できないことも、耳はしっかりと覚えている。すべてが音、あるいは耳をめぐることがらでなくても、音が扉となって、現存する過去へとつながる。そうした路の存在を書くことで確かめようとした。彼にとっては音の記憶こそ、もっとも確かな、そして、切実なものだった。

ただ、音は音としてのみ存在していたのではない。この作品を書く契機になった「音」はしばしば「光景」となって訪れた。

夢ではない。それは睡眠中ではなく、目覚めているときにも訪れる。だが、たいていの場合「けだるい半覚半醒の時刻を選んでこの光景は出現する」のだった。それは痛みのある音楽というべきものだった。

その、肉と知の、外と内の、沈と昇の、潜在意識と顕在意識のせめぎあいの、どうかしたたまゆらの空白の瞬間、しばしばこの光景の訪問をうけ、そのたび毛布のなかで音楽を痛覚させられたことであった。

（同前）

痛覚とは、一種の比喩に過ぎないと読むこともできる。だが、それだけの経験ならば『耳の物語』が生まれることはなかっただろう。それはやはり、胸が痛むというときの、もう一つの、魂の痛覚と呼ぶべきものと無関係のものではなかった。

この光景は、いつ訪れるかは分からない。それは「ある都市の、下町である。長屋や、商店や、寺や、小さなビルのひしめきあう、繁華な下町の夕景色」だった。同じ夢を見ることがあるように、同じ光景が心を過ぎ行く。それだけなら作家も、音の自伝を書くには至らなかっただろう。

それは、いわゆる心象風景であるだけでなく「音楽」であり、さらには、強い音が私たちの身体を揺らすようにある「感触」すらもたらす。比喩ではない。「ひとりではなくて、誰かに手を引かれている感触がある」と書いている。それとの遭遇を否もうにも、否定しがたく、抗いがたいまでの現実味があった。

何の予告もなく、光景が現れるたび、作家は複数の感覚を同時的、重層的に刺戟され、不可逆の時間の世界から、その秩序を脱した「時」の世界に連れ戻される。それが何であるのかを探究するまで、光景の出現が止むことはなかった。

「光景」という言葉を作家が選んでいることにも注意が必要なのかもしれない。それは景色ではないのだ。光景という言葉には、景色にはない象徴性がある。光景という表現は、目というよりも、もう一つの「眼」で見ているという手応えを感じさせる。

目は肉眼だが、眼には肉眼を超えたものを指す意味がある。仏教では「五眼（ごげん）」を説く。ものを見る「肉眼（にくげん）」、不可視なものも見る「天眼」、一切は「空」であるという智慧を見通す「慧眼（えげん）」、菩薩に宿る一切の法を正しく捉える「法眼」、そして以上の四つを備えた仏の眼である「仏眼」である。

慧眼以降の眼は、常人には測りがたく、ここで語るのにも気が引ける。しかし「天眼」の有無はこの作家が試みた自伝を強く想起させる。「天眼」に似た言葉で「天耳（てんに）」という言葉があるからだ。天眼が不可視なものを見るのと同じく、天耳は、耳には聞こえない音をも聴く。

音楽である光景、あるいは光景である音楽といってもよいかもしれない。それはどうしても言葉で受け止めることはできない。その正体を見極めようと音符を記す五線紙を手にしたことすらあった。

光景はまざまざと肉眼視できながら音楽なのだ。三十年か四十年にわたって、それに何度、心身を浸したことか、数えようもないが、ついにペンでとらえることはできなかった。それは聞く光景であり、見る音楽でもあったわけだが、一度として書くことができなかった。せめて五線紙にといらだったことは何度となくあったけれど、楽譜を読むこともできなければ書くこともできないものにとっては記述のしようがないのだった。

（『破れた繭　耳の物語 1』）

光景のイマージュを絵画にしたところで問題は解決することはなかっただろう。どんな工夫を凝らして光景を視覚化しても、あるいは聴覚化しても、その本質にふれたことにはならない。それは常に現象に過ぎない。作家に促されていたのは、複雑な現象を解明することではなかった。その奥にたゆたっている彼自身の生涯の秘密をかいま見ることだった。

この自伝にはじつに淡白な「あとがき」が付されていて、五十歳という年齢のことにも言及されている。

人間五十になると誰でも自伝を書きたくなるというどこかで読んだ格言をたよりにし

つつペンを進めた。

（『夜と陽炎　耳の物語 2』）

年齢と自伝のことについて作家は、ほかのエッセイでも書いている。そこでは格言とは書いていないが、この言葉に励ましを受けたとも述べている。今から考えてみると、作家が格言だと書いていること自体が「物語」なのかもしれない。

作家本人はいつか、どこかで読んだ格言だと信じ込んでいたのかもしれないが、読者には、その格言は、いつからか作家の内心で育ち始めた運命の声のようにも感じられる。

運命は、前ぶれなく、外部から人生を訪れる。多くの人はそう信じている。運命の出会いという月並みな言葉の背後にも何らかのはたらきがそれを促している、と思っている。だが、それとはまったく異なる運命観を持った人がいる。

詩人のライナー・マリア・リルケは、一九〇四年八月十二日、これから本格的に詩を書いていきたいと思っているフランツ・クサーファー・カプスという若者に送った手紙で、運命とは何かをめぐって次のように書いている。

〔……〕私たちが運命と呼ぶものが、人間の内部から出てくるものであって、外から人間の中へはいってくるものではないということも次第々々に認識するようになるでしょう。

（『若き詩人への手紙』）

年齢を重ねるということは、内なる運命との関係を深めていくことにほかならない。運命という言葉を誰がつくったのかは知らないが、この言葉そのものが、リルケの言葉に真実があることを告げているのかもしれない。それはどこからか訪れた事件のことではなく、「命（いのち）」と呼ぶべき何ものかが、人生の現場に運んできたものだというのだろう。

こうして考えてみると、運命だけでなく、宿命、天命、使命という言葉も同様に読めてくる。それは外部からの介入ではなく、内なるものの開花だということになる。だが、人はそのことを知ることなく、日々を過ごす。先の一節のあとにリルケはその理由を記している。

ただ、たいていの人間はその運命を、それが彼らの内部に住んでいるあいだに、それを跡方もなく吸収し尽さず、自己自身へと変化させなかったからこそ、自分自身から出てくるものをそれと認めることができなかったのです。彼らにとって、それはまことに未知のものに思えるので、ただ驚き慌（あわ）てるばかりで、それが今はじめて自分の中へはいってきたばかりにちがいないと思ったのです。

耳には聞こえない運命の声を聞き損ねている。それが多くの者たちの日常だと詩人はいう。

リルケにとって詩人の役割とは、聞くべき声は内部から発せられることを世に告げ知らせることだった。そして、生の秘密もまた、その種子も萌芽も、外ではなく、人の内なる世界に探さねばならないと、語り続けることだった。

『耳の物語』を書いた作家にとってもまた、「音」とは、鼓膜を揺らすものばかりではなかった。先に「あとがき」のほかにも年齢と自伝の関係にふれた一文があるといったが、そこには次のように記されている。

〔自伝を書くことは決めたが〕ただし、一人の男の耳にのこった音や、声や、音楽や、音なき音の記憶でそれをつづることとした。

（「馬を走らせてか馬をおりてか？……」『オール ウェイズ 下』）

「音なき音」、これこそリルケのいう運命の声であり、天耳にとっての「音」である。『耳の物語』に記されているのも音の記憶だけではない。音の彼方にある沈黙の記憶もまた、刻まれている。

生きるとは、「音なき音」を受け止めることだともいえるが、聞き逃すことだともいえる。聞き逃したことに気がつかず、聞いたことだけを書き連らねた自伝も世の中にはある。「自伝、信ずべからず、他伝、信ずべからず」ともいうが、それは、単に伝記というものは自伝であれ、他伝であれ、虚飾が伴うというだけでなく、人生の「音なき音」の存在にすら気がつかない者たちが書いた言葉には、不可避的な欠落がある、という警句でもあるのだろう。

そう考えてみると、五十歳という年齢は、多くの人にとって、受け取り損ねた「音なき音」を聞き直す時期なのかもしれないと思えてくる。受け止められるのがわずかだとしてもすべてを手放すよりはよい。

開高が音によって試みたことを匂いに導かれながら行った作家がいる。須賀敦子である。彼女だけでなく、そもそも匂いと記憶は関係が深い。

このことは誰もが日常生活で時折、経験する。ある香りが数十年の時の壁を突破するようなことは珍しくない。だが、須賀と匂いの関係はそこに留まらなかった。そもそも、彼女がいう匂いは、先に見たボードレールがいう香りと無縁ではないが、やはり似て非なるものだった。作家としての最初の作品『ミラノ 霧の風景』で須賀は、薫りが匂いへと変貌していく様子を描き出している。

パリからペルージャに着いた日、この薫りが小さな町ぜんたいに漂っていて、むせるような、とはこんなことかと思ったものだった。ほとんど目に見えないところで咲いているこの花の匂いは、記憶の中でだんだんと凝縮され、象徴化されていって、もうおそらく、たとえなにかの魔法で一九五四年六月三十日のペルージャに戻ることができても、あれとおなじ匂いに再会することはできないだろう。

薫りは、凝縮と象徴化を経て「匂い」になる。それはすでに薫りを知覚した時とは全く異なる次元での出来事になっている。薫りは消える。しかし、匂いは消えないばかりか彼女のなかで深化を続ける。昔の人は、日の光が何かを照らすことを「匂ふ（にほふ）」と書いた。ここでの光は、開高健が用いた光景における「光」と無関係ではない。目は景色を見るが、眼は光と共に光景を見る。須賀敦子はそれを薫りから匂いへ昇華させる道程で経験した。彼女は自らの作品を物語とも小説とも呼ばなかったから、同時代の読者たちは、それは事実が記されたエッセイだと信じていた。

だが、事実はそう単純ではなかった。彼女が、彼女自身の言葉を借りれば、「虚構」のちからによって作品をつむぎ始めたのは、少し遅く、六十歳を越えてからだった。彼女こそ、開高健がいう意味ですべての作品を「物語」として、かつ自伝的に書き得た人だった。

二人の作家は人生を回想したのではない。今、過去を経験し直すように書いたのである。筆致は当然ながら、始まりから終わりへ向かって流れる、不可逆であるはずの時間の理を突破していこうとする。時が交錯する。

それは自伝的小説などという表現が似つかわしくないもの、文学ではあるが、ジャンル分けされることを拒むような作品だった。

開高の講演から三年後、一九九一年の秋、あるいは初冬だったかもしれない。大学である作家の講演会が催された。授業では遠のく足も、この日ばかりは文字通り、足早に会場に向かった。最前列ではないものの、前方のあまり人がいない場所に陣取った。

この日の講演者は二名で、最初に話したのは大学の教師だった。その話が終わりに近づいたときだった。講演者がまとめに入ろうとしていたとき、後ろから話しかけてくる人がいた。

「必ずしもそうとはいえないね。正しいなんて当てにならないだろ」

誰だと思って振り向いたら、周りに人は誰も座っていなかった。そこにいたのは次の講演者である作家の安岡章太郎だった。

これが作家との初めての邂逅で、その後、幾度も会い、また、話をすることになるのだが、それは今の問題ではない。

何と返事をしたのか、まったく覚えていないのだが、講演中にもかかわらず、二、三言葉を交わしたことが強く記憶に残っている。このときが、生身の作家にふれた最初の経験だった。作家というのは本当に存在しているのだ、という得体の知れない気持ちに包まれた。帰り際、大学近くの書店によって、この作家の最新刊を買い、すぐに読んだ。真の出来事はこのときに起こった。『夕陽の河岸』という作品集の「あとがき」には、この作家の文学観がじつに端的に記されていた。

ここに収めたのは、六編の短編小説と四編の随筆（小品文）である。しかし、これらの文章の中でも、どれを小説に、どれを随筆に分けていいか、私自身、判断をつけかねている。小説として読めば読めないこともないが、作者個人の思い出、ないしは雑感として読んで貰っても結構である。

勿論、こういう結果になったのは主として私の物臭のためである。しかし文学を、いちいち小説とか随筆とかに分類することにどれほどの意義があるか、そういう疑念が私の中で年毎に強くなっていることも、またたしかである。

須賀敦子にも同様の思いがあったことは、その作品が証ししている。この文章にふれてから三十年の歳月が経った。振り返ってみるまでもなく、およそ様式によって文学を区分することの無意味さを語った安岡の告白は、いつも胸中のどこかにあった。そして、そのように書いてきたようにも思う。だが、五十歳を越えたころから、開高と安岡、そして須賀の言葉が別種の重みをもってよみがえってきた。

『論語』は五十歳を「知命」の年齢だというが、何が自分の運命かも天命なのかもわからないままだ。しかし、作家の語ったことは本当だった。自伝を書いてみたいという衝動を抑えることができない。

感覚は五つある、とされている。聴覚、嗅覚、視覚、触覚、味覚。このなかから自分に親しい感覚を選ぶところから始めようかと考えたこともあるが、すぐに無理なことが分かった。開高や須賀のように切実な経験と五感が結びついていないのである。

だが、人間の感覚は、五感に収まらないという人物もいる。シュタイナー教育の創始者でもあるルドルフ・シュタイナーだ。彼は五感のほかにも生命感覚、均衡感覚、熱感覚、個体感覚、概念感覚、運動感覚、そして言語感覚の七つを加えた十二感覚を提唱した。

シュタイナーのいう言語感覚は、文字や声に置き換えることのできるものを感じる力だけを指すのではない。開高が音とともに「音なき音」を感じ、須賀が、薫りの彼方に「匂い」をつかんでいたように、言語という枠組みを超えた意味の顕われ、哲学者の井筒俊彦がいう「コトバ」の感覚にほかならない。

言語を学べば言葉を理解できるようになる。だが、コトバはそうはいかない。コトバの訪れを見過ごさないためにはいくつもの門をくぐらねばならないのかもしれない。出会った言葉は、書物で確認することができる。しかし、通り過ぎたコトバと再び向き合うには、開高や須賀とは別種な方法で、自らの生涯をたどり直してみるしかないのかもしれない。

これまで見て来て分かるように、そうした態度で書かれた作品は、安岡がいうように「小説とか随筆とかに分類すること」が困難なものになるのも自然なことのように感じている。

*

「よかったらこの本を読んでください」という簡単なメモを書いた紙片とともに一冊の本を彼女の机の上においた。東京の端にある育児用品メーカーの営業所でのことだった。

誰にも見られまいと、誰よりも早く出勤をした。珍しいことだった。始業時間のぎりぎりに席につく、というのが毎日だったのである。

営業マンだったから、寝坊をすれば、客先に直行していたが連絡するのを忘れていたと、偽りの事後報告をすることもしばしばあった。

初夏の日のことだった。光が、嗅覚とは異なる場所を刺戟するような「匂い」のようなものを発していたのを「見た」ように感じた。

匂いを「見る」などということは現代の文法では意味をなさない。だが、「見ゆ」という言葉も、古代では、肉眼で物を見ることではなく、目に見えないものを感じることを表わすものだった。このことを、ずいぶんあとで知り、自分の経験を簡単に手放してはならないと心に決めた。

渡した本は遠藤周作の『深い河（ディープ・リバー）』だった。刊行されて、さほど時間は経っていなかったように思う。

「七年ぶりの純文学書き下ろし作品」ということだけでなく、この作家が、いつも出していた版元とは異なるところから出版されていたことも、この作家を知る人のあいだでは話題になっていた。

この本を選んだのも深い訳があってのことではなかった。自分はこうした作家を好んでいる、ということを伝えたかっただけだったのである。

物書きになりたかったが、なれないでいた。書いたものが少し活字になったことはあったが、社会に出て、働き始めると途端に書けなくなった。

当初は、書けないのではなく、書かないのだと思い込んでいた。だが、それが自分についている嘘であることも、自分が書く言葉は、学生にしては面白い、という程度のものでしかないことも、内心ではよく分かっていた。物書きらしく振る舞う、それが、自分らしくあることだった。いつわりではない。「らしく」振る舞わねばならないのは、それを実現できていない者がつかみ取った人生の逃げ口だからである。

この小説のはじまりには次のような一節がある。「ここが……癌です。ここにも転移しています」、と書かれたあと次のような言葉が続く。


「手術はもうむつかしいと思います」と彼は抑揚のない声で説明した。「抗癌剤を投与し放射線を当ててはみますが」

「あと」と磯辺は息をのんでたずねた。「どのくらいでしょうか」

「三ヵ月ぐらい」と医師は眼をそらせた。「よくて四ヵ月」

「苦しむでしょうか」

「モルヒネで肉体的な苦痛はある程度除去できます」

しばらく二人の間に沈黙が続き、磯辺が、

「丸山ワクチンを使って、いいでしょうか。そのほか漢方も」

「結構ですよ。よいとお思いのどんな民間薬でも使用されて結構ですよ」

医者が素直に承諾してくれたということは、もう手のうち様のないことを暗示していた。

沈黙がまた続く。耐えられず磯辺は立ちあがると、医師はレントゲンの方にもう一度、体を向けたが回転椅子の嫌な軋(きし)みが磯辺には妻の死の予告に聞こえた。

磯辺は、この作品の主人公である。彼は医師から妻が癌を患っていること、そして、西洋医学の知見によれば、妻の余命が長くないことを告げられる。

あの日、この本を机の上に置いたとき、のちに自分が、これとほとんど同じ経験をすることになるとは思いもしなかった。三年後に結婚、妻が亡くなったのはそれから十五年後のことだった。今でもなぜ、この小説でなくてはならなかったのかの理由が分からない。解答などないことも分かってはいるが、その場所を掘らずにはいられない。磯辺の妻が亡くなる場面を遠藤はこう書いた。


「俺だ、俺。わかるか」

磯辺は妻の口に耳を近かづけた。息たえだえの声が必死に、途切れ途切れに何か言っている。

「わたくし……必ず……生れかわるから、この世界の何処かに。探して……わたくしを見つけて……約束よ、約束よ」

約束よ、約束よという最後の声だけは妻の必死の願望をこめたのか、他の言葉より強かった。

必ず「生れかわる」という妻の言葉を頼りに磯辺は旅を始め、その足はインドにまで及ぶことになる。

病院での告知の場面は、ほとんどわがことを見るようだったが、臨終の光景は違う。「生れかわる」と記されていたことは、いわゆる輪廻転生ではなかった。だが、磯辺の妻が嘘を語ったのでもない。この矛盾のなかに、磯辺とは異なる道程を経て、何かを見出さなくてはならなかった、という意味では同質の経験をしたといえるのかもしれない。

ただ、その旅はまだ、終わっていない。むしろ、磯辺がそうだったように、言葉の奥に、コトバを読み取る、その彼方にあるものを見定めるために何かを書こうとしているのかもしれない。

未知の人でも手紙を出せば、返事がくることがあるかもしれない。会うことはできなかったとしても、手紙でならば、つながることができるかもしれない。そう思ったのは、『耳の物語』の作家の講演を聞いてしばらく経ったころだった。何か重大な発見をしたかのようにそんな思いに包まれたのを覚えている。宛先は決まっていた。のちに『深い河』の作者になる小説家に便箋に筆圧の強い文字で手紙を書き送ったのである。

第二章

あるときまで、詩は読むことにも書くことにも関心がなかったので、『若き詩人への手紙』はリルケの創作だと思っていた。それが名実ともに手紙であることを知ったのは東日本大震災のあとだった。だがリルケにも、詩にも興味がないはずなのに、この本はなぜか、十代のころから書棚にあった。

人は、未読の本からも影響を受ける。日々、本の姿を眺めつつ、いつかその本を手にする日がくることを予感しながら、その関係を味わうのである。さらにいえば、その書名、本の佇（たたず）まい、そして、それを買おうとした内心からの促しによって、少しずつ人生を変えられている。

読む日が到来する。それは人生が変わるときでもある。そうした経験は一度ならずある。『若き詩人への手紙』はそうした一冊だった。若者に送った最初の手紙でリルケは、「書く」という営みをめぐって、次のように書き送っている。

> あなたが書かずにいられない根拠を深くさぐって下さい。それがあなたの心の最も深い所に根を張っているかどうかをしらべてごらんなさい。もしもあなたが書くことを止められたら、死ななければならないかどうか、自分自身に告白して下さい。何よりもまず、あなたの夜の最もしずかな時刻に、自分自身に尋ねてごらんなさい、私は書かなければならないかと。深い答えを求めて自己の内へ内へと掘り下げてごらんなさい。そしてもしこの答えが肯定的であるならば、もしあなたが力強い単純な一語、「私は書かなければならぬ」をもって、あの真剣な問いに答えることができるならば、そのときはあなたの生涯をこの必然に従って打ちたてて下さい。

出会ってしまったら、それをなかったことにできない。それが邂逅というべきものである、と唐木順三が『詩とデカダンス』で書いているが、文字通り邂逅を経験した。

リルケに詩を送った若者は、書きたいと強く思っている。しかし、「書かなければならない」か、と問われれば、答えに窮しただろう。若者でなくても、リルケからこんな手紙を書き送られれば、確かな決意も揺らぎ始めて当然だ。

初めて文章が活字になったのは比較的早かった。一九九一年の春だから二十二歳の半ばである。それからも二、三文章を書いたが続かなかった。大学を卒業して、本格的に書くことになるのは二〇〇七年の春である。およそ十六年間、書けない日が続いたことになる。

書けないのではない。書かないだけだと自分に言い聞かせていたが、もう一段深いところでは、言葉に見放されたような心地でいた。書かずともよい日々が続いていたのである。

書けないときは、将来自分が何を書くかの計画書のようなものを作っていた。だが、そうしたことは「書く」という営為とはまったく関係がない。

リルケがいうように「書く」とは、書かずには生きていけない主題を身に宿している者にとっては労働になる。労働は何ものかに対する義務である。生きるということが、人生に対しての義務であるように。アランは『幸福論』で、幸福になるのは人間にとって義務であると書いている。労働は、いのちの義務だといってよい。いのちがそれを行うことを強く求めてくる。労働はその人自身の生に直結するものであり、生への義務を果たすことを意味する。病を背負えば仕事はできなくなる。しかし、病の治癒を願いつつ、時を生きることは、ある人にとっては、ほとんど神聖なる義務になる。

仕事は世間で行うことだろうが、労働は違う。だが、書きたいと思っているだけのとき、それは必ずしも生の義務であるとは限らない。

先のリルケの言葉を読んだのは、ようやく書く機会が与えられるようになった頃だった。書きたいことはいくらでもある。だが、「書かなければならない」のかはまったく自信がなかった。真剣に文章を書くようになったのは、探している言葉が、どこを探してもなかったからなのかもしれない。

＊

『深い河（ディープ・リバー）』の主人公のひとり、磯辺は、がんのために妻を喪う。その後、小説の光景に近しい経験をしなくてはならなかったことは先にふれた。

不治の病で伴侶を喪う話はほかにもある。ことさらこの小説に人生をかさねなくてもよいというようにも考え得る。だが、それを強く拒む声も内から響いてくる。

なぜ、将来の伴侶にこの本を渡さなくてはならなかったか。

どこを探しても明確な理由には出会えないことも分かっている。それでもなお十年間、それを探し続けている自分がいる。

何度も打ち消そうとしながらも、この謎から逃れられなくなったのは、ある日、次の一節を目にしたからだった。

延命医学を主流とする日本の病院では、一日でも患者の生命を引きのばすことを方針としている。磯辺の心にも結局はこんな治療では助からないのだと承知していても、妻に一時間でも一分でも長く生きてほしい気持がかくれている。しかし、夫に申しわけないとおもってか、痛いと口に出すまいと歯を食いしばっている啓子の忍耐を思うと、彼は「もういい、もういい」と言ってやりたかった。

妻に一日でも長く生きてほしい、と磯辺は願っている。だがそれと同時に、妻が苦しむ姿を見るのが耐えられない。どちらであれ、この男は自分の視界に入っている事実が現実だと思っている。男にそれ以上のことを考える余裕はない。妻を哀れむ彼の気持ちに偽りはない。だが、このときの彼はまだ、なぜ、彼女が病と闘っているのかを理解できていない。

告知はされていないが、妻は自分の状態を理解している。妻の闘いは別なところにあった。没後、磯辺は妻の手記を見つける。そこに次のような言葉が記されていた。

わたくしが去ったあと、誰にも世話されぬ不器用な主人を思うと……気が気でない。

妻は、自分のために生きているのではなかった。夫のためにこそ生きていたのである。自分がいなくなれば夫は、耐えがたい孤独を生きなくてはならなくなる。彼女の心痛の原因はそこにあった。彼女の闘いは、夫を襲う孤独という得体の知れないものとのあいだに繰り広げられていたのである。傍目には、献身的に介護する磯辺の姿が映ったかもしれない。だが、真の意味で護ったのは妻なのである。余命が限られた人に守護されながら磯辺は、愛する者との別れを経験した。そう書いても、この作品の作者は、曲解だとはいわないだろう。彼自身が、この妻が、得体の知れない何ものかと静かに闘う姿を描き出しているからである。

「ふしぎな事があったの」

何か遠くでも見るように啓子は夫に言った。

「今、点滴を受けたあと、眠ってしまったら、夢のなかで、家の茶の間が出てきて、うしろ姿のあなたが見えたのよ。あなたったら、台所でお湯を沸かしてそのままガスの火を消さずに寝支度を始めるんですもの。わたくし、薬缶が空焚きになって火事になると必死に叫ぶのよ……知らん顔をしているんですもの。何度も何度も叫んだわ。だけど、あなた、寝室の灯をけして……」

しゃべっている妻の唇の開閉を磯辺は直視していた。夢の内容が事実だったからだ。

昨夜、寝室の電気を消して眠りに入った時、彼は何とも言えぬ胸騒ぎを感じて眼をあけた。瞬間、台所のガスをつけたままだったのに気づき、反射的に飛び起きた。台所に駆け込むと薬缶は鬼灯（ほおずき）のように真赤になっていた。

「本当か」

「本当よ。どうして」

彼が正直に告白すると、啓子は緊張した顔で聞いていたが、

「わたくし、まだ役にたつんだわ」

と夢からさめたような表情で眩いた。

よくできた作り話である、あるいは単なる偶然であるという者は、この小説を読んでも物語の表層をなでるだけで終わるかもしれない。

この作品を書くとき作家は、世の人が偶然という符牒とともに黙殺する出来事にも容易に語り得ない意味があるという実感を生きていた。むしろ、そうした説明しがたいことを「物語」のちからによって描き出そうとしたのが作品を書く、重要な動機の一つだった。

妻は不思議な現象を察知したいのではない。夫に迫りくる危機を、いつものように鋭敏に感じていたいと願っていただけだ。十分に体が動くときなら、彼女は躊躇なく行動しただろう。しかし、現実がそれを許さない。

ある感覚が不自由になるとき、ほかの感覚がそれを補うことがある。次の記述もその一

つだろう。ここでの「或る者」たちは目が見えない。そうした人たちが、音を感触で、あるいは波形で、さらには色で感じるようになったというのである。

或る者は唇に触れるハーモニカの感触によってドレミファの音階を頭に描き、或る者はグラフのような波形をえがき、或る者は色彩別に暗記して行くというのであった。

私は人間の努力と能力の素晴しさを改めて発見した。

この記述は精神科医の神谷美恵子の『生きがいについて』に引かれている、あるハンセン病回復者の回想録にある。この文章を書いた人は近藤宏一という。彼は病のために視力を失い、指の感覚も失われたために舌で点字を読むようになった。

点字の突起が舌に当たる。もちろん、そこから血が流れることもある。「舌読」と呼ばれる方法までを試みて、彼が読みたいと願ったのが『聖書』だった。そして、先の一節にもあるように、仲間とともに行っていた楽団で演奏するための楽譜だった。すべての人が「舌読」ができるわけではない。近藤が読まねばならないと感じたのは、自分のためだけではなく、仲間のためでもあった。

この一節を読むたびに、自分が日ごろふれている言葉と、彼が舌を通じて感じている言葉とが同じものであるか否かを問い質さずにはいられなくなる。読む、あるいは書くことを、いくら量的に重ねてみても、意味の深みにふれることがなければ、真実からは遠いところにいるままだろう。言葉の真の姿は意味である。それはおそらく世人が語意という表現から感じているものをはるかに超えている。

近藤宏一がそうであったように、『聖書』に限らないのだろうが、聖典と呼ばれる書物には、ある特別なちからがあるのかもしれない。『深い河』の登場人物、成瀬美津子がふと訪れた教会で『聖書』を読む場面がある。その言葉は何の準備もない彼女の心に飛び火するように伝わり、その後の生涯に消えない影響を与えた。

同じことは妻にも起こった。『深い河』を渡してしばらくしたあと、彼女は北海道に一人旅をした。その旅先で、目にした教会に何かに導かれるように入り、そのまま説教台のところに置かれていた『聖書』を一時間余り読むことになったという。彼女は教会とはまったく関係がない。多くの人がそうであるように婚礼か葬儀以外で足を踏み入れたことなどなかっただろう。

「誰もいなかったから、どんどん奥まで行って、本が置いてあるのが見えたから、少し読んでみたの。気がついたら一時間も経っていて……。こんなこと初めて」

無邪気に弾むような声を聞きながら、彼女は、『聖書』の言葉を「読んだ」のではなく「飲んだ」のだと、思った。

彼女は、渇いた者が水を求めるように『聖書』を読んだ。その後、再び彼女が、同じように『聖書』を手にしたかどうかは知らない。しかし、あの日、教会で出会った言葉が、彼女の魂から消えることはなかっただろう。彼女の声を聞きながら、この一節が光線のようになって心をよぎった。

イエスは答えて仰せになった、
「この水を飲む人はみな、また喉が渇く。
しかし、わたしが与える水を飲む人は、
永遠に渇くことがない。
それどころか、わたしが与える水は、
その人の中で泉となって、
永遠の命に至る水が湧き出る」。
（「ヨハネによる福音書」4:13-14　フランシスコ会聖書研究所訳注）

『聖書』を読んだ喜びを語る彼女の姿は、誰もいない渓谷で湧き水を飲んだときのようでもあった。旅の途中、『聖書』に出会ったのは、遠藤周作の小説を渡されたことと関係があったのかも今ではもう分からない。
なぜ、あの日、この小説を将来の伴侶に渡したのか。この問いから逃れることができないのには幾つかの理由がある。

それは、自分の妻も磯辺の妻と同じように、己れのためではなく、夫の孤独と闘ったからだった。また、科学の常識では説明できない事象に出会うことがあったからでもある。だが、何よりも衝撃だったのは妻が、磯辺の妻と同じ名前だったことが、あとで分かったことだった。漢字は異なるが、音は同じなのだ。

磯辺の妻は「啓子」という。この名前は三度しか出てこない。先に引いた個所ですべてなのである。この小説を何度読んだか分からないが、読み過ごしていた。妻が逝ってから十年、本を渡してからは四半世紀の時間が流れている。磯辺の妻の名前に気がついたことが、この文章を書く決定的な契機になった。

そのことを読んだ本人が、気がつかなかったはずはない。彼女は読まない本を手元に置く人ではなかった。読んでも不要になった本は手放していた。だが、この本は最期まで妻の手が届くところにあった。病のなか、ページを開いたことがあったのかもしれない。磯辺の妻が残した手記には次のような言葉もあった。


わたくしは窓の向うのあの銀杏の樹に向って話しかける。

「樹さん、わたくしは死ぬの。あなたが羨しい。もう二百年も生きているんですね」

「私も冬がくると枯れるよ。そして春になると蘇る」

「でも人間は」
「人間も私たちと同じだ。一度は死ぬが、ふたたび生きかえる」
「生きかえる？　どういう風にして」
やがてわかる、と樹は答えた。

遺品となった手記の一節を読みながら磯辺は、病室でだまって窓外の樹木を眺めていた妻の姿を幾度となく思い返しただろう。

そして、この手記を読むときの磯辺なら、樹を見ながら妻が考えていたのは、自分の苦痛が和らぐことよりも、独り残されたあと、夫がどう生きるのかということだったことも理解できたように思う。磯辺の妻が特別だったのではない。『古今和歌集』には次のような歌がある。「よみびとしらず」の一首である。

声をだに聞かで別るる魂よりもなき床に寝む君ぞかなしき

夫は旅に出ている。妻は留守中に逝かねばならない。夫の声を聞けないまま、この世をあとにする自分のたましいよりも、家に戻った夫が、独り寝るときの寂しさを思うとき胸が強く痛むというのである。

「かなし」は、悲し、哀し、だけでなく、愛し、美し、と書いても「かなし」と読んだ。ひらがなで記されていることは、妻の心情が「悲し」だけに終わらないことを暗示している。

『沈黙』の主題が信仰告白であるとしたら、『深い河』のそれは復活である。復活とは、この世によみがえることではなく、死者として新生することにほかならない。

作家が『沈黙』で描き出したのは、人間にとって信仰とは何か、信じるとは何かという問題だった。『深い河』でも同じことは問われるのだが、異なっているのは作品自体がもつ境域の広さだ。

『沈黙』の宣教師たちは時代と闘い、時代の困難のなかで神の声を聞こうとする。だが、『深い河』では、人と神とのあいだに死者がいる。『沈黙』に死者たちがいないとはいわない。しかし、『深い河』における死者は、圧倒的な実在感をもっている。

『沈黙』の登場人物たちは、人はどう生きるべきか、という問いから、人はどう生かされているのかという地点へとたどりつく。だが、『深い河』ではさらに、人はどこから来て、どこへ行くのか、そして、人はどこに存在しているのかという問いへと深化する。さらにいえば、死者が沈黙のうちに問いの深みへと生者たちを導くのである。開高健がサン＝テグジュペリの『夜間飛行』に捧げた讃辞を想い出す。『深い河』のすさまじさは、生者の言葉よりも、死者たちの沈黙にある。

「少なくとも奥さまは磯辺さんのなかに」と美津子はいたわった。「確かに転生していらっしゃいます」

磯辺は眼をしばたたいて、うつむいた。うつむいた背中はこみ上げる悲しみを体全体で、いや人生全体で怺(こら)えているように見えた。

「転生」という言葉は、この作品の鍵語の一つである。磯辺は、この世界のどこかに必ず「生れかわる」から探してほしいという妻の嘆願にそうように、インドへと転生者を探す旅に向かう。だが、旅の終わりになって、「生れかわる」こと、あるいは「転生」は、この世界で見えるかたちでだけ起こるのではないことを知る。

神学にたけた者は、「転生」と「復活」は同じではない、と語り始めるだろう。作家はその程度のことはもちろん、承知している。『沈黙』を世に送ったとき、ある地域では、ほとんど「禁書」のような扱いを受けた経験のある彼は、そうした批判と非難のむこうにあるものを読者にかいまみせようとする。

この作品でイエスが「玉ねぎ」と呼ばれるのもそうした理由による。「神」という言葉がすでに、神そのものを表わしていないという実感が作家にはある。「神」という単語も、「玉ねぎ」という単語も、神そのものを表現し得ないという点においてはほとんど差異がない、というのだろう。

さらに作家は、もう一人の主人公に「玉ねぎ」と「転生」、さらにはそこに「心」という言葉を加え、ある登場人物に次のように語らせている。


「〔十字架の上で死んで：引用者註〕以来、玉ねぎは彼等の心のなかに生きつづけました。玉ねぎは死にました。でも弟子たちのなかに転生したのです」


体内にある器官が存在するというのと同質な意味で、「心」が身体のどこかにあり、そこで死者が生きている。それが比喩であるうちはよい。だが、それが告白の言葉であるとき、違和感を覚える人は少なくないのではないだろうか。

もし、心が私たちの身体のなかにあるのであれば、「復活」した死者は、生者とともに二度目の死を経験することにもなる。死者を宿した生者もいつか死ぬからである。作家がそんなことを考えていたとは思えない。

死者が存在すると語る。すると、どこにと詰問されることがある。ある人は、残された者の記憶の再生産に過ぎないという。それに対し、よくいわれるような――『深い河』の作者とは別な――意味で「心」と答えてみても、仕方がない。それならば、この作家がいう「心」はどこにあるのか。あるいは、この作家にとって「心」とは何か。

もちろん、死者の姿は目に見えず、その声は聞こえない。両手で抱きしめることもできない。それが生者の悲しみの淵源になっている。しかし、不可視、不可触であることと、存在を感じることは矛盾しない。

このことをどうにか語ろうとして、人は、これまでどれほどの文字を折り重ねてきただろう。先に見た『古今和歌集』の歌もそうした歴史の流れに連なっている。

真摯に死者の存在を考えた人たちは、ここに、あそこに死者がいる、という語り方をしなかった。それは実感とも異なるからだろう。むしろ、空間的存在を超えた者として死者を語ろうとしてきた。もちろん、『深い河』の作者もそのうちの一人だった。

彼等のすべては既に遠い遠い昔に死んでしまった。だが、その一人一人のことを折にふれて調べ、折にふれてその生きた場所を訪ね歩いてきた私には、彼等はもう死者ではない。小説家がいつかその人物のことを書こうとしてノートにその名前をしるした瞬間から、彼等はふたたび生きはじめるものだ。

（「あとがき」『走馬燈』）

この作家にとって「書く」とは、時間の世界での生命を終えた者たちと、永遠と呼ぶべき境域において出会い直すことだった。死者を語ろうとしたのは作家だけではない。漢字学者の白川静にとっても死者は、存在世界における重要な他者だった。彼は「存在」という言葉の原義を次のように書いている。

> ものはみな時間と空間とにおいてある。その時間においてあるものを存といい、空間においてあるものを在という。
>
> （『漢字百話』）

ここでいう「もの」とは、物体を意味しない。万物というときの「もの」である。そこには生者も死者も含まれる。そして、「存在」という言葉自体が、「もの」は、空間的に「在る」ことだけでなく、時間的に「存る」ことを示している、と白川はいう。「存在」という言葉は、何らかの方法で計測できるような空間的な存在だけでなく、時間的存在を同時に意味する。白川が考えている時間は、過去・現在・未来に区分されるものだけではない。そこには永遠が含まれる。むしろ、永遠が三つの時間を包んでいる。

白川がいう「時間的」とは時計で計れる「クロノス」ではなく、永遠の「時」である「カイロス」を包含する。死とは「時間（クロノス）」から「時（カイロス）」へと移行することにほかならない。死者とは「時間」から「時」へと新生した者であるといってもよいのだろう。

だが、現代人の多くは、「存在」という言葉を空間的にしか用いることができなくなってしまっている。「心」は、空間的存在ではないのではあるまいか。それは「時」――すなわち永遠の境域に存在する。そして「時間」のなかに「時／永遠」があるのではなく、「時／永遠」のなかにこそ「時間」があるように、身体が「心」を包むのではなく、「心」が身体を包むと考えることもできるだろう。

たとえば、哲学者の池田晶子は「心」をめぐって、次のような言葉を残している。

私の中に心があるのではない、心の中に私があるのだとは、ユングも行き着いた壮大な逆説である。それは宇宙を全体として包摂するものである。

（『あたりまえなことばかり』）

人間のなかに「心」があるのではなく、心のなかに人がいるのであれば、たしかに死者は「心」に新生する。池田の言葉を『深い河』の作者や白川静の言葉に重ねてみるとき、「心」は「時」の、もう一つの名であることも分かってくる。

新生するのは死者たちだけではない。遺族となった生者は、自らの生に、死者が生きる「心」という境域を招き入れることによって、新たに生まれるのである。

晩年の遠藤周作を理解するときユング心理学との関係を無視できない。むしろ、ユングを知ることがなければ『深い河』が生まれることはなかっただろう。その影響は深甚だといってよい。

『深い河』を書かなかったとしても遠藤は別の作品を書いただろうが、この作品のように作家がそれを愛したかは分からない。

一九九六年九月二十九日に作家は亡くなる。作家に近しい人から、葬儀のとき、柩には作家の遺言通り『沈黙』と『深い河』が納められたと聞いた。

『深い河』は、イギリスの宗教哲学者ジョン・ヒック（一九二二〜二〇一二）が提唱した「宗教多元主義」に基づく作品であるという論評がある。遠藤周作自身も「『深い河』創作日記」でヒックの『宗教多元主義』（間瀬啓允訳）に大きく触発されたと書き、それが論じる者の論拠となった。

数日前、大盛堂の二階に偶然にも棚の隅に店員か客が置き忘れた一冊の本がヒックの『宗教多元主義』だった。これは偶然というより私の意識下が探り求めていたものがその本を呼んだと言うべきだろう。かつてユングに出会った時と同じような心の張りが読書しながら起ったのは久しぶりである。

『作家の日記』という著作を世に送ったことのある作者は、自分の没後であったとしても——事実そうなった——この「日記」が第三者に読まれることをどこかで意識している。作られた「日記」など意味がないというかもしれないが、「書く」という営為は、書き手の思う通りには運ばない。この作家はしばしば、作品の登場人物は作家の手を離れて動き出す、と書いていたが、小説の登場人物にだけ作用するのではない。「書く」ということを深化していくとき、作家の手も作家の自由には動かない。表層意識だけの営みであることを拒むのである。

誰もがよく経験していることだ。「書く」ことが表層意識を超えてくるから、人は書いた手紙を出せなくなるのである。出せなくなるようなものを書きたくてペンを執る人はいない。だが、出せなくなることは珍しくない。それが人間の生活の実態だろう。「メモ」するというのなら、深層意識のはたらきを目覚めさせる必要はない。すでに何を書くのかは決まっているのである。だが、「書く」という営みが真に起こるとき、人は、「書く」ことによって、自分が何を「おもい」、感じているのかを知る。

この創作日記も例外ではなかった。最初こそ、先のような記述になるが、終わり近くに記されているのは、作家の嘆きではなく、言葉にならない呻きである。作家は、ヒックもユングとの出会いも偶然を超えてやってきたという。意識ではなく、「意識下が探り求めてい」るとき、こうした現象が起こる。ユングもそうして出会ったというのだろう。

訪れるもの、よびかけ来るものは、いつ来るかわからない。そのいつ訪れるかわからないものが、いざ来たという場合、それに心を開き、手を開いて迎え応ずることのできるような姿勢が待つということであろう。邂逅という言葉には、偶然に、不図(ふと)出会うということが含まれていると同時に、その偶然に出会ったものが、実は会うべくして会ったもの、運命的に出会ったものということをも含んでいる。

(『詩とデカダンス』)

唐木順三の言葉だが、『深い河』の作者の境涯も照らし出している。「運命」は内なる何ものかの開花であるとリルケはいった。同質の手応えは、「意識下」という言葉を用いている遠藤にも、もちろん唐木にもある。

宗教が「多元的」である、ということと、宗教が「混淆」しているのは違う。

そして、「主義」という言葉もいつも特定の思想を示す言葉とも限らない。

仏教というよりも仏道は英語でBuddhismといい、道教はTaoismという。岡倉天心は『茶の本』で――天心はこの本を英語で書いた――茶道をTeaismと書き、それを「美の宗教」であるとさえ書いた。"ism"という英語もかつては現代人が考える「主義」よりも「道」に近い語感をもっていたのである。

そして、「主義」という日本語も、ある時代までは、特定の思想ではなく、自分が信じるただ一つの道を意味した。真宗大谷派の改革者、清澤満之（きよざわまんし）が自らの哲学を「精神主義」と呼ぶのはそうした語感を前提にしている。

ヒックが「宗教多元主義」というときも、同質の理法で読んだ方がよい。彼は、どの宗教も同じだなどと考えてはいない。ヒックはキリスト教も仏教もイスラム教もヒンズー教も一緒だといっているのではない。他を否定するところに、自らの真実を樹立する試みがあってはならないといっているに過ぎない。宗教には多くの道があるという事実を語っただけだ。「宗教多元主義」における「宗教」はすでに、宗派的な集団ではなく、霊性のうねりというべきものなのだろう。

宗教における多元性を理解するには、手のひらを見てみるとよいのかもしれない。五本の指はそれぞれの宗教である。そして、手のひらが霊性の境域である。指はそれぞれ異なっていてよい。そして、離れていてもよい。異なっていて、離れているからこそ、できることも少なくない。

手のひらが「海」であるとすれば、指は「河」である。それぞれの「河」は海へと流れ込む。ただ、「海」は空間的にではなく、「時／永遠」的に存在している。

「混淆」は文字通り、それが「混ざっている」ことを指す。からみ合っていることを意味する。混淆主義は、新しいドグマであり、「海」をこの世に空間的に実現しようとする試みのようにも映る。そして、混淆主義は、じつは多様性の否定であることも少なくない。ヒックの自伝を読むと、宗教多元主義を語ったために、彼が文字通りの迫害を受けたことが記されている。彼を拒んだのは異教徒ではなく、キリスト者たちだったのである。

学生時代、『宗教多元主義』の訳者・間瀬啓允の講義を受講していた。それは彼がヒックの訳者だったからではない。そもそも授業はヒックに関するものではなく、アルフレッド・ノース・ホワイトヘッドに関するものだった。

ホワイトヘッドはバートランド・ラッセルとともに数学、あるいは数理哲学における古典的著作『プリンキピア・マテマティカ』を著している。当時、ラッセルの哲学に関心があり、間瀬の講義を取った。

講義で何が話されたのかはほとんど覚えていないが、講義が終わって、間瀬と話したことはよく覚えている。

「君は、遠藤周作を読んだことはある?」

「はい。愛読しています」

「遠藤さんが私の訳書を読んでくれているらしいのですよ」

この会話がジョン・ヒックの名前を知った最初だった。

それからしばらくして、大学の構内でヒックと日本に招待した間瀬啓允とが並んで歩いているのを見たことがある。

このとき、たどたどしい英語で少し会話を試みたが、ほとんど伝わらず、間瀬教授に通訳してもらった。ヒックの風貌にはどこか東洋を感じさせるものがあった。そして、彼自身が著作に書いているように、争うことを嫌う彼の精神も体現されていたように思う。


郵便受けを開けるとき、少し心が高鳴る。何を待っているわけでもないのだが、何かが不意に訪れるような気がしているのである。もちろん、ほとんどの場合、その予感は外れる。気分が暗くなるような日でも、夕方、手紙が入っているかもしれない場所の扉を開けるときだけは、少し気分が晴れやかになる。それは、今でもあの日の一枚のはがきを目にしたときのことが忘れられないからだ。

今から思うと、作家に手紙を書いたのは『深い河』が書き始められた頃だったのかもしれない。

手紙に書いたのは、正宗白鳥の死をめぐる問題に関することだった。

一週間ほどで返事が来た。

あなたの考えていることはとても大切なことだから、直接話をしたい。次の電話番号に電話をかけてほしい。そう書いてあった。

第三章

一度だけ、占い師に見てもらったことがある。二十一歳になろうとする頃だった。見てもらった、といっても、どこかの店舗に行ったわけでも、道端で手相を見てもらったわけでもない。

当時はインターネットもなく、電話サービスが盛んになり始めた時期だった。どこで知ったのか思い出せないが、電話での占いという文字に惹かれたのか興味本位で受話器を取った。

理由は興味本位だけではなかった。ある種の背徳の思いがそこにはあった。カトリックでは占いに頼ることを強く戒めていたからである。

カトリック神学の枢要を書き記したものを「カテキズム」という。そこには占いのような「覆いをはがす」ような行為」を遠ざけねばならない、とはっきりと記されている。

しかし、カテキズムが戒めるのは占いという方法よりも、神以外のはたらきを頼りにし、いたずらに未来をつかみとろうとする人間の態度にほかならない。そこにはある種の傲慢が入り込む余地があるからだ。開くことを禁じられた未来への地図を手に入れ、その道を歩こうとする者にとって、生きるとは、自分の意志によって、うまく生きることであって、生かされることではない。さらにいえば、その人の目に見えているのは、自分の生活であって、他者と不可分の関係にある人生でもない。『旧約聖書』の「エレミヤ書」には次のように記されている。

まことに、イスラエルの神、万軍の主はこう仰せになる。お前たちの中にいる預言者や占い師に欺(あざむ)かれるな。また、お前たちが夢を見させている夢見る者に、耳を傾けるな。彼らはわたしの名によって偽りを預言しているからである。わたしは彼らを遣わしてはいない

(29:8-9　フランシスコ会聖書研究所訳注)

こう書くとカテキズムや『旧約聖書』の言葉を忠実に守って生きているように思われるかもしれないが現実はまったく違う。日本語版のカテキズムも八百頁を超える本で、カトリック信徒のすべてがこれを読み、熟知しているわけではない。むしろ、それは明らかに少数派だろう。

だが、問題が信仰に関わる場合、そうしたことを学ばずとも、別なかたちで心身に浸透してくる。仏教では薫習という言葉を用いる。仏の教えは、物に薫りが染み込むように人の心を作り変えていくというのである。もちろん、同様のことはキリスト者においても起こる。

だが、たとえ「覆いをはがす」ような行為」になろうとも、どうしても確かめたいことがあった。預言者エレミヤのいうように「お前たちが夢を見させている夢見る者に、耳を傾け」たのだった。

電話口に出たのは女性で、年齢は分からないが自分とあまり違わないように感じていた。

月並みな話から始まったが、話はすぐに核心に迫った。今から思うと、この女性は、占い師というよりも、ある種の霊能力者だったように思う。自分しか知らない、幾つか個人的なことを的確に言い当てられた。ただ、そのちからを誇示しても口を糊することにはつながらないので、占いを媒介にして職業として成立させているようだった。

話したのは十分に満たない程度だったと思うが、秘密を言い当てられた衝撃だけが残って、話の内容はほとんど覚えていない。その秘密が何だったのかも、今となっては記憶の奥にあって取り出せない。しかし、ある会話は、昨日のように覚えている。それが禁を破った目的だった。

「将来、物書きになれますか」

「物書きって小説家のような仕事ですか」

「そうです。小説家でなくても、文章を書くことを仕事にできますか」

嘘であっても、「なれる」という言葉を聞きたかった。

少し沈黙があった後、彼女はこう言った。

「働いている姿は見えるけど、何かを書いている姿は見えない。物を書く人にはならないと思う」

このあと、少し女性を責めたてるように質問し直したのを覚えてはいるが、結論は変わらなかった。

大吉が出るまでおみくじを引き続けるわけにはいかなかった。「易は二度たてるべきでない」という掟を知るのも、このことからしばらく経ってからのことだった。

*

生後九十日経った頃、生まれた街の教会で洗礼を受けた。もちろん覚えていない。母がカトリックで、兄二人も同様に洗礼を受けていた。カトリックではこうしたことは珍しくない。洗礼のすべてが自覚的に行なわれるわけではないのである。遠藤周作も似た境遇で受洗した一人だった。

一九三三年、十歳になる年、両親が離婚し、母と暮らすことになった遠藤は兵庫の夙川にある教会に通い始める。その翌々年、同じ教会で遠藤は、洗礼を受けた。

> ありません。
>
> 〔……〕仲間の子どもたちと一緒に洗礼を受けました。本当に心から信じたわけでは
>
> ほかの子どもたちが洗礼を授ける神父さんに、「神さまを信じますか」と尋ねられると、みんな口をそろえて「はい」と言いました。私も彼らに混じって、「はい」と言いました。「キリストを信じますか」――ほかの子どもたちが「はい」と言ったので、私も「はい」と言いました。
>
> (『私のイエス――日本人のための聖書入門』)

時代は違っても、同様の光景にはよく遭遇した。特にクリスマスや復活祭といった日には年齢の近い子どもが一緒に洗礼を受けるのは、ある種の慣例だといってよい。

洗礼式はいつも、ある種の荘厳な雰囲気があるのだが、それはその光景を眺めている者が感じることで、当人、ことに遠藤のような子どもの場合、先のような実感が偽らざるところであるとも思う。先の一節のあとに遠藤はこう続けている。

〔……〕私がキリスト教の洗礼を受けたということは、自分で選んだのではありません。いわば、母親から無理やりに吊るしの洋服を買わされて、それを着たようなものです。結婚でたとえるならば、私の場合は、けっして自分で自分のお嫁さんを選ぶという恋愛結婚ではありません。むしろ、親から決められた許嫁（いいなずけ）と、いつの間にか一緒になって、今日まで人生を送ってきたというような形です。

信仰は選びとったわけではなく、与えられたものである、それは遠藤にとっての洗礼であり信仰だった。「吊るしの洋服」という表現の背後には、体裁は整っているが、自分にぴったりしたものではない、という語感がある。だが、こう書くことで遠藤は、キリスト者であることを否定しているのではない。遠藤がいうように「生活」のある部分は自分で決められるのだとしても、「人生」には自分で決めるというのとはまったく異なる理（ことわり）がある。その秘密をかいま見ること、それが自分にとっての文学の道だったというのである。

生活は意志によって決定されるところも多い。しかし、人生となると、必ずしもそうとはいえない。むしろ意志は、何か決定的な出来事が訪れるときの補助線に過ぎない。信仰は生活にも影響を及ぼすが、人生を決定する。決定とはいっても、何かが約束されるわけではない。ただ、逃れることのできない道が自分の前に開かれるだけだ。リルケであれば、それは「運命」だというだろう。

遠藤の場合は、幼いとはいえ十二歳だったら洗礼を受けた記憶はある。だが、生後九十日となると、どうたぐり寄せても思い出せない。だが、胎教ということが、本当に考えられるのだとしたら、この世に生まれる以前、胎内にいる頃から母が行う朝晩の祈りの言葉や聖歌、あるいは聖書の朗読を聞いて育ったことになる。文字を覚えないうちに響きとして聖句を聞く。それが運命だった。

この事の重大さを知ったのは、ずいぶん年齢を重ねてからだった。少なくとも伴侶の死のあとであることは間違いない。それまでは自分の過去にほとんど関心などなかった。今ではそれが未来へと続く扉が見えなくなる最大の理由であることも分かるが、こんな素朴なことが肚に落ちるまでずいぶんとまわり道をしなくてはならなかった。

何かを探している、そのことだけが明瞭で、自分がどこにいるのかも、どこへ進んでいるのかも分からない。ただ、今いる場所にいるだけでも、今やっていることを続けるだけでも十分ではないことは分かっている。そんな日々をずいぶん長く生きてきた。

探しているものが見つからないのは、それをいつも目にしているからであることも、それがすでに自分に与えられていることにも気がつかなかった。人はしばしば、探すという営みをほとんど無意識に未来とつなぐ。しかし、真に探すべきもののほとんどは、過去に、あるいは私たちの歴史のなかにあることが少なくない。

生活に困難が付きまとうように、人生には謎が伴う。その謎と正面から向き合うまで何度でも謎は私たちの前に現れる。洗礼の問題は、人生の幕が開こうとするとき、最初に遭遇しなければならなかった謎だった。謎への扉は予期しないところにある。というよりも、気がつかないうちにそれを開けているのである。

大学が休みになり、帰省する。父の本棚を眺めるのが楽しみだった。父は本当によく本を買った。企業人だったが、購書という点においては研究者に引けを取らなかった。哲学、宗教、歴史、経済学、そして文学の本が小さな図書館くらいあった。

父は若い頃、劇作家を目指していたことがあった。国内外の劇作家の本も多く、加藤道夫、田中千禾夫、矢代静一、田中澄江といった名前は読んだこともないのに親しみのあるものになっていた。父が愛読した劇作家がみな、カトリックに近しい人物だったことを知ったのは十年以上あとのことである。

芥川龍之介、三島由紀夫、小林秀雄、そして遠藤周作の全集に出会ったのも父の書斎だった。遠藤周作の本だけでなく、遠藤に関して書かれたものも、主だったものは書架にあった。

一九八八年八月、初めて遠藤周作の姿を見た。場所は日本ではなく、韓国だった。当時、遠藤は日本ペンクラブの会長を務めていた。この年の国際大会がソウルで行われるので、スピーチをするために現地を訪れていた。

故郷で作家活動を行っていた阿里操（ありみさお）という小説家が母の友人で、母とともに韓国への旅に誘ってくれた。当時は、このことの意味を十分に理解できなかった。

阿里操――本名で「小暮先生」と呼んでいた――は、さまざまな作家と親交があった。手紙を書いて作家と会う、ということまではできる。しかし、それ以上の交わりが深まっていくには別な要素が必要になる。彼女は井上靖や三浦哲郎ともつながりがあった。彼女は、本を読むということとは別な意味で、作家に会うことの重大さを、身をもって感じていたのだろう。そして、その経験を自身の作品にも注ぎこんでいた。同様の機会への扉を身近な若者にも開いてくれようとしたのである。

ソウルにある大きなホテルが国際大会の会場だった。その入口で遠藤の到着を待っていた。廊下の向こうから背の高い、少し猫背の作家が現れたのは覚えている。一緒に写っている写真もあるのだが、それ以上の記憶はあまり鮮明ではない。

このとき、遠藤に話しかけることもできた。小暮先生と母は、初対面にもかかわらず談笑していた。しかし、どうしてなのか言葉が出てこなかった。このときのくやしさが記憶を曖昧にしているのかもしれない。

韓国から帰ってしばらくしたとき、父の部屋で何の気なく手を伸ばしたのが遠藤周作の『心の夜想曲（ノクターン）』というエッセイ集だった。新聞に連載したコラムと、彼の人生を変えた神められていた。

西清や堀辰雄、そして吉満義彦といった人々をめぐる回想、さらにいくつかの追悼文が収められていた。

誰にでも人生を変えた本があるだろう。『心の夜想曲(ノクターン)』は文字通りの意味でそうした一冊だった。もしも、この本に出会っていなければ、文章を書く道に進むこともなかったのではないかとすら思う。

このエッセイ集で、文字通り繰り返し言及されていたのが、正宗白鳥の死を前にした信仰告白の問題だった。

若き日に白鳥は、内村鑑三の言葉に魅せられる。手に入れられる限りの本は読み、可能な限り話を聞くというほどの心酔ぶりだった。しかし、内村が提唱したのは「無教会」で、教会という共同体もそれに伴う儀式も必要ないという信仰だったから、白鳥は内村から洗礼を受けることはできない。そもそも内村は牧師ではない。しかし、弟子の一人藤井武は、内村を追悼する講演で彼を預言者だったと語ったように、彼の言葉にはある特別な力があった。

一八九七年、白鳥は牧師の植村正久から洗礼を受ける。しかし、あるときからキリスト教と距離をとるようになる。白鳥は、棄教したことをにおわせるようなことを書くこともあった。

しかし、死を近くに意識するようになると状況は一変し、白鳥は、洗礼を受けた植村の娘・植村環牧師の司式による葬儀を希望するようになる。死の一週間ほど前、病床で植村環が神を信じるかと問うと「アーメン」といったというのである。

没後、この事実が明らかになると百家争鳴、それぞれの発言者が、白鳥の死にふれながら、白鳥という作家の信仰の秘義というよりも、自らの死生観と宗教観を語った。多くの人たちは、白鳥の最晩年の信仰への復帰の真偽を論じた。ある作家は、判断力が鈍った老人の吐露に過ぎないとまで語った。

だが、そうした論調とはまったく異なる態度で、この問題と向き合った人たちがいた。その一人が小林秀雄であり、中野重治だった。そして、この問題にもっとも多くの熱意を傾けたのが山本健吉だった。山本はこの問題をめぐって『正宗白鳥――その底にあるもの――』という本を書いている。そこで山本は、この作家の信仰をめぐる騒動についてこう記した。


だが、今になって考えてみると、人の信仰という微妙な問題を、おくめんもなくよくもあれだけ論じられたものだと思う。それは魂の問題であって、外からひとが見透すことの出来る問題ではない。それを人は、あたかも思想の問題であるかのように、あるいは意識の問題であるかのように滔々と論じた。論者にとって、彼がキリスト教徒であるか否かということは、彼がマルクス主義者であるか否かということと、同じ問題であるかのようであった。だが、それは全く違った二つの問題なのである。一方は心の中のより深層の問題である。

ここで「思想」あるいは「意識」という言葉が象徴するのは「知る」ことである。「信仰」そして「魂」が象徴するのは「信ずる」ことといってよい。「知る」ことは意識のわざかもしれないが、「信ずる」という営みが生起するとき、はたらいているのは意識の奥にある魂と呼ぶべき何ものかだというのである。

「知る」ことと「信ずる」ことは、生活と人生がわかちがたいように「不可分」の関係にある。だが、同時に「不可同」の関係にもある。

この山本の作品に強く反応したのが遠藤だった。『心の夜想曲（ノクターン）』以外の場所でも遠藤は山本の作品と白鳥の死をめぐって語った。「埋もれ火のような信仰——正宗白鳥論」と題する山本と遠藤の対談もある。

『心の夜想曲（ノクターン）』には「意識の奥の部屋」と題する小林秀雄を追悼する文章が収められている。ここで遠藤が多く言及したのが小林の絶筆となった「正宗白鳥の作について」だった。

この作品は、小林が白鳥をめぐって行った講演がもとになって始まった連載で、その筆はおのずと白鳥と内村鑑三の邂逅におよび、白鳥の信仰に絡むものになっていった。だが、小林の作品にしばしばあるように一直線に進むのではなく、意識と深層意識をめぐる問題へとつながり、フロイトとユングの出会いと訣別を論じたところで終わっている。遠藤は、もしもこの作品が書き継がれたなら、必ずや白鳥の死と信仰を正面から論じたものになっただろうという。

「正宗白鳥の作について」のはじめ近くで小林は、書くという営みをめぐって興味深いことを書いている。

〔……〕この文章は、講演の速記を土台として作ったものであるから、引用が多くなる。だが、引用文はすべて私が熟読し沈黙したものである事に留意されたい。批評は原文を熟読し沈黙するに極まる。作品が優秀でさえあれば、必ずそうなる。近頃はそればかり思うようになった。そう言っただけで、批評で苦労した人には通ずると思うようになった。

批評とは、書物から言葉を引き写し、見えざる文字でそこに何かを書き添えることだというのである。小林の言葉の曖昧さを嫌う人には、何か煙に巻かれたように感じるかもしれないが、実際に批評を書いてみるとこの言葉の重みを痛感する。

先に引いた一節を遠藤が見過ごすはずはなかった。彼の小林への追悼文も、小林の言葉の引用と彼の沈黙が核になっている。そこには小林秀雄が引用した言葉の引用もあった。十九世紀イギリス、ヴィクトリア朝時代を象徴する人物の評伝を書いたリットン・ストレイチーという人物がいる。彼がヴィクトリア女王の晩年をめぐって書いた一節が、白鳥を論じる小林をとらえた。そして、その小林の言葉を読む遠藤をもつかんで離さない。

もう眼も見えず、口も利けなくなって横たわっている女王の姿は、これを見守る人々には、思考力は皆奪われて、知らぬ間に、忘却の国に踏み込んだ様子に見えた。だが、恐らく彼女の意識の奥に隠された部屋部屋に、やはり彼女は彼女で、様々な思想を宿していたであろう。

この一節との出会いが人生の岐路になった。この言葉を遠藤の著作で読み、その次は小林秀雄を追悼する雑誌に「正宗白鳥の作について」の全文が掲載されているのを読んだ。読んだというより、渇きに苦しむ者が水を飲むようにそれをむさぼった。

「意識の奥に隠された部屋部屋」が魂の異名であるのはいうまでもない。人は、人生のどこかで、自分の魂の存在を確かめなくてはならないのではあるまいか。それは白鳥も愛読したトルストイの『イワン・イリッチの死』のように臨終の床で起こることもあるかもしれない。

白鳥にとっては内村鑑三との出会い、そして洗礼がその最初の契機だった。白鳥は、いわゆる敬虔な信徒ではなかったかもしれない。しかし、彼の作品を読むとその人生は苛烈なまでに魂の仕事とは何かを探究するものだったことが分かる。魂の仕事は「知る」ことにおいてではなく、「信じる」ことにある。遠藤の追悼文「意識の奥の部屋」には次のような一節がある。

〔……〕『本居宣長』は私には「認識すること」と「信ずること」との対比で書かれた作品と受けとめられていたからである。

晩年の十一年間を費して書かれた小林秀雄の『本居宣長』の主題は、「知る」ことと「信じる」ことの次元的差異を詳(つまび)らかにすることだったとする遠藤の認識は、正鵠を射ている。それは『本居宣長』に留まらない。それに至るまでも、そして、それ以降もまた、小林秀雄の根本問題だったといってよい。

「信ずることと知ること」と題する小林秀雄の講演の記録がある。そこで小林は、超能力者ユリ・ゲラーのことから語り始め、ベルクソンの『精神のエネルギー』、柳田國男の自伝『故郷七十年』や『遠野物語』に言及した。小林の生前は文字で読むしかなかったが、今は音源も聞くことができる。

ここで小林は、「知る」とは、万人が理解するように何かを認識することだといい、「信ずる」とはその人一個の立場でそれを魂に据えることである、という話をした。己れの「信ずる」ことを語る。そのとき人は、必ずしも多くの理解を得られるとは限らない。だが、真に語るべきことがあるとしたら、誰もが語り得ることよりも、己れの「信ずる」ことなのではないか、という問いもまた、そこに示されている。

今に至るまで、小林の作品を愛読しているが、小林の講演の音源も繰り返し聞いた。当時はまだ、CD版はなく、カセットテープだった。新潮社から販売されていた四種の音源と、ある人からもらった「正宗白鳥の作について」の講演の録音の五つをそれぞれ数十回は聞いた。

『聖書』の言葉がそうだったように、小林秀雄の声も文字であるよりも響きとして入ってきた。音は意識に反応するが、響きは意識を超え、しばしば「意識の奥に隠された部屋部屋」へと届く。これもある種の魂の経験だったことを知ったのは、年齢も知命近くになって彼の評伝のペンを執り序章を書き始めたときだった。

一九八九年、大学二年生になった年の秋のことである。朝日新聞の夕刊に井上洋治神父が講師となったアポロ塾という名の講座の案内が掲載されていた。内容は問題ではなかった。神父の肉声にふれたいという思いだけで申し込みをした。

その前年、父が神父の著作『私の中のキリスト』の読後感を熱く語った。それが神父の名前を知るきっかけだった。その本を父の書棚に見た光景は今も鮮やかに想い出せる。理由は分からないが、その本は読まず、『人はなぜ生きるか』という講演録を読んだ。

講座の当日、貸し会議室の会場にいってみると、すでに二十人ほどが集まっていたが、同年代の人はいなかった。神父の近くに席をとり、話を聞き逃すまいと思った。

振り返ってみると、当時からすでに、話を耳から聞くだけでなく、眼で聴こうとしていたことに気がつく。神父の発言だけが問題なのではない。言葉に詰まるところ、あるいは、あえて言葉にせずに飲み込んだことにふれたいと思った。言説ではなく、その姿のなかに語られざる意味を感じようとしていたのだと思う。

当時はもちろん知らなかったが「眼聴耳視」という熟語がある。真実にふれようと思うなら、「眼」で聴き、「耳」で視なくてはならないというのだが、何に突き動かされていたのか、それが自然に起こっていた。

二回目の講義が終わり、帰ろうとしたときだった。神父の方から声をかけてきた。「ちょっといいですか。どうしてこの講座に参加しようと思ったの?」

神父からの呼びかけははっきりと覚えているが、自分の返答となると、じつはあまり定かではない。神父に声をかけられて、動転し、自分の生い立ちや父が神父の本をすすめてくれ、それを読んで、ぜひ、話を聞いてみたいと思ったことなどは話したと思う。

すると神父はこう続けた。

「ここに電話番号を書いておきました。都合のよいときに電話をください。留守番電話になっているので、呼びかけてみてください。出られるようであれば出ます」

神父は通常、教会や修道院で暮らしているのだが、彼は違った。東中野のマンションに暮らしていた。精確にいえば、その一室が彼の教会だった。大司教に特別な許可を得て、そのような生活をしていたのである。当時神父は、還暦を少し過ぎた年齢だった。

神父は自分のマンションの部屋を「風の家」と名付けていた。この2LDKの部屋こそ、真の意味での学び舎だった。ここで師に出会い、友と出会い、そして言葉に出会った。大学に注ぐべき勢力のすべてを「風の家」に捧げた。そして、ここで出会った人々とのつながりは、今も生きている。

しばらくして、『心の夜想曲（ノクターン）』の作者に手紙を書いた。絵ハガキに記されていた返事は、達筆とはいえない、しかし、確かに見覚えのある文字だった。

はじめて受け取った手紙なのに、その文字に見覚えがあるのは、井上神父のマンションで作家が署名をし、神父に献呈した本を一度ならず手にしたことがあったからである。

神父は信仰者としての遠藤周作がもっとも信頼した宗教者だったが、同時に無二の親友でもあった。

一九五〇年、二人は豪華客船の、しかし四等船室に乗りながら、フランスへと留学した。二人は船上で出会い、生涯を通じて友情を深めていった。四等船室といったが、実際に「船室」があったわけではない。「ベトナムから日本兵の捕虜を送り返すために、クレーンの並ぶ後甲板と船倉との間にある中甲板に、ずらりとカンバスベッドを並べただけの場所」だった（山根道公『遠藤周作と井上洋治』）。

作家からの返事には、電話が欲しいと記されてあり、電話番号も添えられていた。だが、電話をしてみるが、つながらない。「この電話番号は現在使われておりません」というあの声が聞こえてきた。

後日、神父に作家の電話番号を確かめた。すると神父はこういった。

「遠藤さんに電話番号を書かせたりしちゃだめだよ。そういうことは本当に苦手な人なんだ。ほら、君のはがきに書いてある最後の番号が違うだろう」

正しい電話番号にかける。最初は女性が出た。電話した訳を話すとすぐに作家につないでくれた。

「先日、正宗白鳥をめぐってお手紙を出した者です。お返事をいただき、電話をするようにと書かれていたので、掛けさせていただきました」

するとと作家は、

「ありがとうございます。お尋ねいただいたことを、もう一度お話しいただけますか」といった。

正宗白鳥の死と信仰の問題を山本健吉の著作などにもふれながら話した。受話器の向こうで作家が、自分の言葉を受け止めてくれたことは分かった。あるときは息遣い一つも雄弁に何かを語ることがある。

一通り話をすると、数秒の沈黙のあとに作家はいった。

「とても大切な問題なので、やはり電話ではなく、もう一度、お手紙をくださいませんか」

このときは、これで終わった。

作家にふたたび手紙を書くことはなかった。

なぜ、電話をふまえてもう一度手紙を書かなかったのかは分からない。だが、作家とのつながりが深まることを恐れていたようにも思う。関係が深まれば、当然、自分の底が浅いことが露呈する。そんなことが何よりも恐ろしかった。

それから一年半ほどして、遠藤が編集長を務めたこともある『三田文學』が創刊八十年・慶應義塾大学文学部開設百年を記念して懸賞作品を募集した。そこに応募した「文士たちの遺言」という作品が当選作なしの佳作になって、ずいぶんと手直ししたあとで雑誌に掲載された。これが初めて活字になった経験だった。

この作品では、中村光夫の最晩年の洗礼と正宗白鳥の死と信仰、そして、小林秀雄の絶筆を論じた。作家への手紙を書く代わりに書いたのが、「文士たちの遺言」だった。

あのとき、二通目の手紙を書いていたらどうなっていたのか。だが、もし書いていたら、「文士たちの遺言」のペンを執ることもなく、内なる書き手の存在に気がつくこともなかったことは間違いない。

だが、今から考えても不思議なのは、住所が分かっているのに掲載誌を遠藤に献呈しなかった理由である。自信がなかったといえばそれまでだが、もし、送っていたら、作家とのあいだに何かがあったかもしれないと思うことはある。

当時はまだ学生だった。翌年、中村光夫論を書いた。大学の卒業式には出なかった。その原稿を書いていて、出られなかった。働き始めても、その続きを少し書いたが、それで打ち止めだった。

働きながら「書く」ことなどできなかった。体力が続かないということもあったが、「書く」ために必要な、ある重要なことを自ら手放していったからでもある。社会や仕事の業界のしきたりに慣れるのに忙しくて、次第に自分の内なる声を聞き逃していた。最初は、少し聞き、そして聞き逃していったのかもしれない。だが、ついにはその声が存在しない世界を、自分で作り上げていったようにも思う。

中村光夫論の後半が掲載されたのは一九九二年の春だった。その次にまとまった作品が活字になったのは二〇〇七年のはじめである。およそ十五年間、書かなかったのではなく、書けなかった。

「書く」とは、声にならない己れのささやきを「聞く」ことから始まる営みである。聞けない者は、いつしかペンを手放すようになっていく。そして、書き手になりたいという願望を生きることに耐えられず、今も自分は書き手であると錯覚するようになる。

十五年のあいだ、かつて自分が書いた文章を護符のようにして、書き手であるかのように生き続けた。自分にそのちからがないことを感じながら、書き手たちの近くにいることで書けない不安をごまかしていた。

だが、どれだけ多くの文章を世に送っても、「書く」ということをめぐる不文律から逃れることはできない。人は、言葉を書いた実績によって書き手であるのではなく、書いているときだけが書き手なのである。

占い師が視た光景は間違っていなかった。「文士たちの遺言」を書いたのは、占い師と話したあとである。それでも占い師の発言は正しい。質問したのは、何かを書けるかではなく、書くことを仕事にできるか、だった。その後、十五年間、会社員として、あるいは自分が起業した会社の一員として働いてはいたが、一度も真剣に書こうとはしなかったのである。

真の占いは、いたずらに未来をいい当てるよりも、まず、その人の今を告げ知らせる。現在を照射し、生きる道を選ぶ余地を与える。それが占いの叡知だといってよい。少なくとも易においてはそうである。だが、電話で占い師と話した頃はそんなことも知らなかった。

ユングは易によって、しばしば生きる道標を見出してきたことが自伝に記されている。易の存在を知ったのもユングの自伝だった。それからしばらくして、父親の書棚で河合隼雄の『宗教と科学の接点』を見つけた。

これまで河合の本を何冊読んだか分からない。だが、この本を読んだときの衝撃を超える経験はない。第一章が「たましいについて」であることが象徴しているように、この本で河合は、それまで語るのに慎重だった問題、すなわち科学的世界観を逸脱する心理学的事象を正面から論じている。そこで河合は、ユングと易の関係にふれ、そして、自らの易体験をめぐってこう記した。

私はこれでは資格が取れぬかも知れぬと思い、すっかり沈んだ気持になった。まったくどうしていいか解らない。そのときに、何か手がかりを得てみようと思い易をたててみた。〔……〕得た卦は地雷復であった。これは一番下に陽、後はすべて陰という卦であり、『易経』を読むよりも先に、私の心を打ったのは、陽（男性性）の欠如というイメージであり、そのことは当時の私の内的な欠陥をずばりと言い当てていた。

「資格」とは、ユング派の分析家のそれであって、出来事はスイスのユング研究所で起こっている。このとき河合に課せられていたのは、分析家として二百五十時間を経験することだった。クライアントをあてがわれるのではない。それも自分で見つけなくてはならない。当時、語学力が不十分な見習い中の東洋人に分析を受けたいと思う人がいるか河合は大きな不安を感じる。

だが、予想に反して、次々と五人のクライアントが見つかる。これはほかの研究生と比べても稀有なことだった。しかし、分析を始めてみると思わぬ理由で四人が河合のもとを去ることになる。河合が易をたてたのはこうした失意のなかでのことだった。

先の結果を受けて、さらに落胆を深めた河合は、ある女性の分析家のところへ行く。すると、彼女も易をたててみようという。だが、河合は原則通り「易は二度たてるべきでない」ことを強く主張する。

女性分析家にも言い分があった。河合が二度目を行うのではなく、自分という要素が介入し、場が新しくなったところで彼女自身が易をたてるのだから禁忌を破ることにはならない、というのである。

さらに論議は続いたが、河合は彼女の意見を受け容れる。結果は同じ地雷復だった。彼女は「この現実(リアリティ)を尊重しましょう」と言葉少なに語った。

「「復」はすべてをもとに返すことをも意味している」と河合は書いている。この結果を受けて河合は残った一人のクライアントにも事情を話して、二ヵ月間の休暇を申請し、彼自身がクライアントの立場に戻ることを決意する。

この立ち戻りの経験が河合に「非常に大きい成果」をもたらした。そして、再び彼が分析家の立場に立つと、待ってくれた一人だけでなく、彼のもとを去った四人のうちの二人も戻ってきた。「この現象も考えてみると、「地雷復」のイメージにぴったりのことであった」と河合は書いている。

人は誰も、どこかの地点で地雷復の境地を生きているのではあるまいか。それは先に進むために、しばし立ち戻ることを人生が求める時節にほかならない。

『宗教と科学の接点』に出会った衝撃の余波は小さくなかった。一九八九年八月には、河合隼雄とともにヨーロッパを訪ねる旅に参加することになる。旅費はアルバイトで貯めた。参加してみると、学生などいなかった。ほとんどが精神科医かカウンセラーだった。
この旅によって——あるいはこの旅へと誘うはたらきによって——意識への扉が開かれることになる。だが、それは大きな苦しみの始まりでもあった。扉は、時機を得て、自然に開けばよかった。それを不用意に、好奇心から自分で開けようとしたのである。

第四章

ユングが試みた心理療法の一つに「連想実験」という方法がある。療法家は来談者（クライアント）にある一つの言葉を提示する。たとえば「黒」「夢」「机」などと次々に言葉を発し、来談者はそこから連想されるものを応える。

もちろん正解はない。ただ、さまざまな反応に意味がある。『ユング心理学入門』で河合隼雄は、ユングの連想実験をめぐって次のように述べている。

一見普通の反応でも反応時間がおそいときは、背後に情動的な要因が働いている一例として、彼は、「白」に対して、しばらくちゅうちょしてから、「黒」と答えた患者の例をあげている。これに対して、あとで白に対してさらに連想を聞くと、白は死人の顔を覆う布を連想させたことや、最近この患者の非常に親しい親類のひとが死んだこと、そして、黒は喪の色としての意味をもつことなどがわかった。つまり、白に対して黒はまったく普通の連想のように見えるが、時間のおくれを生じたのは、これだけの患者の感情の動きが関係していたためであることがわかったのである。

提示された言葉——河合はそれを「刺激語」と書いている——への反応には、じつに多様なことが起こる。即座に何かを口にする人もいるが、提示された言葉をそのまま受け止められない人もいる。なかには刺激語をそのまま繰り返したり、明らかに奇異と感じられる反応をする人もいる。

もちろん、こうした現象にもユングは注目する。だが、彼がさらに注意深く見つめるのは、来談者が何を言うかだけでなく、何かを言うまでの時間なのである。ある言葉に複雑な感情——のちにこれが「コンプレックス」という概念になる——を抱く人は、必然的に反応に時間を要する。その沈黙の長さと深さにユングは、心が発する見えざるコトバを読もうとしたのだった。

心は言葉を語らない。無音という時の流れを作り出すことでコトバを語る。療法家はそれを言語に置き換えなくてはならない。心はさまざまなコトバを語る。夢はもちろん、苦悩や病を通じて語ることもある。

ただ、心はいつ、誰の前でも語り始めるわけではない。ユングにとって心理療法家とは心が語る条件を整え得る人、あるいはコトバを現出させる人であり、そしてその翻訳者でもあった。

だが、ユングは、この「連想実験」をあまり発展させなかった、と河合は書いている。その後ユングは「心像と象徴の研究」に向かった。河合はそのことを残念に思っていた。「一見簡単に見えながら意義が深く、かつ使い方を考慮するといまだ新しいものを引き出せる可能性をもつ方法として、われわれはもっと注目してよいのではないかと思う」と書いている。

この言葉が記されている『ユング心理学入門』の刊行は一九六七年である。半世紀を超えるので、河合の言葉がそのまま今日のユング派の実状ではない。親しくしているユング派の療法家によると、現在では連想実験もある発展をしているようだが、河合の「もっと注目してよい」という指摘は、領域を心理療法に限定しない方がむしろ的を射たものになる。

人は誰も、生涯のうちにいくつかの人生の一語と呼ぶべきものに出会う。それは多くの場合、よく知られた、どちらかというと平凡な言葉なのではないだろうか。

河合隼雄の場合は「かなしみ」や「たましい」という言葉がそれに当たる。ただ、河合のような思想家でなかったとしても、ある言葉にどのように反応するか、あるいは言葉との歴史を考え直してみることは、その人自身の精神遍歴をつぶさに顧みることになるだろう。もしも、その道程を記述することができれば、それだけで心の自叙伝にすらなるだろう。

かつては「扉」という刺激語を示されたら「開ける」というよりは「押し開ける」、もっと若いときであれば「こじ開ける」と答えたかもしれない。あるいはそれが容易に開かないことから「壁」と答えるようなときもあっただろう。しかし、今はおそらく即座に「待つ」と応じると思う。

年を重ねるごとに「扉」という言葉は次第に内界の存在を示す表現であると感じるようになっている。

「扉」は建造物に付帯する外界のものであるよりも、内界におけるある地平へと通じる道行きの象徴のように感じられる。むしろ、待つべきときに「扉」のイマージュが浮かび上がってくる、という方が精確なのかもしれない。そして今は、「待つ」という行為が、もっとも積極的な営為になり得ることを知っている。

だが、そのことを本当に認識したのは厄年を超えてからだった。空海は、言葉は多層的であり、その表層を「字相」といい、その深層にあるものを「字義」と呼んでいる。

字相は、則ち顕、字義は、則ち秘

（空海『梵網経開題』）

空海の場合、「秘」が「顕」を包含する。文字で記される言葉は「字義」への扉である。内なる扉が開く音は耳には聞こえない。しかし、むかしの人がいう「心耳(しんじ)」に無音のまま響くのである。

＊

大学に通うようになって、もっとも大きく変わったのは知性に関することではなく、財布の中身が寂しくなったら働けばよいという素朴なことだった。それまでは、愚にもつかないような理由を言って、父母にもらわなくてはならなかった金銭を、からだを動かすことで手にできるという事実は世界を一変させた。

高校時代からも、アルバイトのようなことはしていた。しかし、それでは生活は変わらない。むしろ、生活ができるような収入を手にしなければ、好きなこともできないのだから、アルバイトと労働は、自分のなかで、ある明確な線引きがあった。

もっとも割がよいのは家庭教師だった。しかし割がよいだけで、時間数を多くすることはできない。当時、実入りがよかったのは展示会の設営と交通量調査だった。

展示会のブースを設営する仕事は、引っ越しのアルバイトと同等の収入があった。それだけでなく、残り物のサンプルをもらえることが多く、そうした面でも助かった。飲めないのだが、家に缶ビールを一ケース持ち帰ったこともある。

肉体労働の場合、賃金はその日のうちにもらうことが多かった。前日までは硬貨しかなかったはずの財布にも、働けば何人か「福澤諭吉」がいるのだから気分はまったく違ってくる。

買いたいと思っていたもののほとんどが本だった。働こうと思ったのは文庫本を買うためではない。ある高価な――少なくとも当時の学生には非常に高値の――本を買いたいと思ったためだった。

今も営業を続けていて、時折訪れるが、神保町に玉英堂という書店がある。通常の古書のほかに作家の肉筆原稿や署名入りの本などの稀覯本を取り扱っている。

ある日、吸い寄せられるように店に入った。そこで目にしたのは、小林秀雄の署名本だった。東京創元社から刊行されていた革装で二重函に入った『ドストエフスキイの生活』である。今では同じ本が数千円で買えることもあるが、当時は違った。バブル景気の終わり頃で十数倍の値段がした。

小林秀雄を読むようになったとき、小林はすでに鬼籍に入っていた。十五歳になる年に、小林は八十一歳で亡くなっているから会える可能性もなかった。肉筆の文字は印刷されたものとは異なるちからを持つ。敬愛するこの批評家が書いたものの近くに暮らしていれば、いつか自分も書き手になれるかもしれない、そう思った。そして、何よりも肉筆を眺めているだけで、文学もまた、「書く」という手仕事であることをいつも思い出させてくれるような気がしていた。ある人にとっては著名な批評家の署名本なのだろうが、当時は——今も異なる意味でそう感じているが——護符のようなものだった。

財布に紙幣を入れ、玉英堂に向かった。

「この本とこの本を見せてください」

「かしこまりました」

こちらの思い過ごしなのかも知れないが、店員は、この客は買わない、と思っているように感じた。手が小刻みに震えていたのではないかと思う。どこからともなく、お前はこの本を手にするだけの何かを身に宿しているのか、という声が聞こえてくる。小林の肉筆を見て、逃げるようにその店をあとにした。

手元に金銭があれば、買い物ができるわけではない。物は購うのではなく、出会うべきものであり、やってくるものである、とある収集家が書いているのを読んだことがある。当時は、この本を見るので精一杯だった。

物に敗けた初めての経験だったが、このことはのちに小さくない影響を与えることになる。「物」は心をもって向き合うべき何かであることを疑うことはなくなったからである。

小林秀雄に「物」という題名のエッセイがある。そこで小林は荻生徂徠がいう「物」という言葉の意味の深層をめぐって論を進める。

徂徠は歴史を「物」だという。徂徠にとって「物」とは「歴史的事実」だと小林はいうが、それは現代人が考えるような可視的に記録された史料を集めて実証される「事実」ではない。それを見るのは、読む者の「内的視覚」だと小林はいう。徂徠がいう「物」の典型は「文」であり、それに向き合うには「私智ヲ去ル」必要がある。

「私智ヲ去ル」という徂徠の方法は、無論、傍観ではないので、反対に、どんな立場も頼まぬ全的な関心を言う。無私な交わりに似た、歴史という物への没頭を言う。

「私智ヲ去ル」とはあらゆるイデオロギーから自由であろうと試みることである。こうした歴史への接近法を小林は「本質的に詩人の方法だった」とも述べている。歴史が「物」であるなら、「物」は、現象ではなく実在であるといってもよいのだろう。「物」に拒まれるのは現象を見る者の常である。物体は金銭で入手できる。だが、「物」はその実在が何であるかを知る者に開かれる。

それからしばらくして、ミサに出るために井上神父の自宅兼教会――「風の家」と呼ばれていた――を訪れた。帰り際、神父に呼び止められた。

「この本をあげるよ」

小林秀雄の『常識について』の文庫本だった。小林の講演をカセットテープで繰り返し聞いていただけでなく、それが文字になったものも愛読していた。なかでも『常識について』はもっともよく読んだものだった。

「ありがとうございます。でも、この本はもっています」

「ああ、でも、この本はもってないだろう。小林さんの署名が入っているんだ」

返す言葉がなかった。

「君がもっていた方がよいと思ってね。河上さんの故郷の岩国にいったとき、電車のなかで小林さんにサインしてもらったんだ」

言葉を、そして書物を愛する者のあいだでは、書物を渡し、受け取るという行為は、いつも強い象徴性を帯びる。そこで行われるのは、単なる物体の譲渡ではない。ある精神の、さらにいえば、ある霊性の継承を意味する。

「河上さん」というのは、批評家の河上徹太郎で、神父と河上は飲み友達だった。河上には『新聖書講義』という著作もあり、カトリックに強い親近性をもっていた。「カトリック祭」と河上が呼んでいた宴が、毎年のように河上の自宅で行われていて、遠藤周作、三浦朱門、矢代静一、そこに井上神父もいた。

神父と河上には「松陰とキリスト」と題する対談があり、そこで河上は「ぼくはなぜカトリックにひかれたか。そりゃなまぐさで洗礼も受けてないけれども、これはね、まずベルレーヌなんですよ。次にクローデルです」と述べている。洗礼を受けてはいないが、単なる憧憬とは異なる思いをカトリックに寄せている、というのである。河上徹太郎は一九八〇年に亡くなる。葬儀は目白にある司教座聖堂の東京カテドラルで行われ、司式は井上神父がつとめた。

「松陰とキリスト」で二人は吉田松陰の精神は、現代でいう教養とは次元を異にするものだと語っている。それはある種の「狂」だという。

「教養そのものが人間を『狂』にまでかりたてることはないのでしょう」と神父がいうと河上は、

「うん、そうですね。あなたでもぼくでもそうですよ」と言葉を返す。神父はそうした言葉を受けてさらにこう語る。

「先生のお好きな人間像の中のいちばん根本のものは、儒でも文でも武でもない、そういうものに回りを彩られている『狂』なんですね。『狂』というのは信仰ですよ、やっぱり。理屈じゃないと思うんですよ。松陰にとっても、内村鑑三にとっても、おそらくは河上肇にとっても。理屈じゃなく自分をとらえて引きずり回す何かなんですよね」

この発言は、河上徹太郎という批評家の核心を突いていると同時に、井上洋治という宗教者の批評眼の確かさを証ししている。たしかに師は、もっとも高次な意味での「狂」に連なる人だった。

「狂」という言葉は『論語』に出てくる。「中行を得てこれに与せずんば、必ずや狂狷(きょうけん)

か。狂者は進みて取り、狷者は為さざる所あり」。もちろん孔子の言葉で、もしも中庸を生きる者を友とすることができないのであれば、「狂者」か「狷者」がよい。前者は、人がなさないことをすることがあろうし、後者は礼節を守るがゆえに試みるべきことをせずにいるからだ、というのである。

孔子にとって「狂」は中庸に次ぐものだった。中庸はある意味で理想でもあるから、孔子は「狂」を高く評価していたことになる。「狂」は必ずしも乱心を意味しない。それは論理と理性という壁を超え出ようとする態度を示す。同質のことはプラトンも語った。

哲学はプラトンの言うごとく所詮一種の「狂気」である。そしてこのような形而上学的狂気が神秘主義的体験と結びつくとき、神秘家はジルソンの所謂「純粋状態に於ける神秘家」(le mystique á l'état pur) であることをやめて、否、純粋神秘家であるその上に一個の思想家となり、神秘哲学者となる。

(井筒俊彦『神秘哲学』)

「風の家」が稀有なる学び舎だったのは、神学者としても優れていた神父から直接キリスト教を学べたからではない。神父がいうように「教養」とは異なる、プラトンがいう聖なる狂気と呼ぶべきものに直にふれ得たからだったことが、師が没して数年を経てようやく分かった。

小林秀雄の署名が入った文庫を手渡されたとき、神父は何かを想い出したかのようにこう語った。

「君は、井筒俊彦を読んだことはありますか」

「いいえ。ありません」

「それだったら、ぜひ、読んでください。『意識と本質』と『イスラーム哲学の原像』という本があります。まず、この二冊を読んでみてください」

当時の住まいは京王線沿線にあって、「風の家」へは新宿を経由して通っていた。神父の家をあとにして、そのまま新宿の紀伊國屋書店へ行き、言われた二冊の本を買い、文字通りむさぼるように読んだ。あのときのように読んだ本が生涯にどれだけあるだろう。文字を読んでいたのではなかった。文字を道標に未開の境域をまたいだのである。

『意識と本質』と『イスラーム哲学の原像』を読んだ後、『神秘哲学』を手にするまでさほど時間はかからなかった。ただ、読み進めるのにはそれから二十年ほどの時間が必要だった。

孔子が「狂」を語った『論語』の「子路」篇には、孔子の正名論と呼ばれる独自の存在論が語られている。もしも、危機にある国のかじ取りを託されたらどのようにするか、という弟子の問いに孔子はこう応じる。「必ずや名を正さんか」。まず、「名」を「正す」ことだというのである。もちろん、ここでの「名」は単なる名称ではない。むしろ、その奥にある本質にほかならない。こうした孔子の態度に深い関心を示したのが井筒俊彦だった。『意識と本質』には次のような一節がある。

正名、「名を正す」。勿論、「名」を「実」に向けて正しくすること、もっと具体的に言うなら、「実」にぴたりと焦点を合わせた形ですべての人が「名」を使うような社会状況を作り出すことだ。そしてこの場合、決定的に重要なことは、孔子にとって、「実」とは、個体としての物ではなくて、物の「本質」を意味する、ということである。

正名論の奥には、言葉は単に物の名を示すだけでなく、存在そのものを喚起する働きがある、という言葉の秘義をめぐる深い洞察がある。東洋では長く、本名を諱(いみな)——すなわち忌み名——とした。真の名を呼ぶとは、その人そのものにふれることであり、ときにそれを害(そこな)うことすらできると考えられた。名を正すとは呼び名を改めるということではない。むしろ、それを内的に、かつ根源的に変革することだった。

心理学という文字を前にするとき、この学問がたどった経過を考えてみると、「名」と

「実」との関係に改めて思いを馳せたくなる。

この世界にはさまざまな「理」がある。論理、倫理、哲理、摂理という言葉もある。もちろん、究極的には真理にまでいく。そうしたなかで心理とはどのようなことを意味するのか。

「心」とは何かという本を読むと、「意識」とは何かを語る言説に遭遇する。「心」を「意識現象」に置き換えて説明する。あるいは、説明可能なものに命題を置き換えて論究する。現代の心理学は、「心」というとらえがたいものを探究する学問であるよりは、意識と行動を説明する傾向を強めているのは否定しがたい事実のように感じられる。

ある人は「心理学」はpsychologyの訳語であるという。psychologyは"psyche"の学、すなわち「魂」の学であることを意味する。だが、現代の心理学は遠いものになりつつあることは否めない。

「魂」とは何かを語らない心理学者は少なくない。むしろ、「魂」などという名状しがたいものから、なるべく距離をもとうとするのが現代科学の常識的な態度でもあるだろう。だが、たとえ、学者が「魂」を語るのを止めたとしても「魂」が無くなるわけではない。ただ、それが見えにくくはなる。

心理学と「魂の学」の問題は現代日本だけの問題ではない。このことをめぐって、ルドルフ・シュタイナーが興味深い言葉を残している。

魂（サイケ）という言葉を用いた学問である心理学（サイコロジー）をも含めて、こんにちの科学は、魂のことをあまり知ろうとはしていないのです。心理学者でさえ、魂と呼ばれるものから、できたら眼をそむけたいと思っています。だからこんにちの心理学は、「魂のない魂の学」と呼ばれたりするのです。

（「魂の起源」『魂について』高橋巖訳）

この講演が行われたのは、一九〇三年で、フロイトとユングの訣別が一三年のことだから、ユング心理学が世に広く知られる以前であることも考慮すべきなのかもしれない。しかし、ユングの没後六十年を経てみると、シュタイナーの言葉は、歴史的事実とは異なる意味で新鮮に感じられる。この講演の終わりにシュタイナーは、近代とは「魂」を見過ごすだけでなく、否定するところにまできたという。

私たちの時代は、みずからの魂の存在を否定するところにまで達してしまいました。この時代に自分自身を取り戻すこと、私たちの内部の永遠で恒常なものを信じること、私たちの内部の神的なる存在の核心をこの時代のために新たに甦らせること、これが私たちの運動の課題でなければならないのです。

科学が安易に技術と結びつき、科学の純粋性とは何かが分からなくなるところまで来ようとしているなか、「科学」であることを目指した心理学が有用性に流れていくのは自然なことなのかもしれない。

だが、そうした時代にも魂に痛みを感じる人はいる。魂に苦しみを抱えた人は誰に助けを求めればよいのだろうか。あるいは、魂という抗いがたいものが動き始めたとき、それとどのように向き合っていくべきかを現代人は、誰に訊ねればよいのだろうか。

一九八〇年代の後半から九〇年代はじめは、心理学が脱構築を求められた時期だった。心理学がその名のとおり「魂」を射程に入れた叡知に立ち戻ることを時代が強く要望していたように思う。

その真只中、一九八八年に上京した。そのときはすでにシュタイナーの名も、その訳者である高橋巖の名も知っていた。きっかけは遠藤周作の『心の夜想曲(ノクターン)』だった。「日本でもかなりの愛読者のいる神智学のシュタイナーはユングと類似した考えの持ち主なので私も心ひかれる思想家だが、そのシュタイナーは、人生を三つの季節にわけている」と遠藤はいう。

ある人はユングとシュタイナーは違う、というかもしれない。もちろん、二人のあいだには相違はある。ともに独創的な思想家だから相違点の方が多いのは自然なことであるともいえる。しかし二人は、その根底においては、時代の、そして人間であるがゆえに逃れることのできない危機を見過ごすことなく、それに対峙する者として比類なき緊密な関係にあることも確かだ。先の一節のあとに遠藤はこう続けている。

若い時代は肉体の季節である。若者たちはその肉体で世界を感じ、世界をつかもうとする。

中年、壮年の時代は心の季節である。肉体はもう若者のような働きをしないが、そのかわり心によって世界を感じ、世界をつかもうとする。

そして老年。老年は霊の季節である。(霊という日本語を私は好きではない。しかし他にいい言葉が思い当たらぬので理解していただきたい) それはこの世界から離れて大いなる生命に戻っていくための前段階である。だから肉体の若い時代や心の壮年時代よりも、自分を包み、自分をこえた大いなる生命に敏感になっているのだ。

老年に差し掛かった遠藤は、自分の老いと重ね合わせてこう語ったのだった。もちろん、そうした作者の意図も理解できたが、それとは異なる意味においても読んでいた。近代社会そのものが、青年、中年、壮年の季節を終え、老年の域に入っているのではあるまいか。時代そのものが、肉体の時、精神の時をへて、「霊」の時代、霊性の時代、さらにいえば、物質と思想の時代から「いのち」の時代へと移り変わっている。かつては、肉体や意識、あるいは精神の問題として論じていた問題も、霊性の境域にまで深化させなくてはならない状況が時代を包んでいる。

『心の夜想曲（ノクターン）』を読んでから十年ほど後のことだったかもしれない。横浜のカルチャーセンターで行われた高橋巖のシュタイナーをめぐる講座に出席した。当時は講座終了後、講師と参加者が喫茶店で談話する、という時間があった。そこでは教室ではできないような質問もできた。

何の拍子か話がシュタイナーとユングの関係になった。

「ユングとシュタイナーは近いですね」

さしたる確信もないまま言った。遠藤の記述が念頭にあり、高橋が、ユングの高弟マリア＝ルイーズ・フォン・フランツの『ユング　現代の神話』の訳者であることは知っていた。

すると高橋が、それまでの話を切り上げるようにして、こう問いかけてきた。

「そうすると、ユングとシュタイナーはどのような関係にありますか」

「従兄弟のような感じでしょうか」

他意はなかった。精神的同心円中にいる、というほどのことを表現したかっただけだった。しかし、高橋は間髪を容れず、静かな語り口で、しかしある確信がある様子でこう言葉を継いだ。

「そうですか。兄弟ではないのですね」

従兄弟と兄弟は同じではない。従兄弟は数多い親類の一人だが、兄弟は濃い血縁であり、『旧約聖書』にも見られるように神話的なつながりがある。

当時、そこまでは理解できなかった。しかし、自分は表層的な類似を指摘しているに過ぎないのに対して、高橋の視座が精神の深層に関わる問題に据えられていることは分かった。

今から思うと時代が変化する、というよりも変貌する時期だったように思う。従来の心理学の常識からみれば、ユング心理学の知見は十分に革命的だった。それまでの心理学者は、心は一人一人の内にあるとしていた。考えるべきは「私の心」であるといわれていた。だがユングは、個人的無意識の奥に集合的、あるいは普遍的無意識と呼ぶべきものがあると語った。肉体が空気を同じくしているように、さまざまなイマージュを人間が共有している。人は心によって他者とつながっていると説いた。ユングにとっての他者は生者だけを意味しない。それは歴史の住人となっている死者をも含有するものだった。

同質のことを在野で、芸術、農業、教育などにまで領域を広げ、さらにラディカルな態度で語ったのがシュタイナーだった。

一九八七年には吉福伸逸（よしふくしんいち）の『トランスパーソナルとは何か』が刊行されている。吉福は翻訳家でありながらトランスパーソナル心理学の実践家でもあった。吉福がいなければ日本のトランスパーソナル心理学はまったく異なるものになっていただろう。彼が日本を離れたあと、トランスパーソナル心理学が、吉福の提唱してきたものと異なるかたちになった事実がそれを物語っている。彼は深い学識はあったが、学歴からは遠いところにいた。彼という存在をある職業名で表現するのは難しい。ただ、世界の根源にある何かを探究する人だったことは疑いを容れない。

先に挙げた書名が「トランスパーソナルとは何か」となっているのが象徴しているように、吉福の試みは従来の「心理学」という枠組みを超えていこうとするものであることは明らかだった。トランスパーソナル心理学は、ユング心理学を否定しない。むしろ重要な骨格の一つだと捉えている。だが、骨格だけで身体が出来ていないのに似て、トランスパーソナル心理学は積極的にさまざまな治癒の方法を折り重ねるように用いていく。

一九八九年だったと記憶している。吉福伸逸が講師となり、新宿の朝日カルチャーセンターが主催する、一泊二日のトランスパーソナル心理学のワークショップがあった。そこで行われたのは吉福の講義だけではなかった。「心理学」の枠組みを大きく逸脱するボディーワークも含んだものだった。

体育館のような広い場所で、二人一組になって、ある呼吸法を行い、変性意識状態に入り、超個（トランスパーソナル）の記憶をよみがえらせるということまでやった。カルチャースクールから送られてきた案内には、帰りは車の運転を控えるようにと書かれてあった。

こう書くと怪しげなもののように思われるかもしれないが、それは早計に過ぎる。トランスパーソナル心理学はすでに、国内外で思想史、研究、学問そして実践的にも無視できない一つの潮流をなしている。意識は個を超えているというのはユングの確信だったし、古くは仏教の唯識派の哲学的基盤でもあった。

もちろん、三十年前は文字通りの混沌とした状況だった。だが、そうしたなかでも吉福は、真摯に真の意味で新しい治癒の叡知を探究していた。彼は自分を崇拝させようともしていなかったし、何かを強制することもなかった。ただ、試みに真剣に向き合うことだけを求めた。

この波は、心理学の分野に留まらなかった。中村雄二郎に代表される哲学者、玉城康四郎などの宗教者、さらには遠藤周作のような文学者が連なった。混沌と呼ぶにふさわしい状態だった。だが、混沌が混乱ではなく、何ものかを創出するエネルギーを秘めているように、この時代の精神にも打ち消しがたい趨勢があった。


ユング心理学というよりも、ユングという人間に何かを感じた。それは人智学やシュタイナー教育よりもシュタイナーという人間に関心があったのに似ている。トランスパーソナル心理学に深入りすることもなかった。しかし、吉福伸逸の存在は今もなお忘れがたい。

ワークショップの会場は東京から離れた場所だった。東海道線に乗ったのを覚えているから神奈川か静岡だった。道中、吉福と話ができた。印象的だったのは、彼が明らかに「何が話されているか」に関心があり、「誰が話しているか」をさほど気にかけていないことだった。話は鈴木大拙のことになった。

「トランスパーソナルはD・T・スズキがいなければまったく違ったものだったかもしれない」

大拙の本名は鈴木貞太郎。「D・T・スズキ」は、大拙貞太郎鈴木を意味する。大拙をこう呼んだ人に直接会ったのは、吉福が最初で最後だった。大拙が海外でそう呼ばれていたことは知っていた。しかし、その呼称を誰かの肉声として聞くとは思わなかった。

目的地に近づいたころ、吉福は大切なことを言い忘れていた、という様子でこういった。

「日本でトランスパーソナルを試みようとするとき、もう一人大切な人がいる。井筒俊彦の『イスラーム哲学の原像』で語られたイスラーム神秘主義の世界観は、トランスパーソナルにとても近い」

大拙の名前は『トランスパーソナルとは何か』でも一度ならず語られていて、そこに付されている笑顔の大拙の写真は今もなお、忘れがたい。しかし、吉福の口から井筒俊彦の名前を聞くとは思わなかった。

電車は止まり、会場へ向かった。自分の選択ではない未知なる道程を歩き始めているのは明らかだった。

気がつけば、河合隼雄と共にスイスを訪れるというツアーの申し込みを真剣に検討していた。当時の新入社員の給与三ヵ月分ほどの価格だったが、決心は揺らがなかった。旅立つまでの数ヵ月は何かに突き動かされるように働いた。一九八九年八月、パリ、ポルトガルの聖地ファティマ、そしてチューリッヒを訪れる旅だった。

第五章

のちに関係が深まるだろう本のページをめくっているとき人は、気がつかないうちに、不可視な門のようなものを通り過ぎ、言葉の世界から意味の世界へと導かれる。そこでは言葉を理解するのとは別種な、響きとの遭遇というべき事象を経験する。

絵を見たときも音楽を聞いたときにも意味を見出す。あるときは、風の音も何ものかのささやきのように感じられる。そうしたとき、人はすでに意味の境域を歩き始めている。

意味はしばしば、言葉を媒介せずに訪れる。意味の経験は必ずしも、言葉と相性が良いわけではない。意味を深く感じられるとき、言葉を奪われるとしかいいようのない場所に立たされる。この誰もが経験する出来事自体が、そのことを証ししている。

意味が分かる、意味が分からないという表現もあるが、意味はそもそも感じるもので、分かるというものではないのかもしれない。

「意」は、もともと言語を超えた神意、「神の音なひ」のことであり、それに接した人間は言葉に従うのではなく、「音と心とに従う」ことになる、と白川静は書いている。「音なひ」は響きだけでなく、気配を示す言葉で、どこか人間の感覚を超えたものであることを匂わせる。

また、「意」は「ああ」としかいいようのない感嘆を意味した、と白川はいう。「ああ」というほか、己れの心情を表わすことのできない様相、それが「意」の経験だというのである。

意味とは「意」を味わう行為を指す。「意」が何であるのか分からなければ、それを味わうことはできない。

また、意味とは何かの概念ではない。それはどこまでも、ある営みであり、経験である。だが、いつしか「意」は語意を表現するようになり、「意味」は語意を知解するところに生じるものになっていった。

「姿ハ似セガタク、意ハ似セ易シ」と本居宣長は書いている。ある人の言う語意を真似るのは簡単だが、その人の姿、発せられる言葉の響きを真似ることは困難を極める、というのである。それが、この稀代の国学者がたどり着いた境地だった。

この宣長の言葉は小林秀雄を強く動かした。小林は、その感触を確かめるように一度ならず、この一節をめぐって書いている。「言葉は、先ず似せ易い意があって、生れたのではない。誰が悲しみを先ず理解してから泣くだろう。先ず動作としての言葉が現れたのである」と述べたあと、小林はこう続けている。

動作は各人に固有なものであり、似せ難い絶対的な姿を持っている。生活するとは、人々がこの似せ難い動作を、知らず識らずのうちに、限りなく繰り返す事だ。似せ難い動作を、自ら似せ、人とも互いに似せ合おうとする努力を、知らず識らずのうちに幾度となく繰り返す事だ。その結果、そこから似せ易い意が派生するに至った。

（「言葉」『考えるヒント』）

悲しみとは何かを語ることは可能だろうが、愛する人を喪った者の悲しみを真似ることなどできない。悲しみという言葉は、悲しむ者から生まれたのであって、悲しみを論じた人によってもたらされたのではない。言葉の発生をめぐる、この厳粛な事実を小林は見過ごさない。

語意となる以前の「意」そのものは、その姿から窺（うかが）い知れる通り、「心」の「音」となって現象する。人は悲しむ人を前に悲しみの語意を知るのではない。言葉の響きを聞く。響きを耳で捉えることはできない。それは古人が「心耳（しんじ）」と呼んだ場所で受け取られるのである。

先の一節は、小林の生活のなかで「知る」と「識る」がはっきりと感じ分けられていたことを物語っている。「知る」は何かを認知することであり、「識る」とは何かを認識することである。

「知る」ことは知性と意識のはたらきかもしれないが、「識る」は明らかに異なる。そこには感性と無意識のはたらきを欠くことはできない。知り得ることは他者と似たように知ることもできる。だが、識るべきことはいつも、その人固有の道をたどらねばならない。「意」の経験は、非合理なものではないが、非論理的、あるいは超論理的なものである。人はそれを理知だけでは理解することはできない。

よく理解できる人が、深く味わっているとも限らない。「意」は理解の対象である以前に、玩味されなくてはならない。むしろ玩味が理解の始まりなのである。

それは、食物を味わい、そののちに消化される理にも似ている。味わう前に消化することも可能だろう。しかし、それは人間の心身を養わない。言葉をめぐる経験にも同じことがいえる。

だが、決定的に異なる点もある。食べ物は一日程度で消化できるが、言葉の経験が消化され、昇華されるには、数年、あるいは数十年の歳月を要することも珍しくはないのである。

*

高校に通うようになり、独り暮らしを始めた。自らの意志でもあったが、それがわが家の不文律でもあった。電車賃も大人料金になる。世の中は、その年齢にあるものを大人だとみなす。それが父の口癖だった。

父は、子ども時代に父を喪い、大学生のときに母を喪った。姉はいたが、すでに嫁いでいて、自分の足で立っていかなくてはならなかった。このことが彼の人生観の基盤になっていた。若いときの労苦は買ってでもしろ、という諺がある、というのもよく父が口にしたことだった。

十代の中頃のことである。母が作った夕食が、自分の食べたかったものではなかったことに不平を語ったとき、それを聞いた父が声を荒げるのでもなく、ただ、何か哀れな者を見つめるようにして、こう呟いた。

「お前は、本当に腹が空くということを知らないだろう」

父は強い視線を注ぎながら、静かな声でそう言ったのだった。叱咤したのではなかった。不平を言うだけの者は、いつまでも自らを支えている存在に気がつくことがないだろう。そう父は静かに忠告したのである。もちろん、当時はそこまでの認識はなかった。だが、今では不平家が見失っているのは、現実だけでなく、愛であるということもはっきりと分かる。

「忠」という字は、「まごころ」を意味する、と漢字学者の諸橋轍次が書いている。よく見てみれば、文字の姿がまさにそのことを明示している。忠告とは「まごころ」によって、相手の心に何かを告げることにほかならない。心に送られたのだから心で受け止めなくてはならないのだろう。だが、人はしばしば、それを頭で理解しようとする。

腹を空かせる者は身体的な空腹感を感じるだけではない。精神においても、ある空しさを感じる。だが、その空しさゆえに人は、それを充たすものを真摯に求めるようになる。「お前は、本当に腹が空くということを知らないだろう」という父の穏やかな忠告は、十年を超える歳月のなかで、「お前は、まだ、空しさを知らないだろう」という風に姿を変え、「空しさを知らない者は、それを充たす者の存在にも気がつかないのだろう」というように変貌した。

内在する「空」を認識できない、それ以上の不幸はないことも、知命を超えれば分かってくる。「空」への無知は、叡知との縁を希薄にする。叡知を求める者は、それとは別の道を歩かねばならない。後年、それを促す言葉に強く惹かれたのも、父の忠告があったからだった。

二十歳を少し過ぎたあたりのことだった。井筒俊彦の若き日の主著『神秘哲学』に没入していた時期がある。古代ギリシアからローマ時代に至るまでのギリシア神秘哲学の歴史を活写した本に、井筒の言葉を借りれば「恐るべき蠱惑」を感じていたのである。没入とはいっても、当時、この本を読み通せたのではなかった。ただ、立ち止まるべきところを通過するようなことはすまい、と思いつつ、その意味の世界を逍遥した。ゆっくり歩きさえすれば、道端に咲く野草も目に入る。そればかりか、あるときは、芭蕉のように草々からの無音の呼びかけを感じることすらある。同質のことは本の旅においても生起する。

生あるものたると生なきものたるとを問わず、ありとあらゆる存在者は、いわば自己の存在性の中に一種の空白を含んでおり、この空白を充たすためには、絶対充実状態にある存在の根源そのものにまで帰趨しなければならない。全存在者を駆動して、自己の存在性の完全充実に向わせるこの傾向をアリストテレスはくしくも「本能的欲求」(oreksis) と呼んだ。

空白は急には充たされない。むしろ、かつてよりも渇く自分を感じることになる。アリストテレスがいう「オレクシス」の目覚めは、確かに人生の始まりだったが、同時に、真の意味での生活の始まりでもあった。このときからしばらくして、ある困難に直面することになった。壁は人生の方にあったのではなかった。むしろ、生活の方にあったのである。人生だけを深めたいというおもいが訪れるのは理解できる。しかし、そうしたことを生活の重力は許さない。重力なき場所で人は生きられない。それを試みる者に生活からの戒めが課せられるのは当然のことだった。当時はまだ、生活と人生はある共振のなかでしか深まっていかないことを認識していなかった。

別なときに父は、呟くようにして、「人はなかなか死ねないものだ」と言った。明日の生活が見えない毎日に疲れ、いのちを絶とうとした。しかし、地下鉄の列車のランプが怖くて飛び込むことができなかったと語った。

そう語ったとき父は、五十代の半ばだった。しかし、不思議なことに、こうして書いている今も、よみがえってくるのは、知らないはずの、うつむき加減で街を歩く若き父の姿なのである。

言葉には、「不可思議」というほかないはたらきがある。言葉が真に行き交う場所にはいつも、思考や論義のちからだけでは解き明かすことのできない理法が存在する。

言葉の本性は記号的なはたらきにあるのではない。それは意味の貯蔵庫(アーカイヴ)であるところから確かめることができる。個々の言葉には、無尽といってよい記憶、出来事、経験が生きた形で存在し続けている。ある書物を読み、遥かに遠い過去を、ありありと想起できるのも、そうした言葉の本性に、人間の想像力が呼応しているからにほかならない。

　現代人にとって「想像」は、ほとんど空想と同義で用いられているが、その原義はまったく違う。ある人びとにとって「想像」とは、三次元的な時空の制限を超え、もう一つの次元にふれようとすることだった。たとえば、詩人で画家のウィリアム・ブレイクにとって描くとは「想像」のはたらきによって視たものを描くことだった。

　ブレイクはいつも、世界の奥行きを肉眼とは異なるもう一つの眼で凝視していた。彼にとって絵を描くとは、その境域で目撃したヴィジョンをありのままに写し取ることだった。

　日本にブレイクを本格的に紹介した、最初期の人物に柳宗悦がいる。現代で柳の名は民藝運動の牽引者として知られているが、若き日の彼は傑出した批評家であり、宗教哲学者だった。柳は、ブレイクにとって「想像」とは、もっとも具体的な経験であるという。

> 想像とは従って最も具体的能動的な直接の経験である。吾々の眼が深く天の霊に開ける時、吾々は明かに事物の幻像 Vision を知覚してくる。彼等は空しい幻覚の所作ではない、最も統一された生命の経験である。それは決して空漠とした夢想の様な心情を意味しているのではない。
>
> （「ヰリアム・ブレーク」『柳宗悦全集　第四巻』）

人を「想像」の世界へ導くのは、白川静のいう「意」、すなわち「神の音なひ」にほかならない。ブレイクは「想像界」(the world of imagination)という表現も用いている。この世界に「生きている」者は「意」によって語る。本当の空腹を知るまいと語ったのも、人は死ねないものだと語ったのも、知命を過ぎた父ではなく、彼のなかで「生き続けている」若き父だったのではあるまいか。

若き父の姿を思うとき、想い起される言葉がある。やはり、生と死の境を幾度も経験した作家椎名麟三が「ホントウ」のこととは何かをめぐって書いた一節だ。

人は何を「ホントウ」かと思うことによって生き方が変わってくる。出口のない今が「ホントウ」だとしか思えなければ、絶望するほかない。だが、椎名はまったく違うところから人生を眺めてはどうかと呼びかける。

「もちろん自分の苦しみや悲しみをホントウのものと考えたり、自分の考えをいわゆる絶対的なホントウのものとしたりするのは、人間として避けがたい運命なのでありましょう」と書いたあと、「しかしもしそうであっても」と述べ、彼は自らの心情を切々と語っている。

その運命にとらわれないこと、何かをホントウのホントウと思っている自分に、ホントウには賛成しないこと、それが大切だと思うのであります。私が自殺できなかったのは、ホントウに自分はダメだと思いながら、しかしホントウにはそう思えなかったからでありますが、このことから逆に考えても、死ぬためではなく、生きて行くためには、ホントウにダメだと思っているときでも、ホントウというものはない以上、ホントウにはダメではないのだと、その悲しげな自分をいたわってやっていただきたいと思うのであります。

（『生きる意味』）

「ホントウ」は存在するが、それは人の目には容易に映らない。知り得ない「ホントウ」を感じつつ生きていく。そこにこそ人間の宿命があるのであって、何が「ホントウ」かを判断するところにあるのではない。そして、自分を断罪するのではなく、「悲しげな自分をいたわってや」る、そこにこそ生の意味がある、と椎名はいう。

苦しいとき、しばしば、若い父の姿が浮かび上がる。将来、妻と三人の息子で家庭を築くことなど知りようもない、希望を見失った父の像が胸に広がる。「悲しげな自分をいたわって」くれたのは、若き父だった。

だが、そのことに気がついたのは父の没後である。彼の生前には苦しみを生きつつあった若き父が人生の同伴者だったことも、父が息子を守るということが、どういう営みであるのかも、この年齢になるまで理解できなかった。

父は、財産のかたちで何か遺すことはなかった。それは生前から語っていたことで、金銭という遺産は遺族をあまり幸福にしないというのが彼の哲学だった。しかし、内村鑑三のいう「後世への最大遺物」は遺していったのかもしれない。後の世に人間が遺し得るもっとも確かなもの、それは金銭や事業、あるいは思想や言葉であるよりも「高尚なる勇ましい生涯」だと内村は語った。だが、父の生涯が、内村がいうような「高尚で勇ましい」ものだったかどうかは知らない。だが、父の生涯が最大の遺産であることは疑いがない。

学生の頃は父とはよく話した。父は話すのが好きな人だった。だが、大人になると対話の回数も減ってきた。もっと話しておけばよかったと今さらながらに思う。「知る者は言わず、言う者は知らず」と『老子』に記されているが、父のことを想い出すたびにこの賢者の言葉が想い起こされる。よく話したように思われた父も、本当に大切なことは語らないまま逝ったに違いないからである。


十六歳になるまでは、本を二冊しか読んだことがなかった。そもそも本に関心がなかった。本に縁遠い生活だったわけではない。家には、小さな図書館を開けるくらいの本があった。父は、読書家でもあったが、蔵書家でもあった。クラシック音楽を聞くことと、本を読むことが父の愉しみだった。晩年、目を悪くして、本をかつてのように読めなくなっても購書のペースはまったく変わらなかった。父母に仕送りをしていた金額がすべて、書籍代に消えていくような生活を彼は最期まで続けた。

物理的、身体的な意味で読めない本が、うずたかく積まれていく。帰省した折、父に、どうしてここまで読めない本を買うのかを聞いたことがある。

返事はあいまいだった。

東京に戻って、同僚にそのことを話すと意外な言葉が返ってきた。

「読めない本は、読める本よりも大事なのかもしれない」。同僚は、もらすようにそう語った。

読めない、と分かっていながら本を買うときの気持ちは、読みたいと思えば、読めたときよりも、いっそう強く、真摯なものではないかというのである。

自分でもすぐに読まない本をいくらでも買っているのに、そんなことも分からなかった。それを父に言わせるのが、どれだけ痛みを伴うことであるのかを、同僚の言葉を聞くまで分かっていなかった。

人は、読まない本からも影響を受ける。書名、著者の名前、あるいは本の並びやその佇まいなど、そのことを解析的に語ることもできるのだろうが、ここで述べてみたいと思っているのは、まったく異質なことだ。それは、影響を及ぼすのは書物が作り出す空気であり、それを精神が呼吸しているのではないかという、ある意味では根拠のない、しかし、否定しがたい経験的事実なのである。

父には「読めない本」が必要だった。それは肉体が酸素を必要とするように彼の精神には欠くことのできないものだった。自分もまた、そうだった。幼い頃から、父の部屋にある本による光合成と呼ぶべきものに助けられながら、育ってきたことに、父が亡くなったあと、彼の書斎で蔵書を眺めているときに気がついたのである。

本は情報ではない。存在である。そこには、作者のおもいだけでなく、購った人の心のうごめきや読んだときの衝撃も刻まれている。

蔵書をめぐって、須賀敦子が興味深いことを書いている。最後の長編作品となった『ユルスナールの靴』で彼女は、蒐(あつ)められた本は、蒐めた人と同じだけ、いのちを保つ、という。二十世紀フランスを代表する作家マルグリット・ユルスナールが暮らした家を訪れ、彼女はその蔵書を眺めたときのことを振り返りつつ、こう記している。


〔……〕廊下も階段下のスペースまでが、当然のこととはいえ、ユルスナールのものであったらしい本で埋まっていた。でも、もう、ちょっと指をはさんだり、ページを繰ったりされることのなくなった本たちは、とっくに死んでいるのが、私には痛いほどわかった。本は、それを蒐めた人間のいのちの長さだけ、生きるのだから。

確かに、本はその主とともに幽明の境を異にするようなことがある。作家や思想家が亡くなると、蔵書が大学などの研究機関に寄付されることがある。だが、そこにあるのは、すでに多くの場合は史料で、誰かに愛された本ではない。それが本として新生するには、再び誰かによって愛しまれなくてはならない。

井上神父は、「風の家」に集まって来た若者たちに蔵書を開放していた。書棚に置いてあるノートに借りた書名と名前を書けば、持ち出しは自由で、期限も定められていなかった。そこにはキリスト教神学に関する本だけでなく、遠藤周作や安岡章太郎をはじめ、さまざまな作家や思想家から贈られた本も多くあった。この書棚を前にした、空気の記憶も忘れがたい。その匂いすらも鮮明に想い出せる。

この蔵書は没後、ある大学に寄贈された。分野ごとに整理され、書棚に収まっているのを見たとき、何か複雑な思いに包まれた。目で見ているのは確かに、懐かしい背表紙なのだが、そこからは神父の自宅に充溢していた気配を感じとることはできなかった。

没後だったが、鎌倉にあった井筒俊彦の家に幾度か訪れたことがある。豊子夫人はまだ健在で、この哲学者をめぐるさまざまな話を聞くことができた。夫人は井筒の生活上の伴侶であるだけでなく、思想上の対話の相手でもあった。哲学者の蔵書もまた、まだ呼吸をしているように感じられた。誰もいないはずの部屋に何かを感じるようなことさえあった。

しかし、夫人の没後、蔵書は井筒の母校に寄贈されることになった。後日、そこで目にしたのは、まるで性質の異なるものだった。それはもうある種の空気を生むものではなくなっていた。

蔵書は、蒐めた者が亡くなっても、それを受け継ぐ者がいれば、息をし続ける。しかしそうした者がいなければ、長い沈黙の歳月に入る。かつての主が自分を愛してくれたように、情愛のまなざしを注いでくれる人間の到来を待つのである。

「幾時の間にか、誰も古典と呼んで疑わぬものとなった、豊かな表現力を持った傑作は、理解者、認識者の行う一種の冒険、実証的関係を踏み超えて来る、無私な全的な共感に出会う機会を待っているものだ。機会がどんなに稀れであろうと、この機を捕えて新しく息を吹き返そうと願っているものだ」（『本居宣長』）と小林秀雄は書いている。

ここで小林が論じているのは『源氏物語』を読む本居宣長の態度だが、それはもちろん、『源氏物語』が『古事記』になっても変わることがない。

ここでの主語は、宣長という人間ではない。世人が「古典」と呼ぶ書物である。人が書物を探すのではない。書物が自分を読み解いてくれる人を待っている。それが小林の見る宣長の境涯であって、同時に批評家としての小林秀雄の実感でもあった。先の一節には次のような言葉が続いている。

物の譬えではない。不思議な事だが、そう考えなければ、或る種の古典の驚くべき永続性を考える事はむつかしい。宣長が行ったのは、この種の冒険であった。

言葉の世界では、人が本を選ぶのだろうが、意味の世界ではその秩序が変化する。奇異に感じられるかもしれないが、じつは多くの人はそれを思わぬところで経験している。それは、理由も分からないまま、ある本に読みふけるときであるよりも、ある本を、どうしても読むことができないという経験を通じてなのである。

どうしても読み進められない本がある。読みたくないのではない。だが、「読めない本」と呼ぶほかないものが存在する。難解なことが書いてあるわけではない。ただ、そのときの自分には、紙で出来ているはずのページが、鉛ででも作られたかのように重く感じられる。

高校二年生の夏からアメリカに留学した。アメリカの文化にふれたかったからでも、英語を学びたいからでもなかった。なるべく家族から離れたところで暮らしたかった、というのが本当の理由だった。

父が自分の足で歩けと、あまりに言うものだから、実家から離れたところで独り暮らしをしたところで、独立したとは認めてもらえまい。だが、この国を出て、言葉もよく通じないような場所で生活することができたら、あの父も自分を認めてくれるのではないかと思ったのだった。

理由はよく分からないのだが、アメリカに持参したのがカミュの『異邦人』とドストエフスキーの『罪と罰』、そして何冊かの芥川龍之介の小説だった。

ホストファミリーの家に到着し、数日経った頃、英語に疲れ、日本語にふれたいと思って『罪と罰』のページをめくった。このとき、それまで、まったく経験したことのないおそれに襲われる。それが「恐れ」というべきものではなく「畏れ」であり、恐怖の経験ではなく、畏怖のそれだったことを今は理解できるが、当時は「畏れ」や畏怖が何であるのかも知らなかった。

そう感じたのは、ラスコーリニコフという若者が、老婆を殺すという残虐性ゆえにではない。むしろ、その描写が現実よりも、現実的にすら感じられた言葉のちからのゆえだった。ドストエフスキーという作家を通じて、このとき初めて言語とは異なるコトバの深部にふれたのである。

人は意識で言葉を読む。だが、コトバは、意識の壁を突破することがある。今ではそれが意味経験というべきものだったことも分かる。しかし、十代の若者には理解できなかった。戦慄の感覚だけが残った。当時、読んでいたのは中村白葉訳の三巻の文庫本で、一巻の半分ほどから先はもう、ページをめくることができなくなった。

しばらくして、この本の最初に置かれた訳者による「解題」に引用された、ドストエフスキーの伝記を書いたストラーホフの記述を読んで、別種の戦慄を覚えた。そこにはすでに自分のことが語られているように感じたからである。

この小説がひとたび読書界に提供されるやいなや、読者たちはもうそのことばかり語りあった。大抵の人がこの小説の、人を圧迫するような力や、重苦しい感銘について語りあった。これらの圧迫と重苦しさのためには、健全な神経を持っている人々でさえ打たれて病気のようになるし、弱い神経を持った人間は、それを読むのを余儀なく中止しなければならなかった。しかし、この小説が何にもまして世人の注意を喚起したのは、以上の外に、この小説の事件が偶然にも、現実のそれと一致していたことであった。

この一節だけでも『罪と罰』という作品の出どころを知るには十分だった。この作品は作家の創意によってだけ出来ているのではない。むしろ、作家はどこであるかを名状しがたい境域とつながり、そこから言葉以前の響きを受け取っていることがはっきりと分かった。

言葉を理解するのは易しい。しかし、響きを聞くのは容易ではない。言葉は知力があれば読めるのだろうが、響きを感受するために別種の鍛錬が必要になる。求められているのは学習ではなく、生きることそのものだからである。それを裏打ちするような言葉を、この小説をめぐって小林秀雄が書いている。

大小説を読むには、人生を渡るのと大変よく似た困難がある。

（「「罪と罰」について　Ⅱ」『小林秀雄全作品16』）

何度も読む本との関係も深い。しかし、読めないという現実を突きつけられる本ともそれにもまして、浅からぬものがある。「読めない」という経験は、ある人にとっては拒絶に感じられるかもしれない。だが、それは邂逅と呼ぶべき出会いの序曲であることも少なくないのである。

アメリカでの居住先になる、ホストファミリーは、到着したら離婚をしていて、父親はもう家を出て、いなかった。週末になると子どもは、父と母と隔週ごとに過ごしていた。留学生を預かるのは「ファミリー」でなくてはならない、ということで半年ほどして、その家を出ることになり、警察官の家に引き取られることになった。

六十歳くらいの女性と二十歳以上離れた夫という家庭で、女性は元警察官で夫は現職だった。女性は古着と雑貨を売る店を経営していて、時間があればここで働いてよい。いざという時も安心だと言って、レジの下にある拳銃をちらりと見せてくれた。

二人は、じつに質素な暮らしぶりだった。空間的にも日本から来た留学生を泊める余裕などなく、寝るときは、暖炉の前に何かを敷いて、毛布にくるまって休んだ。今から考えると、居住先を変えたというよりは保護されていたのだと思う。そこからしばらく高校に通ったが、期日を早めて帰国することが決まった。

警察官の家を出て、次はパブを経営しているという独身の男性の家に行くことになった。男性は裕福な生活をしていたが、すべてがひとり暮らしの仕様になっていて、ベッドも一つしかなかった。それでもまったく問題がなかったのは、この男性の生活は昼夜が逆転していたからだった。

一週間ほど滞在したように思うが、ほとんど顔を合わせることがなかった。それにもかかわらず、空港まで送ってくれた光景は鮮やかに印象に残っている。もっとも厳しい状態だったはずなのだが、今でも時折よみがえってくるのは、ある温度を感じさせる穏やかな記憶なのである。居場所がないと感じている者に、食事と寝る場所を与える。それは善意という言葉以上のものを生む。

帰国したのは、年が変わってさほど時間が過ぎていないときだったように思う。一年の予定で出発した留学は、半年強で終わることになった。

不思議だったのは、さほど残念な気持ちもなく、挫折感もないことだった。何かをやり切ったという感触はなかったが、当時でもすでに、計画外の経験を重ねたという、ある種の手応えはあったのかもしれない。

第六章

かつてはよく手紙を書いた。旅先からや、遠くに暮らす人に宛ててだけでなく、明日になれば会う人にさえ、書き送ることがあった。パソコンで書くようになったのは二十一世紀になってからだから、文字通り、手で書いた。

伝えたいことがあるから書くという場合もあるが、それは理由の一端に過ぎない。手紙を書いているとき人は、それを受け取る人を強く思う。その人で、心をいっぱいにすることすらできる。むしろ、そうしたいから書くという場合も少なくない。

手紙を書いているときは、会っているときよりも近くに感じることがある。そうしたとき人はしばしば、「出せない」手紙を書く。感情があふれ、準備のない相手には負担になりかねないような言葉を人は書き綴(つづ)ることがある。

このとき手紙はポストに入れられるのではなく、机の奥にしまわれる。それでも時間を浪費したと感じないのは、望んでいたのが、手紙の相手を感じることであって、自分の思いを伝えることではないからだ。

書くという行為は、一見すると理性的に見えるが、むしろ理性的な把捉を感性的なそれへと転換していく行為にほかならない。当然、日ごろはさほど意識しない情感が目覚めていく。理性が大きく働くべき場面は、書くときよりも、書いたものを送るか否かにある。

誰かに怒りの感情を抱いていて、口頭では理性的に思いを伝えることは出来なそうだから、手紙にまとめようとペンを執る。だが、書き終わるころには、気持ちが変わっている。悪いのは手紙を受け取るあの人だという確信が大きく揺らいでくる。自分の至らないところがはっきりと見えてきたり、その人の、ではなく人間が持つ弱さのようなものをありありと感じて、責める気持ちが失せる。

そうした経験は誰もが一度ならずしているだろう。「書く」とは、激情にかき消された自分を見つめる営みでもある。書き手になる人間の多くは、人生のどこかで「書く」という営みに魅せられた経験を持つ。「書く」という行為によって人生の手応えを感じた経験を有する。そうでなければ、文字を綴るという素朴な行為に人生を賭けたりはしないだろう。

文章は書かれることによって、ではなく、読まれることによっていのちを帯びる。現代では、手紙は、受け取る相手の人数は特定されていて一人、あるいは数人の場合が多い。当時はあまり深く考えていなかったが、手紙を書くとき、自分の書いた文章を誰かに、それも確かに、深く読んでもらえるということが、素樸にうれしかったのだと思う。言葉が深く受け止められたとき、深いところから湧出した言葉でつむがれた返事がくる。そこには、書き送ったときには考えもしなかった地平が拓けている。人は亡き人にさえ、手紙を書くことがある。その人をより確かに感じることが書く目的だから、手紙を受け取る人がこの世にいなくても、あるいは返事が来なくてもいっこうにかまわない。手紙をめぐって、ノヴァーリスが美しい言葉を残している。

真の手紙は、その本性からして、詩的なものである。

（「花粉」今泉文子訳）

問題は、ノヴァーリスにとって「詩的」とはどういう状態であるかだ。それは文学の一様式を指す呼称ではなかった。人間と世界を、人間と超越を、そして、人間を自己自身とつなぐはたらきにほかならなかった。「われわれの内部には、ある種の詩〔Dichtungen〕が存在する」と書き、この詩人哲学者はこう続けた。

これは他の詩とはまったく異なる性格を有するように見えるが、それというのもこの詩には必然性の感情がともなうものの、そのための外的な根拠はまったくないからである。人間は、自分がつねに対話をしているような、また、明白な思考を展開せよと、ある未知なる精神的存在から不思議な仕方で促されているような感じをもつ。

（「来るべき哲学（ロゴロギー）のための断章」今泉文子訳）

この不思議な促しがなければ「書く」という営みも、真の意味では始まらない。ノヴァーリスにとって「書く」とは、何者かから託された問いに姿を与えることだった。

彼は幾つかの小説を残したが、すべて未完だった。理由は彼が三十歳以前に世を去らねばならなかったということばかりではない。真の言葉は、作品の完成という表面的事実を超えて飛翔する。そのことを熟知した彼にとって、書くという営みは、もともと完成という概念とはまったく異なる次元にあったのである。

＊

アメリカの新学期は九月に始まる。渡米したのは七月で、ひと月ほどはシアトルのワシントン大学の寮で過ごした。日本から来ていたのは四人だけで、そこには各国からの留学生がいた。そこでの語学研修を経て、それぞれのホストファミリーへと散っていく。

半年強の留学期間に書いた手紙は膨大な量になっている。毎日のように父と母に書き送ったのだが、母が整理してくれていて、あるとき、それを手渡された。

日記を書く習慣は、これまでも今もない。しかし、この時期の手紙はおよそ日記だった。時折、今こうして、懸命に書こうとして、書けないでいる言葉の断片のようなものが、当時の手紙には散見できるのではないかと思うこともある。手紙は、誰かに向けての言葉であると同時に、しばしば、未来の自分への伝言でもあるからだ。むしろ、そうあるとき、手紙は真の意味での文学になる。文学の歴史が証明しているように。

当時は手紙のほか「書く」理由を見つけられずにいたが、全身で何かを「書く」という初めての経験だったことは疑いえない。他者とのつながりだけでなく、自分のありかを確かめずには、生きていくことができない危機にあったことは、今ならはっきりと分かる。だが、十代の中頃にその自覚はなかった。ほとんど本能的に手紙を書くことでそれを乗り切ろうとしていた。

あのとき「書く」とは、人生という、見えない海を泳ごうと「掻(か)く」ことだった。何かを書き進めることはそのまま掻き進むことだった。そこには何の道標もない。書くとは、自らの手で生きるための道標を世に呼び出すことにほかならなかった。

留学は、七月から、翌年の七月までの予定で出かけたが、期せずして自由な時間ができた。当時は国をまたいだ単位交換制度など存在しなかったから、一年間高校を留年するのが留学の前提だった。高校二年の一学期までは終えて出発しているから、早めの帰国になっても高校に戻る必要もない。

結果的には高校二年の一学期を二度履修する、すなわち、早めに高校に戻ることになるのだが、それまでの三ヵ月間で人生が変わった。もしも、留学の目的が異文化にふれ、その経験を通じて自己を発見していくことであるなら、本当の意味での「留学」はここから始まったといってよい。今日から振りかえると、早く帰国するためにアメリカまで出かけていったような気さえする。人生の余白と呼ぶべき時間に訪れたのは、美の経験だった。この世界には言葉では到底とらえきれない何かがあることをこの時期に知った。

父が出張で岡山に行くことになり、母と共に同行することになった。家にいて、本を読むほか、格別何かをしているわけでもない姿を見て、旅に連れ出してくれたのだと思う。父が仕事をしているあいだに母と大原美術館に行った。出来事はここで起こった。絵と彫刻にふれ始めたのである。

それまでも画家の描いた絵を見たことはあった。故郷では父親が彫刻家だという友人もいて、教会に行けば、その人物が彫った作品が置いてあり、毎日のように見ていた。しかし、美にふれるという経験には至らなかった。胸を貫くという美の衝撃を知らなかった。

大原美術館の収蔵作品としてはエル・グレコの「受胎告知」やモネやセザンヌをはじめとした印象派の画家たちの作品がよく知られている。ある人は入口に据えられたロダンの彫刻を想起するかもしれない。だが、このとき経験したのは、そうした個々の作品を鑑賞することではなかった。美の霊気を浴びるという出来事だった。美の霧のなかを歩いたといってもよい。

もちろん、そんなことを明確に認識していたわけではない。今、遭遇したものが美であると述べることができるのも、三十年以上の歳月があるからであって、あのとき経験したのは、得体の知れない何かに打ちのめされたという出来事だけだった。

本を読むことを覚え始めていたから、目に見えないものが胸を打つのは知っていた。しかし、美は、言葉とは異なる経路で迫って来た。言葉は慈雨が大地を潤すようにやってきたが、美は名状しがたい波動となって顕現した。

図録というものを知ったのもこのときだが、そのページのどこを開いても、あのときの経験がよみがえってくることはなかった。印刷された絵が想起させるのは、個々の絵の様子や置かれていた場所なのだが、この時の経験はそれらと結びついているのではなかった。その図録は、今も手元にある。当時の入場券の半券がはさまっている。この日のことを忘れたくないというささやかなサインなのだろう。この図録が今も意味しているのは、美との邂逅という事件そのものなのである。

このとき出会ったのは、幾十枚の絵画ではなかった。大原美術館という場とその歴史だったことも、今ならはっきりと分かる。

大原美術館は意図して建設されたのではなかった。ここにかかわった人の営みが美術館へと結晶していった。名称に痕跡を残しているようにこの美術館の建設に出資したのは大原孫三郎である。

「東の渋沢栄一、西の大原孫三郎」という言葉もあるように大正、昭和初期を代表する実業家である。大原の生涯に関しては兼田麗子の『大原孫三郎——善意と戦略の経営者』に詳しい。

紡績が日本経済の支柱の一つだった時代、大原は親から倉敷紡績（現在のクラボウ）の経営を引き継ぐ。ここでの成功が始まりだった。そして倉敷絹織（現在の株式会社クラレ）の創業、中国銀行、倉敷電燈株式会社、中国民報の経営にも携わっていく。大原が優れた経営者であるだけなら、あの美術館が生まれることはなかった。彼にとって事業とは、どこまでも収益を上げることではなく、この国に文化の土壌を築くことだった。

一九〇七（明治四十）年、大原は親友だった画家児島虎次郎をヨーロッパ留学に送り出す。期間は五年だった。きっかけは虎次郎の作品が、ある美術展で一等入選し、別の作品が皇后の目にとまり、宮内省のお買い上げになったことによる。これだけでもすでに破格の待遇だが、それは始まりに過ぎない。一九一九年、大原は児島を二度目の留学へと向かわせている。二九年、虎次郎が急死するまで支援は続いた。

虎次郎と大原の出会いは、最初の留学の五年前、一九〇二年にさかのぼる。大原が実施していた奨学金に虎次郎が申し込み、面接で言葉を交わしたのが契機となった。

このとき大原は、虎次郎に画家になる理由を尋ねる。「金もうけか出世か」とも言ったという。虎次郎の応答は違った。よい絵を描き、美術界に貢献したいと答えた。このときから二人は親友になった。大原の支援に虎次郎は無私の心で応じた。

二度目の留学で、ロンドンに到着すると虎次郎は、美術を志す若者のために絵画を蒐集して帰国したいと伝える。大原はしばし考え、それを承諾する。

二一年に虎次郎が帰国、集められた絵画で「現代仏蘭西(フランス)名画家作品展覧会」が開かれ、大きな評判を生む。翌二二年、大原は絵画を買い集めるために三度目の渡欧に虎次郎を送り出している。

帰国してしばらくして、虎次郎は大原に美術館の建設を打診する。フランスから大理石などを取り寄せたことはあったが、このときは実現しなかった。

二九年、虎次郎は創作による過労がたたり、脳出血で急死する。このことが美術館建設を決定した。美術館の名称も、大原は当初「児島画伯記念館」にしたいと考えていた。しかし、周囲の考えを取り入れ、現在の呼称になった。

「虎次郎の急死により、彼の志が未完に終わったことを〔大原が〕残念に思い、その業績を後世に伝えることによって願いをなおその死後において達成させるために、その翌年この美術館が設立されたものである」と図録の冒頭に記されている。大原美術館は、美の殿堂であると同時に、児島虎次郎という画家の霊廟でもあり、虎次郎と大原のあいだに培われた友愛のモニュメントでもあった。

これらのことを知ったのはもちろん、ずいぶん後のことで、やはり大原が建設を支援した日本民藝館の来歴を調べているときだった。しかし、大原美術館建設の経緯と、高校生のときに遭遇した経験は、著しいほどに共振する。

あのときは、大原孫三郎も児島虎次郎という画家の存在も知らなかった。しかし、そこにあったのは数々の芸術作品以上のものであることは感じ取っていたように思う。それが虎次郎の悲願であることなど知る由もなかったとしても、受け止めるべきものを、たとえ種子のかたちであったとしても受容したのかもしれなかった。

記憶はしばしば捏造される、というが、それは種子を手にしたにもかかわらず、花を受け取ったように語るところに始まる。美の経験は魂のなかで育っていく。あるいは、真の意味で経験と呼び得るものは、種子的に存在している。ある経験がわが身に宿ったとしても、そのことに気がつく場合は少ない。美は魂の水であり糧である。身体に水が必要になれば、のどが渇く。食べ物が必要になれば腹が鳴る。身体は危機を回避させようと、さまざまな兆候を用意している。だが、魂は違う。

肝臓は沈黙の臓器である、という言葉がある。問題があっても症状が出にくいということの喩えだが、魂の沈黙は肝臓よりも深い。無自覚なまま傷ついていく。

傷があれば赤い鮮血が流れ、痛みを伴う。だから人はそこを手当てする。血を流して歩いていれば、誰かが気がつき、それを指摘することもできるだろう。魂の場合は状況が異なる。痛みを感じることなく傷つき、渇きを感じることなく潤いが失われていくことがある。他者の目にそれが明らかになることはない。人は、自らの魂に美の水を注がれて、はじめて渇いていたのを知る。

真善美という言葉が一語であるかのように用いられるように、魂の水はすべての人にとって美の姿をして顕われるとは限らない。ただ、何によって魂の目覚めを経験するかは、その人の生涯の方向を決定するのかもしれない。

かつては故郷の街に美術館などなかった。しかし、車で三時間ほどいった長野県の穂高町（現在の安曇野市）に碌山美術館がある。この町に生まれた彫刻家の碌山荻原守衛（一八七九〜一九一〇）を記念して建設されたもので、彼の作品のほとんどと、彼と関係の深い芸術家の作品を収蔵している。

はじめて赴いたのは、大原美術館を訪れる以前のことであるのは確かだが、精確なことは分からない。車酔いをしていた記憶があるから、中学生になったばかりだったかもしれない。

中学二年のとき、修学旅行で京都と奈良に行った。車酔いをすることが少なくなかったから、この旅行自体が憂鬱だった。比叡山を訪れたときのことだった。車酔いなどしたことがない、と豪語していた友人たちの多くが気分を悪くし、言葉少なになっていたが、なぜかまったく問題がなかった。その日を境に車に酔わなくなった。

本を再読するためには、どんなかたちであれ、一度は読まねばならない。当然のことだが、そのことの重みを人は忘れている。一度目の読書で分からなかった、それだけの理由で簡単にその本との関係を手放す。二度目、数ページをめくるだけでも人は、予想もしなかった出来事に巡り会うことがある。場所にも同様のことがいえる。碌山美術館との関係もそうして深まっていった。大原美術館での出来事を準備したのは、ここを訪れたことだった。

碌山が、高村光太郎と並び、近代日本彫刻の祖に数えられるべき人物であることはよく知られている。二人には交流もあった。初めて会ったのは一九〇六年、ニューヨークで、交友は碌山が三十歳で急死するまで続いた。碌山が亡くなると光太郎は「荻原守衛」という哀悼詩を書いた。

詳細な「荻原守衛年譜」を編んだ本間正義によれば、碌山という号を用いるようになったのは一九〇七年、夏目漱石の小説「二百十日」の「碌さん」という登場人物とロダンに由来する。碌山という名が「ロダン」に音が似ているというのである。高村光太郎と出会った頃はまだ、荻原守衛だった。守衛が碌山になっていく道程を見ることは、そのままこの人物の生涯をたどることになるのだが、それだけでなく、近代日本の重要な、しかし、忘れられた一頁を繙くことになる。

荻原は穂高にいる頃から内村鑑三が刊行していた雑誌や著作を愛読していた。日記には、そうした痕跡が、熱い言葉で鮮明に記されている。荻原は実際に内村に面会もしている。その道に彼を導いたのは、同郷の井口喜源治という人物だった。井口は内村を敬愛していた。彼は内村を講話のために長野に招いたりもしている。のちに井口は『論語』と『聖書』を軸にした「研成義塾」という私塾を開く。荻原もこの活動に参与している。

『論語』と『聖書』というつながりに違和感を覚える人もいるかもしれないが、『聖書』の中核をなす「天」、「愛」、「義」、「信」などが儒学の伝統と不可分の関係にあることを知れば、井口の試みがいかに先駆的、かつ根源的だったかが分かるだろう。儒学の影響は内村にも強く流れ込んでいる。彼の父は儒学者だった。

井口と荻原との出会いの始まりは、のちに新宿中村屋を創業する相馬愛蔵が主宰していた「東穂高禁酒会」と呼ばれる集まりだった。それは精神修養の集いであるとともに文化、芸術の経験を準備する役割をになった。

一八九九年は荻原にとって岐路というべき一年だった。この年の二月、彼は初めて上京し、巌本善治、植村正久、海老名弾正など時代を代表するキリスト者らのもとを訪ね、その謦咳に接した。ひとたび穂高に戻るが、同年の十月には本格的に暮らすためにふたたび上京した。内村のもとを訪れたのは翌十一月だった。

荻原守衛は、これまで美術史上の人物として論じられてきた。もちろん、彼の業績は日本美術史に明記されるべきものに違いないが、それで終わるものではなかった。彼の歩みは近代日本宗教史の側面からも、さらにいえば、芸術と宗教をつなぐ精神史の地平でとらえ直してみなくてはならない。

彼が上京を決意したとき、彼は宗教者になるか、芸術家になるのかを決めていなかった。荻原がアメリカへ渡ったのは一九〇一年、彼はその少し前に洗礼を受けてもいる。彼にとってアメリカは芸術経験だけでなく、宗教経験を深める場でもあった。内村鑑三を愛読していた荻原にとってアメリカは、内村が真の意味でキリスト者になった場所だった。

誕生からアメリカ留学を経て帰国までを書いた内村の自伝『余はいかにしてキリスト信徒となりしか』は英文で書かれている。その邦訳が完成されたのは荻原の没後である。彼がそれを英文で読んでいる可能性もある。たとえそうでなかったとしても、彼が愛読した内村の『求安録』にも内村のアメリカ体験は記されている。荻原は内村にとってアメリカ留学が、どれほどの重みをもっていたのか理解はしていたはずである。

一九〇九（明治四十二）年、七年にわたる洋行を終え、帰国した翌年――そして亡くなる前の年――、荻原は「信仰と美術との関係」という一文で次のような言葉を残している。

文芸復興以後になっては、十七、八の両世紀とも、欧州には世界に誇るべき作家は一人も起らなかった。十九世紀になってフランスにミレーが生れた。彼は人の知る如く農夫に関する画ばかり画いたが、彼の画いた農夫は皆一種の説教である。木を一本画いたのもホンノちょっとしたスケッチも、ことごとく詩であり説教である。これは彼がことさらに説教をさせようと思って画いたのではない。彼は子供の時から極めて宗教に熱心な祖母から強い感化を受けたからで、パリにおった時、感ずる所があってバルビゾンの野に退いたのであるが、彼は説教するつもりでも何でもないが、彼の人格そのものが画に現われると自らそうなるのである。いわゆる風景画なるものは彼を中心として起ったものである。

（『彫刻真髄』）

「種まく人」「落穂拾い」で知られるミレーは、画家の姿をした伝道者だというのである。荻原にとって、この画家の描く色と線は、言語としての言葉を超えたコトバだった。さらにいえば文字の読み書きを十分にできない人にも人生の秘義を伝え得る強靭なコトバだった。

彫刻を作る彼が、自分の作品もまた、そのようなはたらきを持つことを願わなかったとは思えない。絵は技量で描くのではない。その「人格そのものが画に現われ」なくてはならない、というのも荻原の芸術観を明示している。彼にとって芸術とは、美の霊性の表現にほかならなかった。彼が初めて上京した一八九九年の日記には「霊性」をめぐってこう記されている。

> 霊性無形の神は人に依つて表はる。霊的貧者の救済〔、〕之真（これしんの）伝道。
>
> （『彫刻真髄』読点とルビを補った）

「霊性」の淵源である無形の神のはたらきは、人間を通じて顕現する。霊性における貧しさ、すなわち神を求めて止まない者たちへの救済にかかわること、これが真の伝道だというのである。

一九〇三年にパリへと拠点を移し、翌年、パリでロダンの「考える人」を見て、彫刻家になることを決意する。渡米の時点では画家になろうとしていた。ロダンからの影響は深甚なものだったが、彼はロダンを模倣したのではない。彼が願ったのはロダンと共振し得る地平に立つことだった。ロダンは古代の彫刻を愛した。荻原もまた、古代エジプト彫刻に魅せられ、ついには現地にまで足を運んだ。

エジプト彫刻を貫くのは「脱俗の心」であると荻原はいう。それはいわゆる「小児の心」とは異なる。「アカデミックであろうが何であろうが、まず一切を知る必要がある。

一切を知った上でその一切を殺してかからねばならぬ」と語ったあと、次のように続けている。

有智から無智へ戻って、そこに累わされざる一境が開ける。だいぶ難かしいがそこまで行かなければだめでしょう。そうしてその明鏡の心で対象（オブジェ）を写す、対象の形ではない内部生命を写し取るのです。

（「ロダンとエジプト彫刻」『彫刻真髄』）

荻原がエジプトに立ち寄ったのは、日本への帰路の途中だった。彼はこの一節を書きながら、自分が欧米で経験したのも「有智から無智へ戻って」いくことだったというのだろう。当初は正反対のことを考えていたかもしれない。より豊かな「智」を得たいと願ったのかもしれない。

しかし、彼は碌山という号を選んだ頃から歩む道が明らかに変化してきた。彼にとって造形とは、外形を再現することではなかった。それは外形を在らしめている「内部生命を写し取る」ことにほかならなかった。「予が見たる東西の彫刻」では造形の真義は、その「内部生命を写し取る」ことにおいて蕪村の俳句に通じているとも述べている。

> 最後に予は結論して、彫刻の真の美は内的な力もしくは生命に存ずると断言する。この目的を表現したものが真の自然を描いたものである。俳句などでも蕪村の句が最もこの自然の生命を捕えている。決して自我または小主観などに留着しておらぬ。物そのものの生命を歌っている。要するに芸術は芸術家が明鏡止水の態度を以て自然を活写したものでありたい。
>
> （「予が見たる東西の彫刻」『彫刻真髄』）

ここで「内部生命」、あるいは「内的な力」と呼ばれているのが、身体的生命と異なるものであることはその語感からも分かる。ある人はここに北村透谷の「内部生命論」の影響を見るかもしれない。透谷は次のような言葉を残している。

> 人間の内部の生命を観ずるは、其(そ)の百般の表顕を観ずる所以(ゆえん)にして、霊知霊覚と観察との相離れざるは之(これ)を以(もっ)てなり。霊知霊覚なきの観察が真正の観察にあらざること之を以てなり。
>
> （「内部生命論」ルビを補った）

荻原が、穂高時代、内村鑑三とともに愛読していたのが北村透谷だった。先に引いた

「予が見たる東西の彫刻」で荻原が「内的な力」に“Inner Power”と書き添えた個所がある。この用法は透谷が「内部生命論」で「内部の生命（インナーライフ）」と書いていたのを想起させる。

この一節を見ると、透谷のいう内部生命は、先に荻原が書いていた「霊性」にほかならないことが分かる。荻原の彫刻を宗教芸術と呼ぶのには抵抗を感じる。しかし、それはまさに、いのちの芸術であり霊性の芸術だった。彼の作品の底にはいつも「内部生命」、あるいは「内的な力」の器になろうとする悲願があった。それは求道者が、自らの存在を超越者の器にしようと試みるのに似ている。

ある人は、碌山荻原守衛の名を新宿中村屋の創業者相馬愛蔵・良夫妻との関係で記憶しているのかもしれない。愛蔵は荻原にとって、敬愛する同郷の先輩であるだけでなく、時代精神の象徴だった。妻となった良は精神的な姉のような存在でもあった。だが、この夫妻の関係に齟齬が出てきたことが荻原の生活にも変化を及ぼすことになる。良への気持ちが、敬愛から恋愛へと変化していく。世が騒ぎたてるようなことがあったわけではない。なかったからこそ、荻原にとってはいっそう大きな問題だった。その苦悩の軌跡は彼の最後の、そしてもっとも高次な作品となった「女」にそのまま流れ込んでいる。

この彫像に改めてふれたのは、東日本大震災のあとだった。そのときの不思議な感覚を忘れることができない。三十年ほど前に確かに自分がこの場所にいたことが鮮明に想い出されてきた。

同行した大人たちはそれぞれ作品を眺めている。どこを見てもブロンズ像しかない空間に興味を持てず、時間を持て余しつつ、館内を歩いていたとき、裸体の女性が正座をするような姿をし、手を引っ張るようにしながら後ろで組み、天空を仰ぐように顔を上に上げている像の前で動けなくなった。

種子的経験は、一体の彫刻、一枚の絵画との遭遇によっても生起する。種子が若芽へ、そして葉、茎、花を携えた姿に変じていくように絵もまた、魂で変容することがある。

三十年ぶりにその像の前に立ったとき、幼かった自分が、あの像からこぼれ落ちる、見えないはずの涙を視ていたことを想い出した。それが頬を伝うものではなく、人間の胸を流れる見えない涙であることも今は分かるが、十代のはじめではそのことも理解できなかった。

碌山美術館の壁には、涙をめぐる荻原の言葉が刻まれている。それを確かめたのは、もちろん近年のことである。

蕾にして凋落せんも亦面白し。天の命なれば之又せん術なし。唯人事の限りを尽して待たんのみ。事業の如何にあらず、心事の高潔なり。涙の多量なり。以て満足す可きなり。

この一節を荻原は、ある人への手紙に書いた。祈りのような、ほとんど詩といってよい一節を、彼の生前に読んだのはひとりの人物に過ぎなかった。もしも、受け取った人がそれを紛失していたら、この言葉は永遠に知られることはなかった。いのちの火花のような言葉も歴史の暗がりのなかに存在するほかなかったのである。

手紙にはしばしば、こうした内部生命の告白と呼ぶべきものが記されているに違いない。むしろ、手紙だからこそ記され得るのかもしれない。そしておそらく荻原は、あの「女」にも勝るとも劣らない力を有したこの言葉を、自ら書き記したことを、ほとんど忘れたまま、この世を後にしたのである。

第七章

ページをめくる前から、この本との出会いが人生を決定する、そう感じたことが幾度かある。

数ページを読むだけで、全身を何かが走るような感触を覚えることもある。だが、それとはまったく別種な現象が起こる。おぼろげにそう感じるのではない。何か目に見えないものにふれるような手応えがあり、本が一つの扉のように感じられるのである。それは、何の前ぶれもなく、突然訪れる。

石牟礼道子の『苦海浄土　わが水俣病』、上原専祿の『死者・生者　日蓮認識への発想と視点』、神谷美恵子の『生きがいについて』、須賀敦子の『コルシア書店の仲間たち』、越知保夫の『好色と花』との邂逅もそうだった。

これらの本と出会った時期はそれぞれで、高校時代から三十代の後半にわたっている。だが、出会い直した時期は同じだった。

それは死者、すなわち生きている死者とは何かを考えなくてはならなかった時期、考えを巡らせるだけでなく、明日を生きる自分のいのちを支えるような言葉を自らの手で紡ぎ出さねばならない、人生の冬と呼ぶべき時節のことだった。

先に挙げた本ではどれも死者が論じられている。死者とは何かを考えることから、彼、彼女らの仕事もまた、自身の根本問題へと導かれていく。

人生を決定する出来事を運命と呼ぶとすれば、運命を告げる本は、どこからか送られた手紙のように訪れる。

未知なる人からの手紙であれば、読むのも読まないのも自由だともいえる。だが、それは言葉の上だけのことで、ある種の手紙を遠ざけることがあるように、読まずにはいられない手紙があることを私たちは知っている。

手紙は、特定の人に宛てた言伝（ことづて）である。現代人は、そう信じて疑わないが、時代をさかのぼると状況はまったく違ってくる。

『新約聖書』に収められているパウロの手紙のほとんどは、個人に宛てたものではなかった。それは、文字を読める人によって、不特定の人に読み伝えられることを前提にした、いわば手紙の姿をした講話だった。それを手にした人たちは、パウロが書いた言葉を耳にしながら、そこにパウロの臨在をすら感じたのだろう。

十二世紀、かつての夫婦、そして、神父と修道女となった二人のあいだで交わされた手紙であり、中世文学の粋でもある『アベラールとエロイーズ』は、私信であると同時に第三者に読まれることを前提とするものだった。開かれた言葉が同時に私信でもあり得たのである。

だが、誰かに読まれるということが、二人の言葉を抑圧した形跡は見られない。一読すれば、誰の目にも明らかだが、独身を守り、恋愛を禁忌とされた聖職者になってもなお、止むことなかった熾烈な情念を描く筆致に、まったく鈍りはないのである。

哲学者ライプニッツのもっともよく知られた著作『モナドロジー』の原型はもともとニコラ・レモンという文通相手に宛てたものだった。刊行されたのは没後しばらく経ってからである。

江戸時代の儒学者伊藤仁斎の随想『仁斎日札』には、地方から学びに来ていた門人の帰郷に際し仁斎が、自分の代表作の一部を自ら書き写し、それを「餞（はなむけ）」にしたと記されている。

現代人はもう、書物に手紙のはたらきが蔵されていることをほとんど忘れつつあるが、ある時期までは書物もまた、手紙だった。

手紙を読むとき、人は自ずともう一つの眼を開く。相手が書いたことだけでなく、書かなかったこと、あるいは書けなかったことすら感じ取ろうとする。『アベラールとエロイーズ』には、手紙の効用を語ったローマ時代の哲学者セネカの言葉が引かれている。

筆しげく手紙をくれる君に、感謝します。君にできる唯一の方法で、君の姿を示してくれているのですから。君の手紙を受け取るといつも、僕たちは一緒にいるんだと感じます。ここにいない友人たちの姿を思い浮かべるのは、喜ばしいことです。彼らとの思い出が甦り、たとえ実体のない空疎な慰めであっても、焦がれる気持がやわらいでゆくからです。

手紙は、単なる意思伝達の手段ではなく、言葉の姿をした書く人の分身だった。むしろ、言葉にはそういうはたらきがあると信じられていた。現代人からみれば、それは錯覚のように感じられるかもしれないが、それは単に言葉に潜む魔力を見失っただけなのかもしれないのである。

あるところでは今でも、セネカと同時代人だったイエスが伝えたとされる言葉が繰り返し唱えられている。私たちはそれを祈りと呼ぶ。そのはたらきは今も生きている。

あるとき人は、沈黙によって言葉以上のことを語ろうとする。ことに、親しい関係にある人とのあいだではそうだ。手紙に記された文字は、沈黙のコトバにほかならず、それを目にする言葉通りの意味で理解するだけで終わりにすることは、相手との関係を損ねる場合がある。

それは、手紙を書くのは、文字にならないおもいが募ったときでもあるからだ。文字によって文字たり得ないものを運ぼうとする試み、それが手紙の本質ではないのか。今日、書物を手紙のように読む人は多くない。だが、もしも、書物を前にして、意中の人からの手紙を前にする際と、同質の熱情によって読めれば、そこに顕現する意味経験は、現代人がいう読書とはまったく異質なものになるだろう。

意味連関の生きた全体構造が、おのずからにして指示する必然不可避的思考の線にそって考えを推し進めてゆくとき、はじめて与えられたテクストを正しく誤読するということが可能になるのだ、現に書かれている思想についても、書かれていない思想についても。

（『井筒俊彦全集』第十巻）

井筒俊彦の「マーヤー的世界認識」と題する論考にある一節だが、井筒にとって「読む」とは、書かれていない思想と出会うところから始まるものだったことは注目してよい。書かれていることを理解しようとする記号的読書は、井筒にとって「読む」以前の営みだったのである。あるいは、記号的読書という関係しか持ちえない対象に、時を費やしてはならないという経験に裏打ちされた直観もあるのだろう。

「意味連関の生きた全体構造が、おのずからにして指示する必然不可避的思考の線にそって考えを推し進めてゆくとき」という一節も、一見すると難解に映るが、これは、眼前にある書物を出会うべくして顕われた未知なる友からの手紙として受けとめることができさえすれば、と読みかえてもよいのである。先の一節に井筒はこう続けている。

書かれている思想だけが読まれるのではない。誤読的コンテクストでは、顕示的に書かれていないコトバも、あたかも書かれてそこにあるかのごとく読まれるのでなくてはならない。構造的に緊密な思惟の必然性には、それだけの力がある、と私は思う。

「読む」行為が熟するとき、目に見える言葉は、うごめくコトバへと姿を変え、読む者を論理の制約を超えた、意味の世界という、もう一つの境域へと導くというのである。
書いていないことを読むのだから必然的に「誤読」となる。ただ、井筒俊彦が「正しく誤読する」というように、ときに、恣意的誤読だと言い切れない何かがそこにある。ある人は、テクストそのものが、読み手に「誤読する」ことを強く求めてきたのだとさえいうだろう。
こうした言説が非理性的であるとのそしりを免れていないことは、井筒も十分に認識している。だが、それでもなお、書かずにはいられないという哲学的衝迫が彼にはある。それは、哲学を理性の行為であるとする枠組みから、救い出そうとする企図だったのかもしれない。

哲学に理性のはたらきを欠くことはできない。しかし、理性という乗り物で進めるのは、山にたとえるなら、五合目近辺でしかないのである。

*

父方の祖父は、父が幼いときに亡くなっているから、遺影でしか知らないが、母方の祖父が亡くなったのは七歳のときだった。その祖父は文学部の出身だったが、家業を継がねばならず、実業界で生き、生涯を終えた。ある時期からシルクロードの研究を始めていて、膨大な草稿を残したまま亡くなっている。

漱石は、身体的なことだけでなく、精神的なことも遺伝するのではないかと考えていたが、仕事をしながら文章を書くという生き方は、祖父からの「遺伝」なのかも知れない。文章を書いているとき、というよりも、思うように書けないとき、しばしば祖父の助力を感じることがある。

生家の居間には、母の求めで祖父が買ったという『東山魁夷全集』が置いてあった。この画家の名前を読めるようになったのは高校生になって本を読むようになってからだが、絵は幼いころから眺めていた。

『全集』といっても画家の仕事を収めたものだから大判の本になる。布張りの箱に入った、子どもの手には重さも大きさも余るものだった。しかしその分、ページをめくる喜びが増した。安価な本ではなかったという理由からなのだろうが、さわってはいけないともいわれていたような記憶がある。禁を犯す。子どもにとってこれほどのたのしみはない。

あの本は、今から思えば、本のかたちをした美の殿堂のようなものだった。今でも魁夷はもっとも愛する日本画家で、展覧会があれば、期間中に二度、三度と足を運ぶが、この稿を書くまで、自分にとって、魁夷こそ最初に出会った画家であることを忘れていた。それが祖父と母によって準備されていたことも。

東山魁夷は文章にも優れ、文章でも『全集』を編めるほどの人物で、文字通り愛読した。愛読というよりも、その言葉によって、危機を乗り越えたことが一度ならずあった。精神的自伝といってよい『風景との対話』という著作で魁夷は、自分で画家になろうとした、というよりも、ある力によってそう促されたのである、という。

〔……〕日本画家になる道を選んだのも、一つの大きな岐路であり、戦後、風景画家としての道を歩くようになったのも一つの岐路である。その両者とも私自身の意志よりも、もっと大きな他力によって動かされていると考えないではいられない。たしかに私は生きているというよりも生かされているのであり、日本画家にされ、風景画家にされたとも云える。その力を何と呼ぶべきか、私にはわからないが――

「生きているというよりも生かされている」という一節に象徴されるように、魁夷は深甚な霊性を生きた人物だったが、特定の宗派に連なっていたわけではない。「大きな他力」という言葉もそれに従って読むのがよい。だからこそ、彼はその力に定まった呼称を与え得ない。しかし、そのはたらきは強く感じている。

『風景との対話』に強く惹かれるのは、作者が熱を込めて語るのが、自らの成功よりも挫折であり、むしろ、挫折こそが進むべき道を照らし出しているという哲学にある。魁夷は自分の生涯を分析しない。しかし、その深部に分け入ろうとする。

あの時分、どうして私の作品は冴えなかったのだろうか。あんなにも密接に自然の心と溶け合い、表面的な観察でなく、かなり深いところへ到達していたはずである。それなのに、私の感じとったものを、すなおに心こまやかに描くことが出来なかった。表現の技術が拙かったのだろうか。いや、それよりも、大切な問題があった。

(『風景との対話』)

技術における力量が不足していたのでもなく、自然とのつながりが浅かったのでもない。しかし、それを描くことができなかった、というのである。技量を磨くだけでは画家にはなれない。そこには次元を異にする何かが必要になる。それは、描くということをことさらにしないことだったと魁夷はいう。

自然に心から親しみ、その生命感をつかんでいたはずの私であったのに、制作になると、題材の特異性、構図や色彩や技法の新しい工夫というようなことにとらわれて、もっとも大切なこと、素朴で根元的で、感動的なもの、存在の生命に対する把握の緊張度が欠けていたのではないか。そういうものを、前近代的な考え方であると否定することによって、新しい前進が在ると考えていたのではないか。

（同前）

絵を描こうとした途端、自然は生けるものではなく、一つの画題になる。それは自己とつながる「いのち」ではなく、観察する対象になる。存在の躍動を胸で感じるよりも先に、目が状況の変化を捉えようとする。

こうしたところに精巧な作品が生まれることはある。しかし、精妙なものは生まれない。妙なるもの、魁夷が描き出そうとしたものを一言で表現するとしたら、そういえるのかもしれない。だが、いのちとつながるだけでも絵は生まれない。魁夷は、眼前に広がる大地と運命をともにしなくてはならないという。

こうして、いま、私は九十九谷(くじゅうくたに)を見渡す山の上に立っている。ここへ私は偶然に来たとも云える。それが宿命であったとも考えられる。足もとの冬の草、私の背後にある葉の落ちた樹木、私の前に、はてしなくひろがる山と谷の重なり、この私を包む、天地のすべての存在は、この瞬間、私と同じ運命に在る。静かにお互いの存在を肯定し合いつつ無常の中に生きている。蕭条とした風景、寂寞とした自己、しかし、私はようやく充実したものを心に深く感じ得た。

(同前)

運命という言葉はどこか、誰の目にも明らかな劇的な出来事を想起させる。だが、内実は著しく異なる。ほとんどの場合、そのことの意味を知り得るのは本人だけだろう。そして、その出来事は外界と人間の内面との妙なる共振によって確かめられる。

別な言い方をすれば、絵が生まれるためには、偶然、あるいは運命と呼ぶほかない出来事が必要になる。偶然/運命に開かれていることが画家になることの条件だともいえる。あるいは、偶然に生起しているように見える事象が、運命的な出来事となり得る地平に立つとき、美が画家の手を動かすといってもよいのかもしれない。

こうしたことは文章を書く現場においても起こる。書物の文字が、一つの風景になることがある。あるいは、そうなったとき、書き手はしばしば、自分の意思とは別なものによって言葉を紡ぎ始める。どんなに多く文字を書いても、どんなに多く本を読んでも、それが書き手からの一方的な営みである場合、そこに蓄積されるのは知識であって、美でも真でもない。妙とは真善美のはたらきを示す言葉でもあるが、それが生起するにも、ある種の偶然、さらにいえば運命の流れを欠くことはできない。

偶然と運命はどのような関係にあるのか。この問題は、古くからさまざまな哲人によって問い返されてきた。

哲学者の九鬼周造もそうした人間のひとりだった。「偶然と運命」と題する講演録で九鬼は、紀元前五世紀、インドのマッカリ・ゴーサーラー、中国、後漢の王充、そしてアリストテレスもまた、この問いに言及していると述べている。『「いき」の構造』の著者として知られる九鬼だが、彼が、真に精魂込めて論じたのは「偶然論」だった。

手元にある「偶然と運命」を収めた『九鬼周造随筆集』は一九九一年の初版で、新刊で出たときに買った記憶もあるから、この言葉に初めてふれたのは三十年以上前になる。九鬼周造は近代日本における最初の、国際的な舞台で活動した哲学者の一人で、ベルクソンやハイデガーからも深い信頼を得た人物だった。この随筆集を買った理由も「回想のアンリ・ベルクソン」という文章を読みたかったからだった。読書という経験はしばしば、十年を優に超える時間軸のなかで生起する。むしろ、今何が分かったかは、読書の真義とはあまり関係がない。それは勉強の領域を出ない。

一九三五年、主著の一つ『偶然性の問題』が刊行されたとき、九鬼周造は次のような歌を詠んでいる。

偶然論ものしおはりて妻にいふいのち死ぬとも悔ひ心なし

一巻にわが半生はこもれども繙く人の幾たりあらむ

いのちを懸けて書いた。これを世に送ることができれば、その先に死があってもかまわない、そう妻に告げた。

この本に自分の半生が注ぎ込まれている。しかし、それを繙いてくれる人はどれだけいるだろうか、というのである。

九鬼が亡くなるのは一九四一年、彼はどこかで自分の生涯がそう長くないことを感じていたのかもしれない。五十三歳だった。『偶然性の問題』は、次の一節から始まる。

偶然性とは必然性の否定である。必然とは必ず然か有ることを意味している。すなわち、存在が何等かの意味で自己のうちに根拠を有っていることである。

何かを持ち上げ、手を離せば、ものは落ちる。必然とはそういうことであり、人生のある部分は必然の理によって動いている。あるいは動いているように映る。しかし、人生の大事はむしろ、偶然の支配のもとにあるのではないか。さらにいえば、人間の生のありようは、つねに、私たちが考える必然を打ち破る威力を有しているのではないか。九鬼はそう考えている。だが、九鬼の営みは偶然と必然の相克のみにあったのではない。偶然を考えることは、運命という問いに逢着する、そう九鬼は語っている。

『偶然性の問題』の目次を開くと偶然と運命を論じているのは、ある一章に過ぎない。しかし、筆致の熱量というべきものに従って読むとき、その前提は逆転する。多くの紙幅を割いて論じられているさまざまな「偶然」の諸相は、運命という核心的問題に収斂する。運命とは何かという、一個の人間としての彼の内に深く眠っていた問いが、哲学者でもある彼に偶然とは何かを論究することを促しているようにすら感じられるのである。それは偶然とは何かという考究から始まった運命論でもあった。

「偶」は「遇」であり、偶然があるところには「出遇い」があると九鬼はいう。ただ、そのすべてに人は意味を見出すわけではない。通り過ぎる「出遇い」もあれば、ふと立ち止まらせる「出遇い」もある。なかには、人生を決定するような「出遇い」もある。偶然にはこうした三つの相貌がある。そして、三つ目の「出遇い」を私たちは、しばしば「運命」と呼ぶ、と九鬼はいう。ただ、九鬼は運命を理解せよとはいわない。それを愛さねばならない、という。

先にふれた講演録「偶然と運命」で九鬼は、「人間は自己の運命を愛して運命と一体にならなければいけない。それが人生の第一歩でなければならないと私は考えるのであります」と語ったあと、次のように続けた。

皆さんは今ラジオを聞いておいでになる。放送局は幾つありますか、幾つかの放送局があって、それぞれ違った波長の電波を送っているのであります。皆さんは受信機のダイアルを勝手にお廻しになってそれらの色々と違った波長のうちでどの波長でもお選びになることができたのであります。そうして自由に選択して一定の放送を聞いておいでになるのであります。運命というものは我々の側にそういう選択の自由がなくていやでも応でも無理に聞かされている放送のようなものであります。ほかに違った放送が同じ時間に沢山あるのであるけれども、何故かこの放送を無理に聞かされているというわけであります。他のことでもあり得たと考えられるのに、このことがちょうど自分の運命になっているのであります。

（「偶然と運命」『九鬼周造随筆集』）

九鬼は自由意志を否定しない。むしろ人は、多くの場合、生の行方を自由に選んでいると考えている。何を食べ、何を読み、何を見るなど、人は自由にそれを選び得る。だが、そこに何ものかが、ある抗いがたい威力を伴って介入する。それが運命だというのである。九鬼は、それと闘えとはいわない。それを受け容れ、一つになれという。そして、そこに人生が始まるという。

ここで九鬼が「人生」という言葉で表現しているものは、遠藤周作が、生活と人生の次元的差異を語ったときのそれと強く呼応する。生活は時間の軸での事象だが、人生は過ぎ行かない「時」と呼ぶべき軸で生起し、それはついに永遠へと私たちを導く。偶然は生活の次元で生起する。だが、運命はつねに人を人生というもう一つの地平へと牽引する。

講演だからということもあるのかもしれないが、ここで九鬼は、運命が不可避的であることをいうが、その抗しがたい威力にはあまり言及しない。「生存全体を揺り動かす力強いこと」というほどの表現に留めている。だが、『偶然性の問題』では筆致がまったく異なってくる。

偶然が人間の実存性にとって核心的全人格的意味を有つとき、偶然は運命と呼ばれるのである。そうして運命としての偶然性は、必然性との異種結合によって、「必然―偶然者」の構造を示し、超越的威力を以て厳として人間の全存在性に臨むのである。

(『九鬼周造全集』第二巻)

真の意味で運命が人生を横切るとき、それは単に偶然という衣を脱ぎ捨て「必然―偶然者」と称されるべきものに変貌する。そして、さらにそれは「超越的威力」を伴って、私たちの生活の一部ではなく、人生を包み込みつつ、全存在に影響を及ぼすものとなる。運命を前にしたとき、人がある種の戦慄と畏怖を感じるのはそのためだ。

第二章で、白川静の言葉を引きつつふれたが、「存在」とは時間的に存することであるとともに、空間的に在ることを意味する。存在とは、時間と空間を一なるものとしたところに「ある」ことを指す。

運命は、時間と空間を包み込むようにはたらく。現在だけでなく、過去、未来にも影響を与える。九鬼はもちろん、そのことを理解している。偶然論とともに彼が熱情を傾けていたのが時間論だった。だが、運命のはたらきはそこに留まらない。

特定の人、言葉、出来事に遭遇する。これを「現象としての運命」と呼ぶことにする。そのいっぽうで「存在としての運命」と称するべきものもある。

「現象としての運命」から考えれば、ほかにあり得た人生を考えてみることもできる。あのとき、違う選択をしていたらと思いを巡らせてみる余地もある。だが、「存在としての運命」は、より厳粛な威力をもって迫ってくる。人は誰しも、自分という運命を背負って生きている。人はときおり運命を経験するのではない。むしろ、自分という「存在としての運命」のなかでこそ、日々を送っているのである。

「現象としての運命」の場合、あり得たものの可能性は複数あり、実際にあったのは、一つである。だが、「存在としての運命」の場合、あり得たことが、そのまま運命になる。ほかに選択の余地はない。それを受け容れるしかない。

この地平に立つとき、運命を愛さねばならないと語る九鬼の真義がいっそう強く胸に響いてくる。先に引いた講演の終わりで九鬼は、江戸時代の儒学者山鹿素行が、武士は命(めい)に安んじなくてはならない、と語ったことにふれつつ、こう語った。

〔……〕安んずるというばかりでなく更に運命と一体になって運命を深く愛することを学ぶべきであると思うのであります。自分の運命を心から愛することによって、溌(はつ)剌(らつ)たる運命を自分のものとして新たに造り出していくことさえもできるということを申して私の講演を終ります。

（「偶然と運命」『九鬼周造随筆集』）

知性や理性だけでは運命の秘密を解き明かすことはできない。そして、そこには愛のはたらきを欠くことはできない。単なる偶然であるなら、それを受け流し、あるいは受け止めればよいのだろう。だが、それが運命であるならば、人はそれを愛によって受け止め、それを育まねばならない。むしろ、運命は、愛によって変貌することを求めている。運命は、その人のなかにある愛に火を灯すといってもよい。静止した運命は人を迷わせることがある。だが、それを胸中で温めることができれば、そのことによって人は、己れとは何かを知ることになる。それが、九鬼周造の逢着した場所だった。

一九八八年八月、ペンクラブの国際大会があり、同郷の作家と母と共に韓国に行ったことは第三章でふれた。参加者は会議に真面目に参加し続けているわけではない。むしろ、多くの時間は韓国の数々の旧跡を案内される。

移動はバスだった。二十歳の参加者などほかにいなかったから自ずと人の目を集め、さまざまな人と言葉を交わした。なかでももっともよく話をしたのが作家の加賀乙彦だった。

旅にどんな人が参加するのかは事前に名簿で知ることができた。出発する二ヵ月ほど前に加賀の長編小説『岐路』上下が刊行され、父が買い、まず母が読み、そのあとに、むさぼるように読んだ。

岐路という文字は、この小説で知った。三十年が過ぎてみれば、『岐路』という題名の小説世界に引き込まれていた理由は、自分もまた、人生の岐路に立っていたからであることもはっきりと分かるが、当時はそんなことも分からず、ただ、物語のちからに圧倒されているだけだった。

韓国にも『岐路』の二冊は持っていった。

バスの中で何かの拍子に母が作家に言った。「この子もいつかものを書く人になりたいようなのです」

作家は微笑みながら、「そうなんですか」と語ったほか、特別なことは言わなかった。多くの書き手が乗るバスのなかで作家は、若者を相手に何か指南めいたことを語るようなことはしなかった。

ある観光地での見物を終え、早めにバスに戻ると、作家はすでに座っていた。自分が座っていたのはそのすぐ後ろだった。作家はあたりを見回して、誰もいないのを確かめるとこう言った。

「若いときは小説を読みなさい。そして、なるべく長いものを読みなさい。バルザックなど全部読んでもよいくらいです」

この素樸な示唆の重みを当時は十分に受け止められなかった。読む力量もなかったのだが、アメリカで『罪と罰』にはねつけられる経験をして、長編小説にあるおそれを感じるようになっていたからでもあった。

ホテルに戻って、ツアーの一行で食卓を囲み、そろそろ解散しようかというときだった。加賀が母に言った。

「この若者と少し話がしたいのですが、よろしいですか」

母は快諾した。

小一時間ほど、二人で過ごしたのだが、何が話し合われたのか、ほとんど記憶がない。ただ、作家がドストエフスキーの話をしたのを覚えている。そして、まとまった文章など一度も書いたことのない若者を前に、読むことと書くことを真剣に語る作家の姿は、強く印象に残っている。

書き手を志す人にとって、書き手に書き手として遇されることほど大きな喜びはない。

書き手になるには、書き手になれると信じて書くほかない。誰かと比べ、秀でている必要はないが、言葉を紡ぐ自分を信頼しなくてはならない。自信とはそういうものだろう。さらにいえば、生み出すべき言葉が、己れの内にすでにあることを信じなくてはならない。ただ、そのときに、自分以外の誰かが、書く人になり得る萌芽を見出してくれていたら、その道は、ずっとはっきりとした、確かなものになるだろう。

あのとき、加賀が語ってくれた言葉を受け止めていたのは、二十歳の自分ではなかった。それから幾つかの耐えがたいと思われた出来事を経て、それでも言葉を杖にして立ち上がるほかなかった内なる書き手だった。あれだけ熱量ある言葉を、意味あるものにできる可能性が内在する。加賀との対話は、そうした未知なる自分に気づかせてくれた。何か胸に熱いものを宿したまま、部屋に戻り、母に興奮気味に作家との対話をめぐって話したのを覚えている。

もちろん、あのとき、そう感じたのではない。それから四半世紀以上の時間を経て、イエスの生涯を描いた本が刊行された際、加賀がその書評を書いてくれたのを読んだとき、それまで気が付かなかった精神の地下茎のようなものを一気に了解した。

精神は、しばしば花に喩えられる。たしかにある人の言葉が契機になって、何かが開花する、ということはある。だが、花が咲くためには、すでに茎が育っていなくてはならない。種子のような存在が、ある衝撃を受ける。そこで起こる変化は、根を張ることなのである。

帰国してしばらく経つと作家が洗礼までの道程を語った講演録『キリスト教への道』が刊行された。加賀が、カトリックの洗礼を受けていたことは、韓国にいるときに知った。そうしたことも、親しくしてくれた一因だったのかもしれない。

この講演で加賀が、幾度となく語っているのは、人生を導く「偶然」だった。

人間は自分の意思ではない場所、時代に生まれる。「生まれてしまった以上は、そこで生活していくよりしかたがない。ちょうど種が風に飛ばされて土に生えていくように、人間というものは生きていく」、だから「その土壌というものを、偶然飛ばされた場所というものを、とても大事にしないと生きていけない」という。そして、イエスの誕生にふれながら「もっと早すぎても、遅すぎても、まずかった」、「そういう不思議な偶然がそこにあった」とも述べている。

ここで加賀が、「不思議な偶然」と呼んでいるのをある人は「摂理」といい、九鬼はそれを「運命」と呼んだ。

九鬼周造の論考を読むと、東洋哲学の可能性に深く分け入り、必ずしもキリスト教の世界観を肯定しない文章に遭遇するので、語られることも多くないが、九鬼は若い日にカトリックの洗礼を受けている。そして、近代日本カトリックに大きな足跡を残した司祭であり、哲学者であり神学者でもあった岩下壮一を生涯の友とした。『偶然性の問題』の「結論」と題する章の第一節「偶然性の核心的意味」には次のような文章がある。

「絶対者と有限者とを繫ぐものが運命である限り、運命もまた「必然—偶然者」の性格を担って実存の中核を震撼する」。神である絶対者と有限者である人間をつなぐはたらき、それこそが運命だというのである。そして、それは私たちの存在というよりも「実存」の中核に強く呼びかける、というのである。

九鬼は、人が偶然と呼ぶものは、しばしば、超越者の必然であるとも感じていた。彼にとって哲学とは、形而下の地平、すなわち人間界の理法に従って論究することに留まらなかった。彼の眼は、いつも彼方の世界を凝視する。

我々は経験的地平における形而上的地平におけるとによって必然および偶然の意味が正反対になっていることに気づく。

（『九鬼周造全集』第二巻）

ある言葉に偶然出会った。人間にはそう映る現象も、超越者には必然に映る。ただ、こうした事象では九鬼の胸のうちにあったことを突き止めるには十分ではないかもしれない。カトリックは奇蹟を信じる。奇蹟は存在したとしても、一つの「偶然」に過ぎないと人はいう。しかし、超越者にとってそれは必然にほかならない。「形而上的地平」という言葉も、ここが哲学論考でなかったら「神の国」と言い換えても一向に問題はなかったのである。

第八章

自分という狭い殻から、どうにかして脱け出たい。そう感じているいっぽうで、世のなかに出ていくことに恐怖を感じている。大学を卒業するまで、そんな毎日を送っていた。自分であるほか生きる道はないことをどこかで感じながら、片方でいつまでも人生という旅を始めない。そんな若者だった。

あるとき、井上洋治神父の書棚で――神父が若者に自身の書棚を開放していたことは先にふれた――越知保夫の『好色と花』と題する本を見つけた。神父は、自伝『余白の旅』で、この本との出会いにふれていた。

表題の「好色と花」は、古今和歌集を軸にしつつ、日本古典文学における美と愛と聖性を論じたものだった。この人物は、生前に本を世に送ることはなかった。『くろおペす』という関西を中心にした同人誌に寄稿していただけなので、彼を批評家として認識していた人は限られていた。

それでも生前から批評家平野謙は彼に注目していたし、中村光夫は若いときからの友人で、健康を害して関西に居を移すまでは親しく交わり、中村が、吉田健一、山本健吉などと発刊していた雑誌『批評』に詩を寄せたりしていた。

代表作は「小林秀雄論」で、ここでも越知は、美と愛、そして聖なるものを探究する者として小林を論じている。そこに強引さを感じるかもしれないが、ドストエフスキーを論じ、続いてゴッホを、そしてベルクソン、本居宣長へと進んだ小林の本質は、越知保夫によってこそ、捉えられているように思えてならない。二〇一七年に小林秀雄の評伝を上梓したが、越知の言葉への信頼は深まることはあっても、そこなわれることはなかった。

とはいえ、『好色と花』を手にしたとき、この本が自分の人生を変えるとは思わなかった。神父の著作のことも確かに念頭にあったが、その言葉が強く響いていたわけではない。だが、ページを開いたとき、人生は、ある方向に向かって動き出した。

当時は事の重大さを理解できていなかったが、もしも、文学的人生と呼ぶべきものがあるなら、それは次の言葉を目にしたときに始まったのかもしれない。冒頭に置かれている「小林秀雄論」のエピグラフには次のような一節が記されていた。

お前は自分を狭苦しく感じている。お前は脱出を夢みている。だが蜃気楼に気を付けるがよい。脱出するというのなら、走るな。逃げるな。むしろお前に与えられたこの狭小な土地を掘れ。お前は神と一切をそこに見出すだろう。神はお前の地平線上に浮動しているのではない。神はお前の厚みの中にまどろんでいる。虚栄は走る。愛は掘る。たとえお前がお前自身の外に逃げ出してもお前の牢獄はお前について走るだろう。その牢獄はお前が走る風のために一層狭まるだろう。だがもしお前がお前の中に留まって、お前自身を掘り下げるならば、お前の牢獄は天国へ突き抜けるだろう。
（「小林秀雄論」『新版　小林秀雄　越知保夫全作品』）

この言葉を書いたのは、ギュスターヴ・ティボン（一九〇三～二〇〇一）という哲学者だった。彼の名前を知らない人でも、シモーヌ・ヴェーユの遺稿『重力と恩寵』の編者だといえば、その存在を思い出すかもしれない。しかし、学生だった当時は、ヴェーユの存在を知らなかったから、ティボンはまったく未知の存在だった。

誰がそういったか、をたずねないで、いわれていることは何か、に心を用いなさい。
（大沢章、呉茂一訳）

この一節は『聖書』の次によく読まれた、とされる『キリストにならいて』に記されている。著者はトマス・ア・ケンピスという十五世紀のカトリック司祭である。トマスは自分と同じ修道者にむけて書いたに違いないのだが、時を経るごとに読者は修道院の壁を越え、在俗の人にまで広がってきた。越知保夫もこの本に一度ならずふれている。

誰にではなく、何が問われているのかを考えよ、というトマスの促しは本当だった。

どうにかして、自分という場から逃げ出そうとしていたときだったから、この言葉は、文字通りの意味で楔(くさび)のように胸に突き刺さった。遠くへ行けば何かを見出すことができるのではないかと空想していたとき、それと真逆のことをティボンの言葉は告げていた。

「虚栄は走る。愛は掘る。たとえお前がお前自身の外に逃げ出してもお前の牢獄はお前について走るだろう。その牢獄はお前が走る風のために一層狭まるだろう」という一節を見たときは、何ものかに心を見透かされているような気さえした。振り返ってみれば、当時まとっていたのは虚栄という衣であり、見失っていたのは、人生への、他者への、そして神への愛だったからである。

＊

学生時代は、とにかく会社に勤めるのがいやだった。働くのが嫌いだったのではない。人間関係に飲み込まれるのを恐れていた。

世の中には無数の仕事があるはずなのに、物作りをする会社に勤めて、営業マンにならねばならないのだと思い込んでいた。営業マンになれば、車を運転していろんな場所に行かねばならず、酒の席のつき合いもある。

自動車の免許はもっていた。だが、どう考えても運転には向いていない。そして、下戸だから酒のつき合いもできない。そんな自分に会社員など務まるはずもない。そう思い込んだ。誰に言われたわけではなく、自分で確かめたわけでもなかったが、世の中とはそういうものだと信じ込んでいた。

理由がないわけではない。父は電気炉という鉄を溶かす設備を製造する会社の経営者で、家ではしばしば、会社の同僚が来て、酒席が催されていた。それが子どものころから見ていた大人の社会だった。いつか自分もこの家を出て、誰かの家であのように酒を飲むことになる、そう思っていた。

自分が下戸だと分かったのは、大学一年生の終わりころだったと思う。当時、急性アルコール中毒で亡くなる人も出て、大学がアルコール体質の検査をした。結果は、飲酒に不適応で、それを証明するカードをもらった。飲酒を強要されたら、相手にそれを見せるようにと告げられた。

車の免許も好んで取得したのではなかった。自分の不注意で誰かを傷つけるようなことは絶対にしたくない。それなら乗らない方がいい、免許を手にする前からそう感じていた。

当時、兄と暮らしていたが、そのマンションの向かい側が自動車学校だった。マンションの大家が自動車学校も経営していた。車に乗るためではなく、履歴書の「免許・資格」の欄が空白であるよりはよいだろうという思いだけで通った。

からだを動かして、賃金を得ることには何の抵抗もなかった。会社に勤務したとき、アルバイト時代よりも収入が減って、別な意味で世の中は厳しいと感じたくらいだった。学生時代は、学業よりも労働した時間の方がはるかに長かったし、そうした生活も気に入っていた。

欠けていたのは勇気だった。働いて収入を得るのは、人よりも得意だったのかもしれない。だが、それは学生という身分でのことで、実人生への一歩を踏みこむことができない。

大学は、大きめのプールであって、人生は海に違いない。そう感じていた。プールなら泳げても、海では泳げないかもしれない。遠藤周作の生活と人生の比喩を借りれば、大学生活は問題がない。だが、人生を生きることにおびえていた。

問題は心にある。まず、心とは何かを知らねばならない。そう思い込み、自己流で心理学を学び始めた。フロイトやユング、河合隼雄の本を読み、河合の講演は一度ならず聞いた。

だが、このとき感じていたのは、自分の心と向き合わねばならないという現実ではなかった。そのことを自覚できていたらまったく違った道が開けていたかもしれない。未知なる自分の心と対峙しようとしたのではない。心に「ついて」知ろうとしたのだった。どのような態度で心の問題と向き合っていたのかと問われれば、好奇心だったと答えるほかない。

深層にあった動機は、実存的だった。それは今でも疑わない。心とは何かという問いは、自分とは何かを考えた末にたどり着いたものだった。しかし、動機のままに心を探求できなかった。探求できなければ、探究できようはずはない。「感覚は欺かない。判断が欺くのだ」(『自然と象徴　自然科学論集』前田富士男訳、高橋義人編訳)と書いたのはゲーテだが、それは生活と人生においてもいえる。

若者が好奇心を持つのは良いことだという風潮は強くあったし、今もある。昨今の大学を領している雰囲気は、どうにかして好奇心を喚起させようと必死になっているようにさえ感じられる。しかし、歴史に眼を移してみると、好奇心を戒める言葉に出会うのは難しくない。

「未だ生を知らず、焉んぞ死を知らん」といったのは孔子だ。生きるとは何かを知らないのにどうして死を知ることがあるだろうと、この賢者はつぶやくようにいった。ソクラテスはこんな言葉を残している。

しかしわたしは、彼と別れて帰る途(みち)で、自分を相手にこう考えたのです。この人間より、わたしは知恵がある。なぜなら、この男も、わたしも、おそらく善美のことがらは何も知らないらしいけれど、この男は、知らないのに何か知っているように思っているが、わたしは、知らないから、そのとおりにまた、知らないと思っている。だから、つまり、このちょっとしたことで、わたしのほうが知恵があることになるらしい。

（「ソクラテスの弁明」『ソクラテスの弁明ほか』田中美知太郎訳）

知るとは、単に知識を増やすことではなく、無知であるという自覚を深化させることにほかならない。哲学の父と呼ぶべきこの人物にとって、真の意味で「知る」とは、真の実在は知り得ないという矛盾的な事実を実感することだった。

ソクラテスの時代には、ソフィストと呼ばれる人々がいた。真実を「知っている」と語ってはばからない人々で、何事かを世の人に語ることで暮らしていた。先の一節でソクラテスが「この人間」と呼んだのがソフィストで、こうした人たちは、確かに何かを知ってはいるのだろうが、知り得ないものこそ、真実であることを知らないというのである。ソフィストは好奇心豊かな人であり、弁論術においても優れていた。しかし、人生を生きるうえで重要な何かが欠落していた。

四世紀、ローマ時代の神学者であり哲学者、キリスト教の歴史に不滅の軌跡を残したアウグスティヌスも好奇心に警鐘を鳴らしている。好奇心に領された心は、目をひたすら外に広げる。そして、いつしか内なる自己を見失っていることに気が付かない。

こうした自己喪失は、何かに役立てるというのでなく、ただ知ることのみを欲する「好奇心」curiositas、つまり「目の欲」concupiscentia oculorum によって特徴づけられる。この「好奇心」は、世界への従属が言わば習慣化した状態を表わすと同時に、他方「自己自身から」分離して生き、自己自身を回避して生きようとする人間的なものに固有の不確かさと虚しさを示すものにほかならない。

（ハンナ・アーレント『アウグスティヌスの愛の概念』千葉眞訳）

ナチス・ドイツにおける「悪」を探究し、その底に凡庸さというほかないものを見出したアーレントの出発は、アウグスティヌスにおける「愛」を探究することだった。アーレントはユダヤ人である。彼女はナチスの罪を客観的に観察したのではない。むしろ、主体的だが透徹した眼でそれを凝視した。悪が世にはびこるのは、それがあまりに凡庸であるがゆえに、人々の目をかいくぐって大きくなっていく事実を見過ごさなかった。

「悪」とは愛の欠如だといってもよい。アウグスティヌスがいうように好奇心は、愛と真実のないところへも突き進んでいく。その悪果を私たちは今もさまざまな場面で目撃する。事実、ナチスはアウグスティヌスがいう好奇心の罪を具現化していた。

好奇心は「「自己自身から」分離して生き、自己自身を回避して生きようとする人間的なものに固有の不確かさと虚しさを示すもの」にほかならないとアーレントはいう。二十代前半の自分を想起するとき、この言葉が胸に突き刺さる。関心のあることをなるべく多く知りたい。多く知ることこそ、力である、そう信じていた。だが、アウグスティヌスは、そんな人間にこう問いかける。「何のために、どこへ、何の促しにしたがって進もうとしているのか」と。先の一節にアーレントがつぎの言葉を継いでいる。「自己自身の前でのこのような逃避に対して、アウグスティヌスは、「自己探求」se quaerere を対峙させた」。

好奇心ではなく、探求心を喚起させなくてはならない。そして、できるなら、「探し求める」だけでなく、「探し究める」探究心にまで育てなくてはならないというのだろう。なぜなら、自己は、探求するだけでなく、生きることにおいて、探究していかなくてはならない何ものかだからだ。

むさぼるように心理学の本を読んでいた頃はまだ、心の問題こそが、好奇心では太刀打ちできないものの典型であることに気がつけなかった。これからほどなくして好奇心の罠を痛感することになる。

心理学の講義は大学にもあったが、一九八〇年代の後半ではまだ、実験心理学が主流で、深層心理学、あるいは分析心理学は広く学ぶことはできなかった。心理学の講義なのに出てくるのは人間ではなくネズミであることもあった。安くない教科書を買って最初に開いたページにネズミのイラストが出てきたときの落胆を今でも覚えている。あの時代はまだ、ほかの大学にもぐることも日常的に可能だったが状況はさして変わらなかった。

しかし、その分だけ自主学習グループの活動は盛んで、ユング心理学の本を買えば、それに関連するセミナーの情報を手に入れるのはさほど難しくなかった。臨床心理士という資格もまだ、十分に認知されていない頃の話である。

東京の赤坂だったように記憶している。あるユング心理学の研究会に参加した。会場で配付されたチラシのなかに河合隼雄とともに行くヨーロッパのツアーの案内があった。価格は、当時のサラリーマンの給与の三ヵ月分ほどでけっして安くはなかったが、何かに促されているような気がしてならず、その場で内心、参加を決めた。

とはいえ、先立つものがなくては申し込みもできない。学業など忘れて、必死に働いた。展示会の設営、交通量調査、家庭教師、時間を見つけては働いた。時代がよかった。まだ、バブル景気がはじける前で、旅行代金は数ヵ月でためることができた。

一九八九年八月下旬に日本を出発、パリ、リスボン、ファティマ、チューリッヒという旅程だった。河合隼雄は、最初から同行するのではなく、チューリッヒで合流して、数日を共に過ごした。
　ヨーロッパに旅をするのはこれが初めてで、名ばかりの仏文科だったが、ボードレールをはじめとした詩人たちが歴史を刻んだ地に赴くのは感慨深かった。パリでボードレールの詩を読んだときの喜びは今でも忘れることができない。『悪の華』を原書で深く味わう能力などなかったから、鈴木信太郎訳の岩波文庫を読んだ。意中の詩人の作品を、その詩人にゆかりの場所で読む。最初は何か芝居がかっていて、自分でもわざとらしく、馬鹿らしいと感じたこともあったが、ページを開いてみると、予想を覆すような出来事が起こった。読んだのは「腐れ肉」と訳されている作品だった。

あの爽やかな夏の朝、わが戀人よ、ぼく達が
　見たもの　思ひ出して御覽。
とある小徑（こみち）の曲り角で、敷かれた砂利（じやり）を寢床とし、
　醜怪な腐れかかつた獸（けもの）の死骸が、
淫奔な女のやうに、兩足を宙に晒（さら）して、
　熱ばんで　毒氣を發汗（はつかん）させながら、
無造作な　何憚（なにはばか）らぬ圖太（づぶと）さで、惡臭の

充満してゐるその腹を　擴げてゐたのを。

太陽は、この腐敗した　肉を程よく燒かうとして
　糜爛（びらん）の上に　照りつけて、
大自然が一つに結合させてゐた全ての元素を
　百倍にして返さうと、燦（かがや）いてゐた。

この詩人は、道端にあった動物の腐肉にそれを見出そうとした。路上を歩く人の多くは注意を払わない。しかし、詩人は天光がそれを祝福するように照らし出すのを見過ごさない。真の美にふれたいと願うのなら、あらゆるところに伏在する美を見出せなくてはならない。それが美の掟だというのである。美と醜とに二分されることのない真実の美にふれなくてはならない。民藝運動を牽引した柳宗悦は、美醜を超えた美を「不二の美」と呼んだが、柳の実感はボードレールから遠い場所にあるのではない。

この詩は、美の使徒たろうとする者たちへの警句であるだけではなかった。実在としての美を保持し得るのは絵画であり詩であるという、詩人としての矜持の表現でもあった。ボードレールは愛する者にむけた次のような言葉で、この詩を終えている。

――だがしかし、わが戀人よ、わが天使、わが情熱よ、
　きみだつて、この汚穢（をゑ）に、この恐しい
腐爛の臭氣に　似た姿と　いつかは成らう、
　わが眼には星と輝き、わが本性（ほんしやう）には太陽のきみよ。

さうだ、さういふ姿と成らう、おお　優美なわが女王よ、
　臨終の祕蹟の後に、
生ひ茂る草　咲きほこる花の　根元（ねもと）の骨塚に
　白骨と　きみが　黴（か）びて腐つてゆく時。

その時に、おお　わが美女よ、接吻しながら蝕（むしば）んで
　きみを喰ひ盡す蛆蟲（うじむし）に　言へ、
詩人たるぼくこそは　ばらばらに崩れてしまつた戀愛の
　形體及び神聖な本質を保存したぞ、と。

当時は、その真義を理解し得たわけがなく、詩人による言葉の魔術によってこそ、美は時代を超えて世に伝わるのだと信じ込んだに過ぎない。

パリにまで行って、この作品を読んだのには理由があった。画家のセザンヌが、この詩を暗誦するほど愛していたという事実を知っていたからだった。小林秀雄の『近代絵画』には次のような一節がある。

ボードレールに、「腐肉」という有名な詩があるが、セザンヌは、この詩を好み、晩年に至っても、一語も間違いなく暗誦していた、という話――この話はヴォラールの「セザンヌ」の中にある話で、ヴォラールがヴェルレーヌの事をセザンヌに再三訊ねたが、セザンヌはこれに答えず、いきなり「腐肉」を歌って聞かせ、「ボードレールは強いのだ。彼の絵画論は実にあきれたものだ。ちっとも間違いがない」と言ったと言う――この話に、リルケは非常に大きな意味を附している。

詩人こそが、「神聖な本質を保存し」得ると書いたボードレールを崇敬しつつ、セザンヌは画家もまた、同質の試みに人生を捧げているというのである。セザンヌはそれを高らかに語ったのではなかった。ヴォラールが執拗に詩人ヴェルレーヌに関する応答を強いるなかで、何かに向かって告白するように自らの英雄であるボードレールへの信条を吐露したのだった。

詩を書くことと絵を描くことは、美の探究における同じ道の二つの側面である。セザンヌはそう感じていた。だが、セザンヌは語りたかったのではない。「腐れ肉」に共鳴するような絵を一つ、世に送り出したかっただけだ。

あの日から、もう三十年以上が経過し、その間に何度もボードレールの詩集を繙いた。しかし、あのパリのホテルのロビーで読んだときほど、はっきりとこの象徴詩人の実在を感じたことはない。確かにボードレールという生ける死者を感じた。姿は目に見えないが、その存在は、生者のごとくなまなましかった。

今でも地図はうまく読めない。国内でもそんな調子だから、海外では迷うことを前提に予定を立てるのだが、ボードレールに関しては事情が違った。彼の旧居跡にも墓所にも何ものかに道案内をされているようにまっすぐにたどり着いたときには、何ともいい得ない感じがしたのを覚えている。

当時は分からなかったが、生者同士に縁があるように死者とも縁があることは、今ならはっきりとわかる。小林秀雄はセザンヌにふれながらリルケに言及していたが、この詩人にいわせれば、生者と死者を峻別することは大きなあやまちだということになる。

——しかしあまりにも際立って区別することは
生けるものたちのつねにおかすあやまちだ。
天使たちは（言いつたえによれば）しばしば生者たちのあいだにあると、

死者たちのあいだにあるとの別に気づかぬという。永劫（えいごう）の流れは
生と死の両界をつらぬいて、あらゆる世代を拉（らっ）し、
それらすべてをその轟音（ごうおん）のうちに呑みこむのだ。

（『ドゥイノの悲歌』手塚富雄訳）

この詩人にとって、詩を書くとは、自己表現であるよりも天使と死者からの「委託」を受けることだった。リルケにとって詩作とは、生者とは異なる姿で「生きている」者たちとの協同の営みだった。

同様のことは批評にもいえる。「批評家が詩人になるという事は、驚くべき事かも知れないが、詩人が、自分の裡（うち）に、批評家を蔵しないという事は不可能だ。私は、詩人を、あらゆる批評家中の最大の批評家とみなす」と書いたのはボードレールだが、小林は『近代絵画』でこの言葉を引用している。

この言葉は、詩人こそ真の批評家であると告げているだけでなく、詩と批評を分離して考える風潮に対する抗いでもある。世の人は、書かれている様式に目を奪われ、ある人を詩人と呼び、ある人を批評家だという。だが、その根源において、営為の本質においては詩人こそが批評家であり、批評こそが詩であるといってよい。ボードレールだけでなく、小林秀雄もまた感じていたのだろう。

批評は研究ではない。研究は可能な限り調査をし、それに基づいてものを書くのだろうが、誤解を恐れずにいえば、批評は出会ったもの、邂逅したものの本質を、あるいは出会いという出来事の本質を探究しようとする。

批評の現場では縁がなければ、どんなに懸命にその人物のことを調べても、事実にしか出会えない。事実とは別な真実がある、と遠藤周作は『イエスの生涯』で述べているが、ある人の真実に遭遇するには縁に恵まれなくてはならない。別な言い方をすれば、会えば批評は始まるし、どんなに調査をしても、出会いがなければ批評は生まれない。そこに積み上がるのは情報だけだ。それはどんなに詳細に履歴書を書いても、その人自身が浮かびあがってこないのに似ている。探究すべきことは、必ずしも言葉の姿をしていない。むしろ、「読む」とは、言葉を前に言葉とは異なる意味のうごめきを感じることだといってよい。

旅の次の目的地は、なぜかポルトガルの首都リスボンだった。記憶がほとんどないのは、あまりの高温で外出を禁じられたためかもしれない。現地のツアーガイドの情報によると四十三度まで上昇したという。そのあとに訪れたのはキリスト教の巡礼地ファティマだった。

一九一七年、三人の子どもの前に聖母マリアが現れ、三つの預言を行った。一つ目は、地獄の存在にかかわること、二つ目は第一次世界大戦の終焉、そして、三つ目は秘匿された。それが何であるかは今も諸説がある。ある年から、この場所で水が湧き出た。そして、それを飲む人のなかには奇跡的に病気が治癒するという事例が頻出する。一九三〇年にカトリック教会は、この地におけるマリアの出現を公認する。この場所は今も、聖なる巡礼地としてさまざまな国からの来訪者を受け入れている。

水を飲んで難病が治癒するなどあまりに非合理で信じるに足りない、という考えも、現代社会では、公で奇跡のことなど語らない方が無難であることも理解できる。だが、今、世界でもっとも多くの信徒を抱えるカトリックは、その存在を公式に認めている。むしろ、奇跡は、カトリック神学の核にあるものだといってよい。

もしも誰かに、あなたはカトリックらしいが、奇跡を信じているのかと尋ねられれば、信じていると答えなくては誠実を欠くことになる。ただ、あなたにとって奇跡とは何かと問われたら、それは病の治癒に限定されるとは答えない。人が病み、あるいは見失うのは身体的な健康だけではないからである。

聖母マリアはキリストの母だが、人間である。キリスト教は、イエスは人間であるが同時に神でもあるとする。その観点からみれば、マリアは純然たる人間である。マリアが通路になってさまざまな奇跡が起こったというのはファティマだけではない。フランスにあるルルドも同質の出来事によって知られている。

マリアは、カトリック教会が定める聖人である。すべての聖人は死者で、つまりカトリックは、聖人と呼ばれる死者たちによって、奇跡がもたらされると信じている。ただ、聖人たちが奇跡を起こすのではない。淵源は神にある。聖人は神と人、あるいはこの世界の関係を「とりつぐ」者なのである。

奇跡は形を変えた死者の実在を告げる出来事だといってよい。ファティマを訪れたときは、このことが何を意味するのかを理解できていなかった。その意味を痛感したのは、二十年後、「わたし」の死者を経験しなくてはならなくなったときだった。

チューリッヒに移動すると、ホテルのバンケットでのセミナーが準備されていた。講師はユング派の重鎮ジェームズ・ヒルマンだった。会場にはすでに河合隼雄がいた。

ヒルマンは心理療法家としては河合隼雄の盟友であり、井筒俊彦ともエラノス会議で親交を深めた思想家でもあった。ヒルマン、河合、井筒の鼎談もあり、井筒は主著である『意識と本質』でも一度ならずヒルマンに言及している。

このときのセミナーでヒルマンが語ったのは「ソウルメイキング：soul making」という問題だった。生きるとは魂を形作っていくことにほかならない、というのである。

語られたこともさることながら、魂を語ることに何の衒いもないヒルマンの姿に衝撃を覚えた。我が意を得たりという様子で、ヒルマンの説に賛意を表する河合隼雄の姿も鮮やかに思い出せる。二人にとって心理学 psychology は、意識の学ではなく、psyche（魂）の学だったのである。

身体と心だけでなく、魂がある。心理学は、魂とは何かを探究する営みであるはずが、いつしか心の現象を扱うに留まるものになっていったことは先にも述べた。大学の心理学の講義でネズミが出てきたのにも落胆したが、深層心理学のセミナーに出ても問われるのは意識と無意識であって魂ではないことに強い違和を感じていた。心理学に関する本で、早い時期に読んだのが『ユング自伝』だったことも影響しているのかもしれないが、心理学に関心を抱いた最大の要因は魂とは何かを探究することができると感じたからだった。

河合隼雄が「たましい」の人であることはあまり知られていないかもしれない。『宗教と科学の接点』の最初の章が「たましいについて」であるだけではない。彼は、最初の著作『ユング心理学入門』においても「たましい」という表現を用いて、自身の考える心理学は、文字通りの意味における psychology、すなわち「たましい」の学であると述べている。

psyche とは、意識的なものも無意識的なものも含めて、すべての心的過程の全体をさしているものであり、これを一応、「心」という日本語におきかえて、今まで用いてきた。これに対して、今は soul が問題となるが、この意味は後に述べることにして、これを「こころ」と訳すことにする。ここに、「たましい」という言葉を用いなかったのは、これを宗教上の概念としての霊や魂などと混同されることをおそれるためである。そして、適当な訳語がないので、漱石が小説の題名にわざわざ平仮名を用いたのにならって、「こころ」と書いて、前述の「心」(psyche)と区別したわけである。

(河合隼雄『ユング心理学入門』)

psycheを語るのに本当は「たましい」という言葉を用いたい。しかし、日本社会ではその準備が整っていない。だから「こころ」と書くことにする、というのである。この本が刊行されたのは一九六七年、『宗教と科学の接点』の刊行は一九八六年、およそ二十年のあいだで、河合のなかではある成熟があったのだろうが、好奇心でそれに向かった者には、その意味の重みを感じることはできなかった。

この言葉に出会ったのも河合隼雄の没後である。河合自身と会う機会はあっても、河合の思想の核心にふれることはできなかった。本を読んでも、意味にふれることはできない。そうしたことがあることも、好奇心に動かされているときは分からない。

「たましい」は、好奇心では届かない場所にある。「目の欲」がどんなにそれを欲しても、たどり着くことはない。それは、昔の人にも分かっていたのだろう。だからこそ、いつしか、私たちは「目」のほかに「眼」という文字を用いるようになり、「心眼」という文字さえも生んだのである。

ヨーロッパから帰国して、半年ほど経ったころからだった。明らかに心の状態が悪くなった。「「自己自身から」分離して生き、自己自身を回避して生きようと」していた者が、自分の心ではなく、心と呼ばれる現象の知識を詰め込んだのだから、自分が見えなくなるのは当然だった。

傷つくことを恐れている者は、誰かを傷つけることも恐れている。だが、人は他者ばかりか、自分をも傷つけ得る存在である。当たり前のことだが、当時は自分のなかに怪物を見たような思いがして身動きが取れなくなった。生きるとは自分ばかりか他者を傷つけることである。そうであるなら、他者とは距離を持ったほうがいい。だが、そんな風に生きられるわけもない。遠藤周作は医療をめぐる本も複数出しているが、そこで紹介されている病院を訪れた。医師がカルテに「神経症」と書いたのをはっきりと覚えている。

苦しみは一年以上続いた。癒える切っ掛けは、井上神父から発せられたひと言だった。それをめぐってはのちにふれる。そして、この自分で自分を幽閉したような生活から脱出する道程で出会ったのが「書く」という営みだった。書くことによって自分と出会うという人生の歩き方だった、ということも今であれば分かる。

第九章

「読む」と「書く」の関係は呼吸に似ている。そう感じたのは、本が読めなくなり、文章を書けなくなったときだった。ときおり、心の息がつまるのである。深く吸うためには、深く吐かねばならない。深く書くために必要なのは、語彙の数や技法ではなく、深く読むという対極的な営みであることを認識するのには、それからずいぶん時を経なくてはならなかった。

ただ、呼吸といっても、精神的呼吸と呼ぶべきものであるから、その律動も身体的呼吸と同じように起こるのではない。人は一日におよそ三万回の呼吸をしているという。「読む」と「書く」の呼吸は、このような頻度では行われない。身体的感覚とは比すべくもないほどゆっくり、そして、長い時間にまたがって生起する。

真剣に誰かに手紙を書いているときなどに、予想もしない歳月を経て、かつて読んだ本の一節が心の真ん中に立ち現れてくることがある。書くことによって読んだ経験が深化する。

もちろん逆の場合もあって、あることを契機に意味の深みにふれるような読書経験が始まることもある。そうしたとき人は、かつてとは異なる次元で言葉を紡ぎ始める。

別なところにも精神的呼吸と呼びたくなるゆえんがある。それは「読む」と「書く」という営みにおいて摂取されたものに人は、気が付かないことが多いからである。身体的呼吸において、いつ吸って、いつ吐いたのかをほとんど意識していない。だが、その営みなくして、人は生きられない。精神的呼吸も同等の重みを持つ。ただ、身体的呼吸を十分間止めることで人は生命活動を失うが、精神的呼吸は数年、あるいは数十年という単位のなかで行われることもある。

「読む」とは、文字をたよりに意味をくみとることに留まらない。「心を読む」あるいは「空気を読む」というように、目には見えない何かを「読む」というときにも用いられる。しかしよく考えれば「文字を読む」というときでさえ、そこで実際に行われているのは、文字を扉にしながら、意味という不可触なものを感じ取るという営みだ。

意味を認識することが「読む」ことの真義であるとすれば、人は、じつに長い時間を費やして言葉を読んでいる。ふとしたときに数年前に、あるいは数十年前に手に取った書物の意味が氷解するということがある。あのとき、自分があの本と向き合っていたのは、このときのためだったのかと感じることもあるだろう。

「書く」という営みも、単に思いを言葉という器に移しかえることではない。そこには、かなりの頻度で思いを超えたものが世に顕われてくるからだ。

「おもう」あるいは「おもい」を表わす漢字は少なくない。「思い」「想い」「推う」「懐う」「顧う」「慮う」「忖う」「惟う」「恋う」「憶う」「意う」そして「念う」。精査すれば、さらに幾つもの「おもい」を表現する文字に出会うだろう。通常「思い」という文字で表現するのとは明らかに異なる何かを経験した者が、少なくなかったからこそ、複数の「おもい」を表現する漢字が用いられることになったのである。

そのいっぽうで、ひらがなで「おもい」と書くとき、そこには、十二の「おもい」がすべて宿るともいえる。「書く」とは、単に「思い」の表現であるのではなく、文字を紡ぐことによって自分の「おもい」を確かめようとすることだといった方がよい。

出せなかった手紙を書いたという経験がある人も少なくないだろう。誰かに出そうとペンを握ったはずなのに、投函できなかったのは、手紙に記されている文字が、想定していた「思い」をはるかに超えた、「おもい」がこもったものになっているからだ。

ある人を恋しいとおもう。だが、その「恋い」をそのままぶつけてしまえば、相手の手に余ることになる。そう感じたから出せない手紙が生まれたのではなかったか。世に物書きと呼ばれるような人の上にも、「書く」という営みの秘義は生きている。

「思い」は意識できるが「念い」はそうはいかない。念には念を入れて、という言葉がある。それは単に注意深く何かを行うことに留まらない。「祈念」「念願」あるいは「念仏」ともいうように「念」という文字には宗教的、あるいは霊性的な次元に通じていく趨勢がある。「念い」もまた、その次元にたゆたうもので、「思い」が言語である言葉と呼応しやすいのに対して、「念い」は沈黙と強く響き合う。だまっていたのに「念い」が通じた、という表現は的確ではないかもしれない。だまっていたからこそ「念い」が伝わったというべきなのかもしれない。祈るとき、人がひとり沈黙のなかに身を置くのも同じ理由だろう。

「念じる」とは単に強く思うことではない。それは、「たましい」を動かすことである、という話を聞いたのはたしか、結婚するかしないかのときだった。それから十数年の時間を経てようやく分かったのは、生活の枠を超え、人生の次元にふれようとするとき、どうしても動かさなくてはならないのは、心だけでなく「たましい」であることだった。

そして、心の中で眠っていたことが、今の出来事としてよみがえってくる。それが「憶い」だ。記憶は過去の現象ではない。事象としては過去に発生しているが、意味的には今の出来事にほかならない。人は文字通り無数の記憶を蔵している。そのなかで、ある特定の出来事が強く心に浮かび上がる。それがどうして今の事象でないはずがあるだろう。瞥見したときにはさほど心動かされなかった風景が、あるとき、強い衝撃をもってよみがえってくることもある。数年前に誰かに言われたひと言が、人生の核心にふれるものとして心の海の深みから浮かび上がってくる場合もある。

「懐う」と「顧う」は、ともに過去を懐古し、回顧することだが、それとは逆に「書く」ことは時折、未来を捉えることがある。いずれ、自らを訪れる人生の出来事というべきものを、自分でも気が付かないうちに言葉にしているのである。

伴侶を喪い、教会で葬儀を行った。司式をしたのは親友でもある神父だった。彼は説教で、ある文章を引用しながら話を進めた。それはやはり伴侶を早くに喪った須賀敦子をめぐるものだった。

別れは、真に出会った人にのみ訪れる。そして、死をあいだに挟んだ別離はそのまま生ける死者との出会いになる、というような文章だった。書いたときは死者との出会いが自分の人生に起こるなど、予想だにしなかった。未来への「おもい」を漢字でどのように表現するのかを知らないが、「おもい」は過去だけでなく、未来、より精確にいえば、将に来たりつつある将来とも深いつながりがある。人はときに、あとになって身震いするような、己れの将来を言い当てる言葉を紡ぐことがある。

＊

哲学者の森有正は「経験」と「体験」を定義し、前者を自己の哲学の核心に据えた。この二つの言葉は彼にとって似たものではなく、似て非なるものだった。彼は自らのいう「経験」と「体験」の異同にふれ、次のように述べている。

経験が体験とちがうのは、そしてそれについての一つのもっとも根本的な点は、前者が絶対に人為的に、あるいは計画的に、作り出すことができない、ということである。体験を積み、さらにそれを豊かにしようとすることはできる。しかしそう思うことは、すでにその人の経験の上に立ってのことであり、その経験そのものは、断じてそういう予見的試行、ないしは計画的実現を許さないものである。体験は心がけによって豊かになるであろう。まちがいのない、的確な行動を可能にするように錬磨されるであろう。しかし経験は、……ただ変貌をとげるだけである。

（「変貌」『思索と経験をめぐって』傍点原著者）

この言葉を読んだのは、大学三年のとき、神経症になる少し前のことだった。一読して、何かに打たれるような感覚がしたのを覚えている。そして、「体験」「経験」「変貌」という言葉を、今でも森有正の定義にしたがって紡いでいる自分がいる。

読んだ時期が明瞭に記憶されているのは、当時、交際していた女性が森のよき読者で、彼女を理解するために、というのが動機だったからだ。彼女の部屋にあった文庫本を立ったまま読んでいる光景を今でもありありと思い浮かべることができる。通読するつもりなどなかった。彼女との会話が成り立てばよかっただけで、森有正の思想に興味があったのではない。それでも人は書物につかまれることがある。

彼女が森有正に向き合う態度はじつに真摯で、彼女にとって森は、過去の人であるよりも見えない姿をして「生きている」ようだった。書物をデータ化するなど考えも及ばない時代に彼の全集を最初から読み索引を作っていた。

「自分のためじゃないの。誰かがいつか、これを役立ててくれるんじゃないかと思って」

そうつぶやくようにいってノートを抱きしめた。

本は自分のためだけに読むのではない。未知なる誰かのために読むこともできる。考えてみれば、一篇の詩を書くときもまた、人は未知なる他者にむけて文字を刻んでいるのである。ここでも「読む」と「書く」は呼吸のように働いている。

明らかに神経症が自覚されたのは、彼女の家にいる時間と自分の家にいる時間が逆転したようなときだった。

当時は、幾つかのアルバイトを掛け持ちしていたが、講談社の資料室もそのうちの一つだった。重労働、長時間労働が多いなか、本に囲まれ、それを整理していれば賃金がもらえる。こんなに良い仕事はないと感じていた。

だが、働き始めて、ひと月もしないうちに、耳鳴りや不眠、極度の不安など、さまざまな症状が出始めた。もっとも深刻だったのは生の手応えが感じられない。自分であることの実感が希薄になっていくことだった。

自分であることの実感の喪失とは、怒りなどの感情に飲み込まれて自分を見失うというのとはまったく状況が違う。むしろ、正反対だといってもよい。自分の存在だけが著しいまでに感じられて、他者とのつながりが曖昧になるのである。

こうしたとき、人は、自分がしていることに極度に自信を失う。自分の一挙手一投足が気になる。記憶がないのではない。記憶に自信を持てなくなる。

まずは、身体に負担のあるアルバイトから順に休むようになり、ついには講談社にも行けなくなった。講談社に決めたのは、本のこともあるが、何といっても彼女の家から五分もかからない場所にあって、アルバイトに行くことが一緒にいることの口実になった。

日を追うごとに仕事ができなくなり、本を読めなくなり、ついには家から出られなくなった。大学はもともと行ってなかったから、そこに支障を感じることはなかったが、外で彼女と会えなくなったのは堪えた。

あるとき、見かねた彼女が自宅に招いてくれた。独りにするのは危険だと思ったのかもしれない。その日の晩、長い時間、自分の症状を話したあと、互いに疲れ果てて眠ろうということになった。からだを横たえても、眠れない。むしろ、胸が苦しくなる。

十分ほど経過したときだったように思う。「もういやだ」と天を呪詛するように叫び声をあげながら身を起こした。
そのとき、初めて「無」を経験した。色もなく、音もなく、触覚もない。床にふれているという実感もない。ただ、「無」と呼ぶほかないもののなかに自分が実在していることだけが分かる。「われ考える、ゆえにわれ在り」とデカルトが書いたのもこうした経験を経てだったのではないかとも思った。「われ」という実在は疑いようがない。しかし、物的存在としての「私」をめぐる実感はきわめて薄かった。

「ついさっき私は公園にいた」とサルトルは語り出す。「マロニエの根はちょうどベンチの下のところで深く大地につき刺さっていた。それが根というものだということは、もはや私の意識には全然なかった。あらゆる語(ことば)は消え失せていた。そしてそれと同時に、事物の意義も、その使い方も、またそれらの事物の表面に人間が引いた弱い符牒(めじるし)の線も。背を丸め気味に、頭を垂れ、たった独りで私は、全く生(なま)のままのその黒々と節くれ立った、恐ろしい塊りに面と向って坐っていた。」

この一節は井筒俊彦の『意識と本質』の第一章にある。サルトルの小説『嘔吐』にあるよく知られた一節を井筒自身が翻訳したものだ。「全く生(なま)のままのその黒々と節くれ立った、恐ろしい塊り」は、先にいった「無」にほかならない。続けて井筒はこう言葉を継いでいる。

絶対無分節の「存在」と、それの表面に、コトバの意味を手がかりにして、か細い分節線を縦横に引いて事物、つまり存在者、を作り出して行く人間意識の働きとの関係をこれほど見事に形象化した文章を私は他に知らない。

「無」を経験したとき、この井筒の言葉が浮かび上がったのではない。そんな余裕はなかった。あとになって、自分の経験と『嘔吐』の世界の近似に気が付いた。井筒がいう絶対無分節の「存在」とは、西田幾多郎がいう「絶対無」で、万物の存在の源泉の異名である。

人は何かを認識しようとするとき、大いなる「無」の上にコトバによる分節線を描いて個物を「生む」。命名という言葉も単なる意味を超えている。名を与えるとは、その対象に「いのち」の息吹を吹き込むことにほかならない。

「無」との遭遇は体験ではなく「経験」になった。この出来事を起点にしつつ、ゆっくりではあったが「変貌」が起こり始めるのである。

そして、「無」を前にしたときに全身を貫いたのは恐怖ではなかった。むしろ、逃れようのない畏怖と呼ぶべき心情だった。当時、畏怖だと感じたのではない。恐怖ではないと思っただけだ。しかし、未知なるものへは恐怖しか知らなかった自分に、畏怖の感覚が全身を貫いたとき、何かが変わった。変わり始めたというべきなのかもしれない。

恐怖の感情は人間を委縮させる。畏怖は人をまったく異なる経験へと誘う。大いなるものを前に人は自分を「小さきもの」であると感じる。しかし同時にこれまでになく、自分自身、ユングのいう「自己」に近いところにいることを実感する。

井筒俊彦の作品で、森有正の名前が出てくるのはおそらく一度だけで、その作品はサルトルをあいだにした二人の接点にふれた一文だった。

戦後、洋書が簡単に手に入らない時代、井筒はサルトルという天才哲学者の存在を知る。書物は記された言語で読む。それが井筒の原則だった。井筒は三十を超える言語に通じたといわれている。サルトルを読みたいが本が入手できない。そうしたとき、森がサルトルの『存在と虚無』の原書と格闘しているという噂を井筒が耳にする。

戦争が終結してしばらくたった頃、妙な噂が、誰いうとなく拡まった。私たちが何も知らないでいた間に、パリで、サルトルとかいう耳慣れぬ名の天才が現われ、彼をめぐってヨーロッパの文学や哲学の世界が騒然となっている、という。その男が、最近、『存在と虚無(レートル・エ・ル・ネアン)』というすこぶる深遠で難解な哲学書を著わした。その本がただ一冊だけ、もう日本に持ちこまれていて、森有正氏の手もとにある。現在、森氏が、ひそかにそれと取りくんでいる。誰にも見せてくれない。見せてやっても、あまりむつかしすぎて、普通の日本人にはとても理解できまい、と森氏が誰かに洩らした、とかなんとか。嘘か本当か、とにかくそんな話だった。

（「三田時代——サルトル哲学との出合い」『読むと書く——井筒俊彦エッセイ集』）

二人が対面してサルトルをめぐって議論を交わしたわけではないから、他愛のない話に過ぎないともいえる。だがやはり、近代日本精神史の視座に立つときは、戦後、まだ日本が自分の道を見定めることができない時期にサルトルをあいだにして、井筒俊彦と森有正の精神が極めて近い場所にあったこと自体は記憶されてよいように思う。

西洋哲学を模倣するのではなく、むしろそれとの格闘のなかで独創的な哲学を営む。そうした近代日本の哲学の流れは、西田幾多郎の『善の研究』によって始まった。その潮流はそのまま森と井筒にも流れ込んでいる。二人は最初から狭義の哲学の枠組みのなかにはいない。ともに詩と小説を愛し、ほとんど批評といってよい作品も残している。リルケとドストエフスキーを深く愛した点においても彼らは接近している。また、ともに短くない時間を海外で過ごし、そこで一定の評価を得たあと、主著と呼ぶべきものを母語で書いている点も共通している。

一九五〇年、森有正は一年間の予定で渡仏する。当時の森はデカルトとパスカルの研究者だった。彼は東京大学の助教授在職中に留学したが、五三年には依願退職している。七六年に亡くなるまで彼はついに、本拠地をフランスに置いたままだった。フランスに渡る前の彼はまだ、優れた哲学研究者の色が濃かったが、フランスの日々が彼を真の意味での哲学者にした。その道程は一九五七年に刊行された『バビロンの流れのほとりにて』という哲学日記に詳しい。

大学を退職したのは、フランスに留まることにしたのが最大の理由だった。彼はフランスに、あるいはヨーロッパに魅せられたのではなかった。むしろ、彼はフランスで始まった「経験」に自由を奪われたといってよい。東京大学の助教授の社会的立場は、今日のそれと同じではない。より重く稀有な意味を持つ。それを手放さねばならない「内面からの促し」を感じる。彼は「内的促し」と書くこともあるが、抗うことのできないこのちからが湧き出るのが「経験」の地平だと森はいう。

「内的促し」は、彼を「変貌」へと導く。「体験」はそれと正反対の地平に人を誘（いざな）う。経験はいつも偶発的にはじまり、人を未知な、しかし、どこか懐かしい場所へと連れていく。

一九一一年に生まれた森は、若き日を戦争のなかに過ごした。太平洋戦争の敗戦のとき彼は三十三歳だった。彼が「経験」に対して「体験」という言葉を書くとき、それはどこかに強いられた軍事訓練の香りが残っている。彼は、従軍していない。しかし、一市民として、また、知識人の一人として軍事化していく国の在り方を凝視していた。権力は人に訓練を体験させることである備えを身につけさせることはできる。しかしそれは、その人がその人自身になっていくという「変貌」へと導くことはない。

「経験」と「体験」の原則は今も生きている。体験的生活をしているとき、人はそこにある種の不自由を感じることはあるが、突如起こるような、人生の「事件」と呼ばねばならないようなものからは離れていられる。誰かのいうことに従っていればよいのだから「内的促し」に鋭敏にならなくても時は過ぎていく。大学という場所はまさに「体験」的空間なのである。体験的生活では、誰かと同じことをやっていれば大過なく過ごせる。

神経症になったのは、ゆるやかに就職活動を意識し始めた頃、自分の道というものを嫌でも考えねばならない時節のことだった。職業の選択という体験的世界の終わりをゆるやかに告げるような事象が迫ってきた。

仕事はいくらでも替えることもできるし、じつは就職試験に落ちることがあっても大きな問題はない。試練は別なところにある。その過程で人は、何度か真剣に自分と向き合わねばならない。そのとき嫌でも体験的生活の枠を越え、経験的世界を生きねばならない。森有正がいう「変貌」を求められるのである。

森にとって「変貌」とは、カメレオンが身を守るためにわが身の色を変えるような「変化」を意味しない。あるものが「そのもの自体」になっていくことを指す。黒い一粒の種子が、太い幹を備えたマロニエの樹へと姿を変えていく。彼はこうした出来事を「変貌」と呼んだ。

「経験」は必ず「変貌」を伴う。あるいは「変貌」が起こっていることによって、自らを取り巻く事象が「体験」ではなく「経験」であることを自覚できるといってもよい。

あるときまで、神経症になったのは、社会に出ることへの恐怖からだったと感じていた。それも理由の一つに違いないが、今は経験的世界での「変貌」を促されるのを恐れていたからであることがはっきりと分かる。「変貌」すること自体を恐れていたのではない。変われないかもしれないという不安に慄（おのの）いたのである。

「変貌」の時期を告げる「内面からの促し」には恐れではなく、畏れをもって向き合わねばならない。恐怖ではなく、畏怖の感情を感じなくてはならない。しかし、多くの若者にとってそうであるように、恐怖と畏怖を感じ分けるのは容易ではなかった。

ただ、恐怖と畏怖の混同は現代だけに限った現象ではなく、『新約聖書』を開いても天使が顕現するとき、「恐れることはない」（ルカ1・30）と呼びかけていることが示しているように、人は古くから二つの「おそれ」を感じ分けるのに苦心してきたのである。

同質のことは「体験」の訪れと「経験」のそれにもいえる。先に引いたのと同じ文章で森は「経験」の徴（しるし）とは何かをめぐって次のように書いている。

あらゆる経験は、それが真正の経験であれば、変貌をともなう。経験はある意味で不断の変貌そのものである。その意味では、固定化の傾向のある体験と正に対蹠的であり、経験は不断の変貌そのものとしていつも現在であり、そこに、人が言葉だけでしか知らなかったものが実体として新しく表われつづけるのである。

（「変貌」『思索と経験をめぐって』）

「変貌」の兆しがないなら、「経験」は生起していない。求めるべきは表面上の「変化」をもたらす「体験」ではなく、「変貌」であり「経験」である。「体験」がもたらすことは容易に言語化され、それはいつしか凝り固まった教条になる。いっぽう「経験」は、それまで概念でしか認知できていなかったものを身に迫るなまなましい出来事として深く認識させる、というのである。

これは本当だ。森の言葉の通り、神経症に苦しんだ日々を通じて、孤独とは異なる孤立とは何かを知った。哲学者のハンナ・アーレントは『全体主義の起原』で「孤独(solitude)」と「孤立(loneliness)」そして「孤絶(isolation)」を論じ分けている。

人は、「孤独」がなくては生きていけない。「読む」ときも「書く」ときも「祈る」ときもそこには孤独がなくてはならない。自分と向き合うときにも人は、孤独の助けを必要とする。さらにいえば、必要なとき、人は大きな労力をささげて、自ら孤独を作り出さねばならないことすらある。「変貌」も「経験」も孤独においてこそ生起する。

「孤立」、さらにいえば孤立感とは、人が他者から見捨てられているという認識をいう。ただ、孤立していなくても、孤立を感じることがある。どうしてなのか自ら孤立していくという現象も珍しくない。

「孤絶」は、否定しがたいかたちで「孤立」が存在し、そのために著しい分断がある状態を指す。孤立は少ない方がよい。しかし孤絶の場合は、本来であれば、それが存在してはならない。孤立であっても人はすでに耐え難い。孤絶の境域に人を強いることは文字通りの迫害だといってよい。

当時、感じていたのは「孤絶」とは何かを知らないまま、自ら意思してそこに向かおうとする「孤立」だった。

このとき、孤立の怖れを始めて感じた。寂しくて心が凍えるのではない。凍える心は温めることができる。しかし当時感じていたのは、孤立に食い潰される恐怖だった。比喩ではない。孤立という目に見えない怪物によって、自己の実在という不可視な何かが侵食されていくように感じた。当時の心情は、次に引く越知保夫の言葉が恐ろしいほどに言いあてている。

我々は何時も自分自身であることに不安を覚え、何事からも身を引こうと身構え、絶えず脱出を夢みている。父であること、子であること、夫であること、日本人であること……、そうした総べてが、ただもう無意味で、重苦しく、不安なのだ。愛していても、憎んでいても、寝たり食ったりしていても、いつも不安なのだ。現在の自分と和解することが出来ず、これを信ずることが出来ず、そこに根を下ろすことが出来ない。自己への誠実は、絶えず自己を裏切ることとなる。

（「小林秀雄論」『新版　小林秀雄　越知保夫全作品』）

「自己への誠実は、絶えず自己を裏切ることとなる」ことが不可避であるとき、人はどうやってその桎梏から逃れることができるのか。誠実に生きることを強く求めれば求めるほど、自分で自分を裏切ることになる。そのさなかに「無」の経験が訪れた。それはほとんど生への介入といってよいような出来事で、感じたことのない畏怖の経験でありながら、同時に治癒の兆しでもあった。

その日からさほど遠くない日、井上洋治神父による聖書の勉強会に参加した。勉強会といっても、じつに私的な集いで、そこにいたのは神父を含めて五人だった。聴講者は、のちに遠藤周作研究の第一人者となる山根道公とその妻になる宮澤賢治研究者である山根知子の両氏、そして自分と交際していた女性の四人だけだった。

苦しみのなか、なぜか『聖書』を読み始めていた。それまでにも日々読んでいたというのではない。『聖書』――は教会の説教でふれるもので、ひとりで読む書物ではないように感じていた。独断は誤りへと人を導く。そう信じて疑わなかったからだ。

そのいっぽうで、渇いた人が水を求めるように『聖書』を読んでいる自分がいる。ことに幾度となく「福音書」を読んだ。だが、たちまちその迷路に入り込んだ。「福音書」は四つある。マタイ伝、マルコ伝、ルカ伝、ヨハネ伝、それぞれの特色があるだけでなく、論理的には矛盾するように感じられる言葉もある。誤れば救われない。そう感じていた者にとって矛盾のはざまにいることは耐え難かった。

勉強会が始まり、神父が少し話をしたあと、質問をした。質問というよりも訴えに似たようなもので、矛盾を前にした苦しみと出口がないことへの恐怖を切々と語り続けた。典型的な神経症の症状の現れではあった。三十分は優に超えて話していたと思う。話し終わったというより、話し疲れたといった方が現実に近い。異様な空気があったに違いないのだが、神父もほかの三人も、一度も言葉をはさむことなく、だまって話を聞いてくれていた。それればかりか、神父は静かにこう語った。

「とてもよいお話を聞きました」

この一言はほとんど、啓示のような強度で心を越え、魂に響いた。『聖書』をどのように理解すべきかの指針を、あるいは忠告をされるに違いないと感じていた。そして、神父はこう言葉を継いだ。

「本当に苦しかったと思う。しかし、信仰とは何かを知ることによって深まるのではなく、生きてみることではないだろうか」

体験的生活をしている者は、この世の秘密を「知ろう」とする。知り得るものだと感じている。だが、経験と変貌は、人に単に頭で知ることよりも、全身で生きることを求める。デカルトが読むべき本をすべて読み、世界という「大きな書物」を読むために旅に出たのもそうした人生の秘義にふれたからだろう。

その日、神父の家を後にしたときの光景は忘れがたい。入るときはもう自分ひとりでは歩けないようにも感じていた。しかし、帰路にあるときは、ゆっくりでも、ときに休みながら、足を引きずるようなことがあったとしても歩いて行ける、そう感じていた。

それからさほど時間を要しなかったように覚えているが、文章を書き始めた。『三田文學』の創刊八十年・慶應義塾大学文学部開設百年を記念する一度だけの懸賞があり、その評論部門に応募し、当選作なしの佳作になった。「文士たちの遺言――中村光夫・正宗白鳥・小林秀雄」と題する作品で、これが活字になった初めての経験だった。

ここで試みたのは、「信じる」とは何かという問題だった。キリスト教でいう神のような超越者に対する信仰のみではない。当時の自分にとって――今も変わらないが――避けがたい問いとなったのは、自分を信じるということだった。

体験的生活にあるとき人は、他者より秀でることによって自信を得ようとする。しかし、経験的世界ではそのようなことはほとんど意味を持たない。自信とは、アメリカの思想家エマーソンの言葉を借りれば「自己への信頼（self-reliance)」にほかならないからだ。自己への信頼が樹立されるとき、必要とされるのは、他者からの尊敬ではなく、愛と呼ぶほかないものなのである。

それは恋愛というときの「愛」とは異なる生そのものへの愛だといってよい。越知保夫が、愛と尊敬の差異にふれつつ、孤独の役割をめぐって書いている。「ニイチェは、愛は尊敬とはちがう、と言ったそうである」と述べたあと、彼はこう続けた。

尊敬は社会的なものであり、他人と共に分ち得るものである。愛は孤独である。それは分ちえない。愛は世間の通念をふみ越える。そこで出会うものは、世間の通念がつくり上げている、多かれ少かれ他と似たりよったりの人間ではない。それは他と交りようのない、この世にただ一人きりの、愛する者以外には誰も知らぬ、孤独な人間である。ソーニヤがラスコーリニコフの中に見たのもそういう人間であった。

（同前）

ソーニヤとラスコーリニコフは、ドストエフスキーの小説『罪と罰』の主人公だ。金のために残忍な仕方で老婆を殺したラスコーリニコフと家族のために身を売らねばならなかったソーニヤが出会ったのは孤独という土壌だった。だからこそ、二人はそこに愛を育むことができたというのだろう。二人はのちに結婚を約束することになる。先の文章に越知はこう続けた。

それは尊敬という言葉からは何とかけ離れた人間であろう。このような世界にふみ入ることは恐しいことである。だが、愛するとは、愛する孤独に耐えることではないか。

当時の自分に欠けていたのは、自分を愛するという孤独に耐えることだった。真の意味で自分を受け容れること、自分だけの人生を生き始めるちからだった。他者を愛そうとするだけでなく、自己を愛することだった。越知保夫のいう愛は、どんなに多くの情報を記憶しても目覚めることはない。自分を愛することができない人は、いつしか他者を愛することもできなくなる。そして、愛する実感だけでなく、愛されている手応えすら見失っていく。

読解力、思考力のような「力」は、ある種の訓練、森有正のいう体験によって強化できる。しかし、生の「ちから」と呼ぶべきものは経験のなかから湧き出てこなくてはならない。ある程度の生活をするのなら、体験の力でどうにかなる。だが、そこに人生の問題が介入してきたとき様相は一変する。能力とは次元を異にする、どんな物差しでも計ることのできない生の「ちから」が必要になる。

経験的世界が「働く」という人生の問いとともに開かれてきたのは偶然ではないのだろう。「働く」とは何かを全身で考えることは、「知る」ことで終わりにしようとする態度を許さない。「生きる」ことを強く求めてくる。労働をめぐって越知保夫が書いている文章は、あのときから今までのあいだ一度も念頭を去ったことがない。

労働ということが問題となるのもここである。ドストエフスキーは、プーシキンに関する有名な最後の講演で、知識人に対して、「働け」と呼びかけた。人間の統一性を回復するものは労働をおいて他にないからである。思想も信仰も労働なくしては空しい。『ゴッホの手紙』の中で、小林は、ゴッホは、農夫は耕さねばならぬという意味で画家は描かねばならぬと言い得た稀有の画家の一人であると述べている。非常に含蓄のある、だが難解な言葉である。これはどういうことなのか。アランは、私は坑道を掘るように思索して来たと言っている。

(同前)

働くことを恐れて、神経症になった。より精確にいえば、働ける人間にはなれないのではないかという恐怖の迷路から出られなくなった。越知が教えてくれたのはまったく別な道だった。知ることから始めるのではなく、働くことから始める道であり、尊敬を得るために生きるのではなく、孤独のなかに生への愛を温める道だった。

一九五七年、フランスの哲学者ガブリエル・マルセル（一八八九〜一九七三）が来日した。このときの講演の記録は『神の死と人間』の題下で公刊された。このとき越知保夫もまた、可能な限りの講演に出向き、「ガブリエル・マルセルの講演」と題する一文を書いた。

発表された場所は、関西を拠点とした同人雑誌『くろおぺす』だったから、広く読まれたとはいえない。だが、そのことと、この作品が蔵している意味は同じではない。それは、生前は一枚しか売れなかったと伝えられているゴッホの絵が、時代というよりも歴史に、さらにいえば永遠に連なるものであるのに似ている。そこで越知はマルセルの印象的な言葉を引いている。

私は私の信じているものを知らない

ここでマルセルが語ろうとしているのは狂信でも盲信でもない。マルセルはそうした

「信」のありように警告を発し続けた人でもあった。何を信じているか、その全貌を知り得ない、人は、何を信じているかを十分に語ることはできない、というのである。

「信じること」と「知ること」の境界をこれほど端的にいい得たものをほかに知らない。信じるとは、その対象を知り尽くそうとすることの放棄にほかならない。信と知の衝突は、生活の場面で多発するわけではない。しかし、人生のなかでは幾度か全身を賭して「信」に向かわねばならないことがある。

第十章

眠たくなるから眠れるとは限らない。眠れるとは、けっして当たり前なことではないのだ、そうつくづく感じることがこれまでにも幾度(いくたび)もあった。

あるときまで、眠りは習慣であると感じていた。同じ長さでなかったとしても、誰もが一日に一度は眠る。そこに大きな疑問もなく過ごしていた。しかし、その習慣が深い場所で瓦解するのを経験すると眠りをめぐるおもいが一変する。そして、振り返ってみると、不眠という現象と共に人生の階梯が深まってきたようにも感じる。

高校生の頃だった。日曜日の朝早く、昨日は眠れなかったと言いながら父が、いつになくさわやかな姿をして家族の前に現れた。眠れない日があっていい、むしろ、眠れない日はとても大切なのだとほがらかに語った。

父にとって、徹夜で本を読むのは珍しいことではなかったから、当時はさほど気にも留めなかったが、時を経るごとに、このことが大きな意味を持つ出来事になっていった。

父はある本の題名を口にし、機会があったら読んでみるとよい、朗らかに語った。それはカール・ヒルティの『眠られぬ夜のために』という随想集で、この本のはじめには、眠れない夜をめぐって次のような一節がある。「不眠はつねに禍いであって、できるだけ除かねばならない」と書いたあと、ヒルティはこう続けた。

ただ例外は、その不眠が非常に大きな内的なよろこびから生じた時（この場合、眠れないことがむしろ人生最大の喜びの一つである）、もしくは、日頃はおこたりがちな自己反省の静かな、妨げられない時間を与えるために不眠が授けられた場合である。この後者の場合、不眠は内的生活のとくに大きな進歩をとげ、人生最上の宝を手にいれるために軽んじてはならない貴重な機会である。眠られぬ夜に、自分の生涯の決定的な洞察や決断を見出した人びとは、かぎりなく多い。

（草間平作・大和邦太郎訳、以下同）

うれしくて眠れない。あることが楽しみでそのことを考えるとよろこびが湧き上がる。そんな体験は誰にもあるだろう。だが、ここでヒルティが立ち止まるようにと示唆するのは、もう一つの不眠、彼の言葉にしたがっていえば「授けられた不眠」というべきものである。予期したのでも、望んだのでもなく、突然、与えられた不眠のとき、人はしばしば

「人生最上の宝」を発見する。そこに人生の道を見出す者たちも少なくない、とヒルティはいう。
この本と『幸福論』によってヒルティは、思想家として歴史に不朽の名を刻むことになった。彼は法律家で、議員をつとめた実務家でもあった。彼の哲学は、観念ではなく、実践を基盤にして形づくられていった。生きることと考えることが乖離しない場所、そこに彼の哲学の起点があり、帰結点があった。
耐え難い不安、あるいは耐え難い痛みによって眠れないこともある。そんなときも「授けられた不眠」であるといえるのか。たまたま眠れない程度であれば、ヒルティの言葉を受けとめられるが、事態がより深刻な場合もあるのではないか、という異論もあるだろう。だがヒルティは、そうした人生の困難にいる人たちを承知で、先の言葉を書いている。さらに彼は、不眠とは姿を変えた神からの贈り物である場合もあるという。

〔……〕眠られぬ夜をもなお「神の賜物」と見なすのが、つねに正しい態度であろう。それは活用さるべきものであって、むやみに逆らうべきではない。いいかえると、不眠にも何か目的がありうるし、また、あるべきではないかと考えるがよい。

あのとき父が興奮気味に口にしたのもこの一節だった。

不眠が神からの賜物であるなら、人は眠れない夜において神を経験していることになる。

父は、日曜日に教会に行くことはなかった。だが、妻と子どもたちが教会に行くのをさまたげたことは一度もなかったし、信仰を揶揄するようなこともなかった。自分は天国泥棒をするのだといって、事実、亡くなる前に洗礼を受けて、彼方の世界の住人になった。

神は、洗礼を受けた人に語りかけるとは限らない。むしろ、『福音書』に描かれたイエスは、異邦人と呼ばれた人たちのところへ自ら出向いていった。

眠れない夜、それはイエスが傍ら近くにいるときなのかもしれない。そう考えてみると堪え難い心身の苦痛という経験も意味が変じてくる。それは、ある人にとって不眠が「人生最上の宝」となるような経験にもなり得るだろう。

あの日父は、神を感じた、そう言いたかったのかもしれない。しかし、これから教会に行こうとする家族を前に言葉を飲み込んだのかもしれないのである。

*

神経症になるとさまざまな試練に向き合わねばならない。ただ、その試練は外発的というより内発的、すなわち、自分自身で作りだしたものである傾向が強い。そこにこの病の厄介さがある。

苦しみの渦のなかにいるとき、淵源が自分のなかにあることにはなかなか気が付けない。別ないい方をすれば、その認識が始まったとき、治癒もまた、起こる。

治療は専門家によって施される営みだが、治癒は違う。治癒力という言葉があるように、それは人の内側から湧出する。むしろ、そのはたらきによって人はいのちをつないでいる。その最たるものが眠りだ。事実、自然な眠りは内から生起する。

『眠られぬ夜のために』でヒルティも指摘しているが、眠れない夜、いたずらに自分と向き合おうとすることは危険を伴う。出口を見失い、ある種のパニックに陥ることもある。ヒルティは「不眠のときに、ただいたずらに自分の思いに身をゆだね、いわば自己という小舟を想念の波の流れにまかせるのはよくない」と書いたあと、こう続けた。

〔……〕自分自身を相手に語ってはならない。それはたいてい、不安を増すだけだからである。できるならば、つねにゆるがぬ平安を与えて下さる神と語るか、それとも、もしそういう人がいるならば、あなたを愛してくれる人たちと語りなさい。

神経症になると、自分とばかり語るようになる。ただ、それはソクラテスが説くような自己との対話ではない。誰にも見えない自分の粗を探す行為が始まる。

ひたすら自分の不足を探そうとする。自分に何があるのかを感じ直そうとすることがほとんどなくなり、何かがないこと、何かができないことに不安を感じるようになる。もしも、眠れなくなったら、と考え、眠れなくなるといった感じだ。

書いてみると滑稽なだけのようだが、こうしたところにも人生の真実はかいまみえる。不安はいつも、現在から遊離した未来に属する。あるいは、現在から足を離したとき、不安に足をすくわれるといったほうがよいのかもしれない。神経症とは、いたずらに未来を眺め、今を見失った者が誘(いざな)われる生の地平だといってよい。神経症から癒えるとは、今と和解することだともいえる。

今と和解するとは自己と和解することであり、それは他者との和解とも深くつながっている。しばしば他者との和解が困難なのは、自己と和解することが容易ではないからであることが少なくない。

エーリッヒ・フロムは『愛するということ』で、他者への愛と自己への愛が分断されたところに現代における愛の困難があると指摘しているが、先に引いたヒルティの言葉も同じ地平から発せられている。不眠という出来事の渦中に何かを見出すのは、どういうかたちであれ、愛のはたらきにほかならない。人から、あるいは神からそれを受け取れというのである。

現代人は「愛」という言葉を積極的に用いなくなった。愛という言葉が陳腐化したためでもあるが、陳腐化していくのを見過ごしたからでもある。そして何よりも、愛とは他者から与えられるものであって、己れのなかに育みつつあるものであることを忘れてしまっている。愛を別な表現で言い換えることもできるだろう。しかし、そこにあるのは、愛のようなものであって、愛ではないかもしれないのである。

ただ、愛との邂逅がなくても、人は不眠のなかに明かりを見出すことができる。それは「良い書物」さらにいえば、ある一節と深くつながることだ、とヒルティは書く。


そのような〔愛と対話の〕助けがえられないときに役立つのは、良い書物である、というよりむしろ、そういう書物のほんの短い一節でもよい。それが、思考に刺戟を与え、精神をほかの悩ましい物思いからそらして、正しい慰めの泉に向わせる。

（同前）


父の本棚には、いつでもすぐ手の届く場所にヒルティの著作も彼の評伝もあった。それらを見開くことはあったが、深く読むことはなかった。父の言葉を軽んじたのではない。むしろ、あの日、父が口にした「神の賜物」という言葉こそ、ヒルティがいう「ほんの一節」となって長く胸のなかで灯り続けたからだった。

しかし、若かった自分が、「神の賜物」という一節に出会っても、その前で立ち止まることができたとは思えない。こう書くと奇妙な感じがするかもしれないが、父の言葉を契機にヒルティとの関係は、彼の言葉を真剣に読まないまま、深まっていった。ヒルティが述べていたことは本当で、神経症から抜け出るきっかけになったのも言葉だった。それは彼がいみじくも書いているように、文字通りの意味での「慰めの泉」になった。

たしかアランだったと思うが、彼はドストエフスキーの『カラマーゾフの兄弟』を数十回読んだという。つまり、アランにとって『カラマーゾフの兄弟』は読み終わることのない書物で、さらにいえば、読めば読むほど謎が深まっていく、文字通り、意味の深淵のような作品だったのだろう。何度読んだのかが分からなくなるような一冊、それがその人にとっての「良い書物」なのではあるまいか。

それを誰かに与えてもらうことはできない。どうしても自分で探さねばならない。たとえ、ある本を与えてもらっても、それが「良い書物」になるとは限らない。一冊の「本」が「書物」へと変貌する時節をめぐって越知保夫は次のように述べている。

小林〔秀雄〕は、『パンセ』は問いから出発して問いそのものが解決となった書物である、と言っている。すなわち、ここで問いは問いを問いつくすことによって問いそのものを深め、純化するのである。私は小林が驚嘆しているパスカルの方法の源をさぐりつつ聖書に行き当った。気が付いてみれば、それは聖書の方法そのものではなかったか。聖書もまた我々の問いに解決を与えてくれるような書物ではない。

（「小林秀雄論」『新版　小林秀雄　越知保夫全作品』）

「良い書物」は解答を与えてくれない。むしろ、問いそのものを純化する方向へと読む者を導く。越知保夫は、幾つかの旅を経て、『聖書』に出会い直し、『聖書』が彼にとっての「書物」になった。神経症に苦しんだ日々、光となったのは越知保夫の言葉だった。『好色と花』と題する遺稿集を繰り返し読んだ。線を引くたびに言葉が見えない姿をして自分の胸のなかに刻まれていくように感じた。「私は私の信じているものを知らない」という一節に出会ったのもこの本だった。そして、この言葉こそ、ヒルティのいう「ほんの一節」、しかし、人生を根底から変える言葉になった。

前章でもふれた「ガブリエル・マルセルの講演」と題する作品で越知は「マルセルにとっては、信仰とは、その人の中にあって、他人の容喙（ようかい）しえないもの、他人がそれについて論議し是非する権利をもたないもの、一切の vérification（点検）をこえたものであった」という。

vérification はフランス語で、他に立証の意味もある。「容喙」とは「喙（くちばし）」を容れること、他者が口をはさむことを指す。哲学であれ、科学であれ、理論は立証や点検を必要とすることがあるのかもしれない。しかし、信仰は別な境域で営まれている。マルセルだけでなく、越知もそう感じていたのだろう。

信仰が深いという表現がある以上、信仰が浅い人もいるということになるのだろうか。だがマルセルや越知にいわせれば、信仰においては相対的な意味における深浅はあり得ない。信仰はいつも、比較を絶した場所で生起している、ということになる。

神経症時代ほど、深く信仰を求めた日々はなかった。しかし、そのいっぽうで、真の意味における深い信仰とは何かを知らなかった。人は、それが何であるかを知らないままに求めることがある。

幸せ、愛、希望、それがどのような姿をしているのかを知らないまま、探求する。当然のことながら、探しているものが、目の前にあっても気が付くことはない。『新約聖書』の「マタイによる福音書」には、このことを暗示する一節がある。イエスは、ある王が語ったというたとえ話をしながらこう言った。


〔……〕最も小さな者の一人にしたことは、わたしにしたのである。

（25：40）


〔……〕最も小さな者の一人にしなかったことは、わたしにしなかったのである。

（25：45）

神を探そうとする者は、最も偉大な者ではなく、「最も小さな者」を探さねばならない。苦しむ者にとって「最も小さな者」とは、受け入れがたいと感じている自分にほかならない。

先の一節に続けて越知は「vérifiable〔立証し得る／点検し得る〕」とは「「なぜ」とか「いかに」とか問うことができ」ることであると書いている。信じるという行為は、こうした立証や点検のあとには生まれない。多く、あるいは広く知ったとしても信の境域はいっこうに深まらない。アーレントの言葉によれば、どんなに好奇心を働かせても信の扉は開かれない。

『人間　それ自らに背くもの』と題する著作でマルセルは、哲学者として、自分がこれまで行ってきたことは「抽象化の精神に対する休みなき執拗な闘い」だったと述べている。また、探究してきたのは真の意味における「普遍」であり、それは「愛」の別の名にほかならないともいう。「愛と知性との間には、真の離反などありえない。離反がおこるのは、いうまでもなく、知性が堕落したときだけである」と書き、マルセルはこう続けた。

〔……〕知性がたんに頭脳的なものと化したときだけであり、そして、愛が肉欲に還元されたときだけである。

（小島威彦・信太正三訳）

知性が頭脳に偏り、愛が肉欲に傾斜する。神経症時代のありようをこれほど端的に示した言葉に出会ったことはない。この均衡を欠いた状態で自己と他者に向き合うとき、マルセルのいうように愛と知性は、互いに未熟なままであり、かつ、強く離反することになる。

愛はどのように存在しているのか。この問いにはさまざまな見解が示され得る。事実、これまでも数多の概念が愛をめぐって語られてきた。人類は愛の認識を深めてきたといえるのか。

越知保夫の見解は消極的だ。ある問いに解答を与え得るということと、それがそのように「実在するということ」とは決して同じではない。ことに人生の根本問題にふれるような事象において、「答え」はつねに「実在」の影であり、その断片にすぎない。

だが、「答え」を探している者には、どうしてもこのことが分からない。神経症とはいつも「答え」を探している状態でもある。それは「答え」がないという生のありように、恐怖と畏怖の入り交じった心情を抱き、もがき、苦しむ者の謂いだといってもよい。

「答え」を探す者とは生を「抽象化」しようとする者の謂いである、とマルセルは考えている。いっぽう、真に愛を探究する者は彼の眼に、個々の具体のなかにそれを見出そうとするように映った。答えなき実在、あるいは明証し得ない真実、人はそうしたものと向き合ったとき、はじめて「信じる」という営みに火が付くのを感じる。

> invérifiable なもの、点検しえないものの実在性、いわば超越性の実在性ということが、彼の確認したいことであったのである。彼はそれを《Je ne sais pas ce que je crois》「私は私の信じているものを知らない」という言葉に定式化しようとしている。
> （越知保夫「ガブリエル・マルセルの講演」）

真の意味で何かを信じるとき、そこに理由が存在しないのではない。ただ、その理由はいつも語り得ない姿をしている。ただ、この事実を「心」だけで十分に受け止めることはできない。河合隼雄がいう「たましい」のはたらきが必要になる。同質のことは生きる意味を探そうとするときにも起こる。最晩年のガブリエル・マルセルが語り下ろした自伝『道程』（服部英二訳）にはこんな言葉が記されている。

〔……〕ここで、語るということは単なる年代記的な発表には限られないことに注意しておいたほうがよいかも知れない。語るとは単なる事実の記述ではない、といってもよい。

生の真実に肉迫しようと思うなら、時間の呪縛から自由にならなくてはならないというのだろう。事実、マルセルは、この自伝で誕生から晩年までを時間軸で語っていない。彼が中軸に据えているのは、出来事の意味にほかならない。遠い過去のことでも、それが今に語りかけてくれれば、彼はそれを今の出来事として論じる必要を感じている。

この自伝で彼は、それまでの哲学的著作では十分に語り得なかった内的事件をなまなましく語る。それは彼の日常が、どれほど亡き者たちとの深いつながりと交わりのなかにあるかということだった。生者は死者によっても守護されている。そうした実感を明言するためにこそ、彼は人生を回顧する口を開いたようにさえ思われる。

自伝の最終章は「キリストの光」と題する。マルセルはここで躊躇なく自らにとってのキリストとは何かを語る。ある時期までマルセルは無神論者だった。彼自身によると「一九二九年の二月から三月にかけて」のあいだに「回心」が起こった。それは若き日の主著『形而上学日記』によって哲学者として世に認められてからのことだった。

「回心」とは「神」に心を向き直すことであって、生活習慣を改める「改心」とは次元を異にする。回心はconversionの訳語だが、この原語であるconvertも向く方向を変えることを指す。むしろ「回心」とは、改心を経ないまま、訪れた光の促しに抗えず、超越者に向き合い直すことだといってよい。

二十世紀のある時期、フランスでは実存主義が時代を席巻した。その中心にいたのがサルトル（一九〇五～一九八〇）だった。サルトルが説く実存主義はその背後に無神論を潜めていた。マルセルは、サルトルと並んで語られることが多く、「キリスト教的実存主義者」と呼ばれることもあった。だが、この呼称をマルセルは強く拒む。

キリスト者である彼が実存主義に与することはできないというだけなら、問題はさほど複雑ではない。自伝の最終局面でマルセルはふと、畢竟「実存」とは、人間が息を引き取るまでの話ではないのか、という。つまり、実存主義者が問題にしているのは、生者の領域に過ぎず、死者の存在を看過しているではないか、というのである。次に引く文中にある「エラン」はフランス語で「躍動」を意味する。この場合、躍動するのは「いのち」である。実存主義は身体的生命を問題にできるが、「エラン」の存在に気が付いていない。マルセルはそう考えた。

私は自らに問うてみる。と、すぐ一つの叫びが私の心奥からほとばしってくる。たとえわれわれの実存と呼ぶものが、最後の息と共に決定的に閉ざされると分かったとしても、そのために、幼少の頃から私を不死性へといざなったエランを否定はすまい。

（『道程』）

マルセルが母親を喪ったのは、「あと三週間で四歳になる」というときだった。以後、彼は祖母と母の妹である叔母に育てられた。のちにマルセルが六歳のとき、叔母と父が結婚する。だが、マルセルはこの結婚を「全く不幸なむすびつき」だったと述べている。

しかし、叔母はマルセルを、マルセルは育ての親となった叔母を愛した。同時に実母もまた、彼の魂のなかで生きつづけた。彼は生者と死者という二人の母の愛を受けて育った。彼にとって死者は、疑いようのない実在となり、彼の世界観の核をなす存在となっていった。

越知保夫は、幾度となく小林秀雄とマルセルの思想的接近にふれている。越知は小林とマルセルをつなぐものは、死者への態度であるという。確かに、ベルクソン論『感想』で小林が語り始めたのは死者となった母との関係だった。

先にマルセルが「エラン」という言葉を用いていたが、この言葉を自己の哲学の中心に据えたのがベルクソンだった。「実存」は死と共に滅ぶのかもしれない。しかし「いのち」は同じ路をたどらない。むしろ、死は「いのち」を純化するのかもしれないのである。

母が亡くなって数日たったある日の夕暮れのことだった、蠟燭が切れたので買いに出かけた。小川の近くで小林は蛍を見る。そのとき、小林はいつになく、母の臨在を感じる。

おっかさんが蛍になったとさえ考えはしなかった。何も彼も当り前であった。従って、当り前だった事を当り前に正直に書けば、門を出ると、おっかさんという蛍が飛んでいた、と書く事になる。つまり、童話を書く事になる。

（『感想』）

このときは蛍が此岸と彼岸をつなぐ扉になった。別なときには別なものが扉になり、窓になる。小林もそのことは分かっている。だから「おっかさんが蛍になったとさえ考えはしなかった」のである。

同質の認識を越知はマルセルに見ている。「マルセルは一切の虚無である「死」を承認させようとする誘惑に抵抗して「死」を拒否したのであるが、小林の場合も根底にはやはり「死」の拒否がある」と書き、こう言葉を継いだ。

両方とも母の死に直面し、信仰という問題に端的にふれていることは注目すべきことである。突込んで言うならば、亡くなった母親と我々との間には、生きた或る絆がある。その絆は、生きていた時よりも、母が死んだ後に一層はっきりと感じられるものかもしれない。

（「ガブリエル・マルセルの講演」）

死は別離の経験であるが同時に、死を媒介にすることで、より強くなるつながりを生むというのである。

神経症を病み、自分という袋小路から抜け出すためにひたすら読んでいたときは、なぜこれほどまでに越知保夫に惹かれるのか分からないまま頁をめくっていた。それを実感したのは二十年後、伴侶を喪ったときだった。

若き日に病むことがなければ、あれほど越知保夫の言葉と深く向き合うことはなかった。その経験がなければ伴侶の死を経たあと、死者を探すのではなく、死者と共に生きるという道を見出すことはできなかったのだろう。

本は数日で読み終えられる。しかし、人生を決定するような読書の深まりは、しばしば、過ぎ去る時間とは位相を異にする「時」の次元で生起している。

越知保夫の認識の確かさを証明するように一九六六年、小林とマルセルが対談している。だが、そのことを越知はしらない。彼は一九六一年に亡くなっている。

マルセルは小林秀雄との対談で、「どうもうまく言い表わせませんが……」といいながら「現存とはですね、「客体」としては構成されないでも、あり得るのです」と語りながら、作家ジュリアン・グリーンの名前を挙げ、マルセルが事故に遭ったときのことを話し始めた。ここでマルセルのいう「現存」とは死者の異名にほかならない。

> 彼〔グリーン〕は、私がおそろしい自動車事故のあとで寝ていたとき、会いに来てくれましたが、その時部屋の中に誰かがいるのを感ずると言いました。おそらくは、私が失った愛する人たちのことなのでしょう。それは「現存」の一つの特徴なのです。「現存」として感じられた「現存」、客体化されていない、また、され得ないものです。
>
> （福井芳男訳）

私たちが自分の信じているものを知らないのに似て、感覚を超えて「現存」するものを客体化できない。しかし、同時にその実在を否定できない。

こう語ったあとマルセルは、不可知論者のいう「知り得ないもの」と「神秘（ミステール）」は同じではないと述べ、前者は「漠然とした暗やみ」だが後者は「明るくするもの」であるという。マルセルにとって死者こそ「神秘」への扉であり、「現存」そのものだった。生涯を賭してマルセルが思索したのは「実存」ではなく「現存」だった。彼にとって死とは、実存的世界から現存的世界へと新生する出来事だった。

マルセルは自伝の終りに、自分がキリスト者でありつづけられるのは「通功（コミュニオン）の秘儀にあずかっている」からだという。

キリスト教には「諸聖人の通功（コミュニオン）」という教理がある。近年は「聖徒の交わり」といい、ラテン語では communio sanctorum と書く。「通功」を指す communio は、英語の communion（交わり）の語源である。sanctorum は、英語の saints に当たり、複数の聖人を意味する。

カトリックでは「死」を経ることによってはじめて「聖人」として認められる。聖人はすべて死者であり、「諸聖人の通功（コミュニオン）」もまた、死者の国である天国、煉獄、そして生者の国である地上界を貫く「交わり」を意味する。

「コミュニオン communion」は「コミュニケーション communication」と似ているが同じではない。ともに「交わり」を意味するが、「コミュニケーション」は感覚的な交わりの域を出ないが「コミュニオン」は五感に束縛されない。五感の世界を超えてゆく。

また、ここでいう「交わり」とは身体的なそれを意味しない。あくまでも霊性の次元におけるそれであり、死者との「つながり」というときの語感に近い。あるところでマルセルは「コミュニオン」をめぐって次のように述べている。

ほんとうの深さというものは、交り（コンミュニオン）が実際に実現されうるところにしか存しないものである。ところが、真の交りは、自己中心にかたまり従って硬化症にかかったような個人のあいだでは、決して実現されるものでもないし、大衆のなか、大衆の状態下でも、ありえないであろう。相互主体性の概念は、――わたくしの最近の著作もそこに基礎をおいているのだが――互いに胸襟をひらくことを想定しているのであって、それなくしてはどんな精神性も考えられないのである。

（「大衆と対立する普遍」『人間　それ自らに背くもの』小島威彦・信太正三訳）

「コミュニオン」は、自分という殻に閉じこもりがちな人間を、ある「開け」へと誘（いざな）う。他者とつながるべく開かれた存在でありながら、同時に個としての立場を失わない。それがマルセルのいう「相互主体性の交わり communion inter-subjective」である。

この言葉を越知は「主体間の交わり」と訳している。「主観」ではなく「主体」でなくてはならない、と越知は考えた。そこに示されているのは「客観主義に対する主観主義というようなもの」ではなく、「個人的 individuel なものを抽象的な一般性の中に解体してはならぬということ」への慎重な注意である、と越知は指摘している。

マルセルのいう inter-subjective は、近年は「間主観的」と訳される intersubjective とも同じではない。「間主観性」は「コミュニケーション」の次元でも起こり得る。しかしマルセルにとってそれは「コミュニオン」なくしては成立しない。それは互いの身体性の上に起こるのではなく、その霊性においてこそ営まれるものだった。

つまり、「主体間の交わり」にあるとき、私たちは主観・客観という二分法の世界にはいない。生者が一つの花を見る。その人は、自分で花を見ている実感を深めながら、自分を通じて死者もそれを経験していると感じる。マルセルがいう「主体間の交わり」にあるとき、私たちは、死者と共に生きるだけでなく、死者を生きるというほかないことに遭遇することになる。

神経症になったのは、社会に出るのが怖かったというのも理由の一つだが、誰とも違う自分になるという人生の厳粛さに耐えられなかったからでもある。それまでは、どこかに「答え」がある生活の世界に生きていれば十分だった。誰かにきけば「答え」を得ることができ、それに従っていれば大きな誤りはなかった。しかし、自分に出会い、自分になるという道程では「答え」は一切通用しない。むしろ、問いだけが現前する。

頭脳に偏重した知性では、そうした問いに太刀打ちできない。生の意味は生きることによってのみ明らかになる。ヒルティが人生の秘義というべき、秘められた意味とのつながりをめぐって印象深い言葉を残している。

> 働きのよろこびは、自分でよく考え、実際に経験することからしか生まれない。そ

れは教訓からも、また、残念ながら、毎日証明されるように、実例からも、決して生まれはしない。しかし経験は、次のようなことを、それを自らためしてみようとするすべての人に教えてくれるのである。

ひとの求める休息は、まず第一に、肉体と精神とをまったく働かせず、あるいはなるべく怠けることによって得られるのではなく、むしろ反対に、心身の適度な、秩序ある活動によってのみ得られるものである。人間の本性は働くようにできている。だから、それを勝手に変えようとすれば、手ひどく復讐される。

(『幸福論』草間平作訳)

人生は人に、知ることだけではなく、生きることを求めてくる。知ることが無意味なのではない。生きることにつながらない知が虚しいだけだ。知が、頭脳的であることを止め、生とのつながりを回復するとき、人は自己への愛を発見するのかもしれない。

第十一章

探しているときはどうしても見つからない。しかし、探すのをやめた頃、どこからか降って来たかのように発見される。仕事で使う書類や日用品はもちろんだが、言葉や人でも同様のことが起こる。どうしても会いたい、そう願っていた人に、予期せぬことから会うことになることもあれば、ある本を、懸命に読んでいるときには見つけられなかった言葉にも、たまたま開いたところで遭遇することもある。違う目で見ていたのではないかと思うほど、ある文字が鮮明に観え、意味が深く心に浸透する。その響きは十年の歳月を優に超え、胸のなかで鳴り続けることもある。小林秀雄が「実朝」で同質の経験にふれ、印象的な一節を残している。

文章というものは、妙な言い方だが、読もうとばかりしないで眺めていると、いろいろな事を気付かせるものである。書いた人の意図なぞとは、全く関係ない意味合いを沢山持って生き死にしている事がわかる。

「眺めていると」と小林はいう。古語で「眺め」あるいは「眺む」は単に遠くを見ることを指すのではなかった。それはむしろ、通常では手の届かない、もう一つの世界にふれようとすることを意味した。

思ひあまりそなたの空をながむれば霞を分けて春雨ぞ降る

作者は皇太后宮大夫俊成、すなわち藤原俊成で、この和歌はふつう、会いたいが会えない女性を恋う歌として読まれている。次のように意訳できるのではないだろうか。

恋う気持ちが深まって
なすすべもなく　あなたがいる方の
空を眺めていると
霞を切り分けるように
春雨が降っていた

五・七・五・七・七の三十一文字を現代語訳するとき、五行詩の器に移し替える道を発見したのは大岡信だった。和歌の場合、直訳するとしばしば、語意は分かるが、詩情が消えたものになる。詩とは、ほとんど言葉たり得ない何かを言葉のちからを借りながら、世に表わそうとすることにほかならないが、それを実現しているのは詩情のはたらきである。

詠み手と読み手のあいだに詩情が通うからこそ、詩歌が成り立つ。詩情が失われた詩ではそれが起こらない。そこに残る道はどこまでも言語的解釈でしかなくなってしまう。二つの「よみ手」の心の奥にあるうめきのような、声にさえならないものは、かき消されて行く。

先に記したのは大岡によるものでなく、筆者訳である。大岡は『古今集・新古今集』と題する著作で抄訳を試みているが、先の歌は含まれていなかった。

問題はやはり「眺め」あるいは「眺む」のはたらきをどう読むかにかかってくる。この一語をめぐって井筒俊彦が印象深い言葉を残している。先の俊成の歌にもいえることだが、平安時代の「眺め」には「「性的にぼんやりしている」気分という意味が揺曳している」という雰囲気がある。そう指摘したのは井筒の師の一人でもあった折口信夫だが、井筒の「読み」はそこに留まらない。

「だが、『新古今』的幽玄追求の雰囲気のさなかで完全に展開しきった形においては、「眺め」の意識とは、むしろ事物の「本質」的規定性を朦朧化して、そこに現成する茫漠たる情趣空間のなかに存在の深みを感得しようとする意識主体的態度ではなかったろうか」と書き、こう続けている。

「ながむれば我が心さへはてもなく行へも知らぬ月の影かな」「帰る雁過ぎぬる空に雲消えていかに詠めん春の行くかた」（式子内親王）。月は照り、雲は流れ、飛ぶ雁が視界をかすめる。だが、この詩人の意識はそれらの事物に鋭く焦点を合わせていない。それらは遠い彼方に、限りなく遠いところにながめられている。

（『意識と本質』）

ここでいう彼方の世界は、すでに距離的に遠い場所を意味しない。異なる次元を指している。式子内親王は法然との親交でも知られているが、それは浄土と呼ばれる場所とも無関係ではないのだろう。そうなると、先の俊成の歌も、事情があって、会えないでいるこの世の人を「恋（おも）って」詠まれただけでなく、すでに亡き人を「念（おも）って」詠まれたものとして読むこともできる。

先の俊成の歌は『新古今和歌集』の「恋歌二」に分類されている。恋歌であるには違いない。しかし、人が「恋う」気持ちを伝えようとするのは、生きている人ばかりとは限るまい。むしろ、和歌の発生が亡き者を悼む挽歌と不可分の関係にあることを考えるとき、

「恋歌」という挽歌があったとしても何の不思議もない。

こうした解釈を受け容れない研究者もいるだろう。しかし、「読む」という営みが、小林がいうように「書いた人の意図などとは、全く関係ない意味合いを沢山持って生き死にしている」何ものかを受け取ることだとしたら、あまたある「読み」のなかに、このようなものが一つあったとしてもさして問題にはなるまい。井筒が「限りなく遠いところ」と書いたものを小林は、「意味の世界」と呼んでいる。この二人も似たものを感じていたのかもしれない。

実朝の横死は、歴史という巨人の見事な創作になったどうにもならぬ悲劇である。そうでなければ、どうして「若しも実朝が」という様な嘆きが僕等の胸にあり得よう。ここで、僕等は、因果の世界から意味の世界に飛び移る。詩人が生きていたのも、今も尚生きているのも、そういう世界の中である。

（「実朝」）

詩人は、この世にありながら「意味の世界」を生き、亡きあともそこに生き続ける。生者の多くは文字を追う。だが、詩人たちは文字を扉にして「意味の世界」へと入っていく、というのである。

学生の頃、買いたいと強く思いながら、どうしても手が出なかったのが『渡辺一夫著作集』だった。三十年前は、今日の三倍ほどの値段で売られていた。当時の平均的な初任給の四分の一ほどの価格だった。

渡辺一夫を知ったきっかけは、大江健三郎の『日本現代のユマニスト 渡辺一夫を読む』を手にしたことだった。そこで大江は、渡辺がある文章で引用した帝政ローマ初期の詩人のオヴィディウスの言葉にふれる。

出来得レバ憎悪セン。然ラズンバ心ナラズモ愛サン

出来ることなら心の底から憎悪をしてみるがよい。しかし、もしもそれが不可能であるなら、気持ちのわだかまりを超えて、人を愛してみようではないか、というのである。オヴィディウスは、人間の良心を信じている。誰かを嫌悪することはある。自分では相手を憎んでいると感じることもあるだろう。しかし、そう感じる心の奥に、何か憎しみと闘うものを感じるなら、その促しに身をまかせ、不本意な愛を生きるのも悪くない、と詩人は促す。

厳密にいえば、渡辺の言葉ではないのだが、この一節で、渡辺一夫は意中の人になっ

た。出会いの偶然はこれでは終わらない。日曜日、井上神父のミサに与っているとき、しばしば隣に座っていた白髪の女性が渡辺一夫夫人だった。教会では文学の話はしない。どうしてかそんな風に自分で決めごとをしていたから、声をかけることもなかった。

夏の夕暮れ、大学の図書館の、地下階の片隅でのことである。『渡辺一夫著作集』の第十一巻を開くと「二つの純粋さ」と題する二ページのエッセイに出会った。

一九四八年、太宰治が自殺して、さほど経過していないある日のことだった。渡辺の家に、友人や先輩四、五人が集った。話題はおのずと太宰の自殺に及び、ある人は「太宰は結局「純粋」だったんだ」と言った。若干の留保をつけつつ、参集者はそれに同意する。すると、辰野隆(たつのゆたか)だと思われる「T先生」が口を開いた。

アルコールや蒸溜水の純粋さというふうに……純粋なものにもいろいろあるね。つまりだな、僕は科学的に正確な表現はできないが、水晶のようなもの、いろいろな原素そのものも純粋なのだし、ゴミ箱のなかで発酵したアルコールも純粋だろう。太宰のばあいはどっちかな?

この人物が断っているように、この発言に科学的な厳密さを求めても虚しいし、ゴミ箱でアルコールが発酵するという表現も正確ではないかもしれない。ただ、これを私たちの内面世界に置き換えて読むとき、辰野隆の言葉は正確を超えて、精確さを兼ね備えた精妙なものに姿を変じる。

生きていれば誰もが、不可避的に内面に「ゴミ」をため込まざるを得ない。怒り、妬み、嫉み、憎しみもあるだろう。だが、「T先生」は、悪臭を放つゴミ箱の効用を説く。その奥では、誰の眼にも映らないまま、ある種の「純粋さ」が醸し出されているというのである。

「ゴミ箱」が私たちの心であるなら、そこで発酵したアルコールとは、胸を流れる見えない涙だといえるのかもしれない。純粋であるためには、一たび、ゴミを受けいれなくてはならない。むしろ、人間の心は、ゴミを純粋な何かに変貌させるはたらきを持つといえるのではあるまいか。

この一文が発表されたのは一九五五年で、渡辺はその後も一度ならず、「T先生」の言葉を想い出したと書いている。そして、自分は「子供のように純真な大人」を信用しない。それは幼稚なだけであることが少なくない。しかし、幾多の労苦と挫折のむこうに、ひとすじの純粋さを失わないようにと、己れと闘う大人には「頭がさがるし、何よりもの慰めになるし、励ましにもなる」と述べ、こう締めくくっている。

ふつうの人間の純粋さにおいても、水晶のような純粋さと、ゴミ箱で発酵したもののなかにある純粋さとがあるわけだが、前者は危いと思う。つまり、いつなんどきその純粋さが混濁するかわからないからだ。後者にはその心配がないようだ。

この短文との出会いは、小林秀雄がランボーとの邂逅をめぐって書いたように一つの「事件」だった。それまでは「水晶のような純粋さ」を求めつつも、そうは生きられない自分をもてあましていたのである。このエッセイは、生きる道を切り拓いてくれただけではなかった。今から思えば、神経症になって失われつつあった言葉への信頼も、この短文によって、大きく回復し始めたように思う。

同じころに読んだ作品に正宗白鳥の「一つの秘密」と題する作品がある。小品というべき随筆で、代表作と呼ぶようなものではないが、この作家の核にあるものにふれようとするとき、著しい象徴性を帯びてくる。

きっかけは一九八〇年に白鳥の故郷に近い、岡山市で小林秀雄が行った「正宗白鳥の精神」と題する講演の録音を聞いたことだった。今日では市販され、誰もが聞けるが、二〇〇七年までは状況が違った。

この講演は、小林の絶筆となる「正宗白鳥の作について」の原型になっていくから、講演の存在自体は広く知られていた。しかし、音源にふれることができた人は極めて少なかったように思われる。それが可能だったのは、井上洋治の門下で、遠藤周作研究の第一人者となった山根道公氏がその場で録音してくれたからだった。当時、山根氏は二十歳になる若者だった。

音源を借りて、消耗してもよいように複数本のカセットテープにダビングした。事実、数十回は聞いた。その講演の最後に小林が言及していたのが白鳥の「一つの秘密」だった。白鳥は、ある本を読んでいて、人には誰も告白し得ない秘密がある、という言葉に出会う。白鳥が読んだ本では、ある種の罪が問題になっていたのだが、白鳥が想起した「秘密」は隠蔽された犯罪などではなく「友人にでも打開けたら、笑い話の種になるだけかも知れない」たぐいのものだった。それは「私小説家が臆面もなく打開けているような秘密ではな」く、「他人に何等かの害を与えようとした事」でもない。ただ、「その秘密を思出すと、自己嫌悪自己侮蔑に身震いするのである」と書いている。

他言しない秘密は、誰にでもあるだろう。心理学者であれば、それを言わないのではなく、言えないのだというかもしれない。どのような姿をしているにせよ、「秘密」は存在する。ただ、白鳥が指摘するのは、真実の秘密とは、じつに秘密らしからぬ姿をしているということなのだ。

人間とは、他人の秘密を知りたがる生き物である。しかし、その秘密が、抱いている本人にとってどのような意味と重みをもっているかは、ほとんど考えない。もしも、それを十分に感じることができれば、安易に他者の秘密を知ろうとはしないはずだからである。

白鳥は同じ一文で次のようにも書いている。

小説家は、人の心の秘密をさぐらんと心掛けている。科学者は宇宙の秘密をもさぐらんとしている。しかし、人智を尽しても、さぐり切れない秘密が永遠に存在しているのではあるまいか。私が持っている一つの秘密にしても、近親者の誰もが看破し得ないのである。私自身はそれを打開けるよりは、むしろ死を選ぶのである。人間老境に達すると、記憶が薄らぎ、過去の悲喜哀歓の経験もまぼろしのようになるものだが、私の秘密は、昔ながらの毒気を持って出現するのである。

小説を書くことで白鳥は、小説家でも見通し得ない「秘密」の存在を、いっそう確かに感じることになったのかもしれなかった。白鳥にとって秘密は、ある種の「ゴミ」だったのかもしれない。

それは同時に渡辺のいう「後者の」純粋さの誕生とも無関係ではないのだろう。人間が求めがちな「水晶のような純粋さ」ではなく、人間を超えた者の眼から見たもう一つの純粋さにつながる何ものかであるのかもしれないのである。

白鳥は、若き日に内村鑑三に魅せられ、キリスト教と出会った。「二十歳前後の数年間、内村の筆に成る者はすべて熟読し、その講演は聴き得られる限り聴いた」(『内村鑑三』）というほどの心酔をする。

しかし、内村は無教会のキリスト教を説き、洗礼などの儀式を行わない。白鳥は、牧師植村正久から洗礼を受けることになる。しかし、作家活動をするなかで白鳥は、キリスト教から離れたことを匂わせる文章を一度ならず、書くようになっていった。しかし、死を前にすると白鳥は、キリスト教による告別式を望み、牧師の信仰告白への促しに「アーメン」と応えた。一九六二年のことだった。棄教者・正宗白鳥のキリスト教への復帰という話題は、当時のジャーナリズムを席巻することになる。

白鳥の死後七年ほどを経て刊行された中野好夫の『人間の死にかた』によると、中野が見ただけで、白鳥の死をめぐって発表された文章は「三十篇に近い」数にのぼるという。

今日、同様のことが起きても、これほどの反響が起きるだろうか。当日はインターネット上でいくつかの異なる声が散見されたとしても、翌日になれば、何事もなかったかのように人は、新しい情報のあとを追うように思われてならない。

ものを書く、あるいは話すという行為をめぐって、ある心理学者が興味深いことを語っていた。それは語りたいことの表現であるよりも、胸に納めきれないものと遭遇したときに起こる行為である場合が少なくない、というのである。熟慮を重ねて沈黙を選ぶ、ということはある。逆に、この心理学者がいうように受け止めきれないものの吐露である場合も少なくないのではあるまいか。白鳥の死をめぐるさまざまな発言も、こうした心理的背景と無関係ではないのかもしれないのである。この問題に深く留まったのが山本健吉だった。当時の状況を山本は次のように書いている。

白鳥が死んだとき、彼が六十年も前に、キリスト教を「棄教」したといった言葉をひるがえして、信仰への「復帰」を宣告し、キリスト教徒として教会で告別式が挙げられることを希望したことが、人びとの関心を集めた。私たちのように白鳥の人と文学とに深い関心を抱いている者も、さほど関心を抱いていない人も、それについて発言した。白鳥がキリスト教徒であることについては、その告別式を執り行った植村環牧師の証言があり、文壇人の発言は、それをうべなう人も、うべなわぬ人もさまざまであった。うべなわぬ人は、それを白鳥の信仰の「復活」とは見ず、かつてはその犀利を誇った彼の頭脳の老化現象と見た。またうべなう人も、それを信仰の「復活」と見ず、彼はもともと本当に「棄教」したのではないから、キリスト教へ回心したのではなく、もとから変らぬキリスト教徒だったのだと言う人もあった。

（『正宗白鳥——その底にあるもの』）

ある人たちにとって白鳥の死は、老化や意志の衰えに恐怖を感じさせるものだったのかもしれない。しかし、別の側面から見ると、生きることと信じることとの関係が、最重要の問題として問われていた時代が、六十年前までは確かにあったことは分かる。ある人たちにとっては、信じるものがないままの人生こそが、ある種の怖れに思えたのかもしれなかった。

白鳥の葬儀には、さまざまな人が参列した。小林秀雄や広津和郎、中野重治もいた。中野はこのときのことを「白鳥とキリスト教ほか一題」（『中野重治全集』第十五巻）という小品に書いている。

　信仰の問題はむずかしい。人の信仰についてうんぬんすることはいつそうむずかしい。それは最もつつしみ深く対しなければならぬ問題の一つでもあるのだろう。〔……〕そしてこれは、日本の場合、だれかが共産党にはいつた、社会党にはいつたという場合とはちがつてくるように思う。

ジャーナリズムをにぎわせた百家争鳴の論議とは正反対の言葉がここで語られている。信仰の有無を簡単に断定することは、人には許されていない。それは本人にすら分からないのではないかというのである。さらに中野は、信仰と思想を同列に論じることはできないと述べ、こうした問題を前にしたとき、人が奉じるべきは、「つつしみ深さ」にほかならないという。

同質の発言は、山本健吉の『正宗白鳥』にも記されていることは先に見た。山本の著作が刊行されたのは一九七五年、白鳥の死から十三年が経過しているが、中野の発言は葬儀に出た直後になされている。その重みは同じではない。

この文章は全集で十頁ほどに収まる小品で、初出は雑誌『新日本文学』（一九六三年一月号）だった。単行本に収められることはなく、『全集』に収録され、広く手に取ることができるようになった。雑誌掲載時は題名も異なっていて「感想二題」という素朴なもので、そこからだけでは白鳥の信仰をめぐって書かれたものであることは分からない。

三十年ほど前のことである。書くことが自分から奪われたのではないかとさえ思われた頃のことだった。早稲田の古書店を歩いていて、店の軒先にある百円で買える場所にその雑誌があった。当時ですでに四半世紀が経過していて、背表紙にも破れがあった。どうして、あのときこの雑誌を手にしたのか、今でも分からない。『新日本文学』は、その存在を知っていたが、雑誌原本に当たって何かを調べたこともなかった。たまたま開いたところに中野の文章があり、最初のページを読んだとき、何かに強く打たれたように思った。

もしも、中野がいうように信じることと知ることの差異があるなら、言葉の上では相反する思想と信仰は両立し得ることになる。事実、中野は長く共産党員であり続け、国会議員をつとめたこともある。だが、そのことから彼を無神論者のマルクス・レーニン主義者であると考えると、この文学者の核にあるものを見失うことになるだろう。

この小品にも「仏教の薫染」、あるいは自分に「仏教が骨がらみになつていたことの証拠」という言葉が記されている。仏教は、芳香が染み入るように全身全霊に浸透している。さらにそれは「骨」に絡み合い、離れようとしても離れることができないものだというのである。ここでの「骨」は骨格よりも骨髄を想起しなくてはならない。

高校生だった中野は、故郷から遠くない金沢で、浄土真宗の改革者清澤満之の弟子だった。暁烏敏（あけがらすはや）、藤原鉄乗、高光大船らが仏教者でありながら、マルクス主義者と接近し、信仰を実践に移そうとする姿に強く打たれるという経験をしている。中野の親友であり、思想的な同志でもあった石堂清倫が、この出来事をめぐって次のように述べている。

暁烏グループの宗教改革運動は、そのまままっすぐに人間の社会的・政治的解放の運動に飛躍した。青年たちは歎異鈔をさえ古いものからの解放と読みとり、解放者暁烏のところに集った。一九二〇年代の中ごろに、青年たちが新しい文学、新しい思想にふれ、とくに社会主義の福音にひきつけられ、田舎にも無産政党や近代的労働組合ができると、いつか暁烏らは信仰の世界にかえり、そのうち破門も解かれたようである。私は中野とはべつにやはりこの三人の思想家のところに出入した。

（『異端の視点』）

大学に入学し、本格的に左翼運動に出会う以前、仏教を通じて、中野が「人間の社会的・政治的解放の運動」に魅せられているのは注目してよい。彼の前にあるのは単なる宗教でも単なる思想でもない。その垣根を突破したところにだけ生じる何かである。中野はしばしば、宗教を語った。たとえば、『斎藤茂吉ノート』(一九四二)の十一章は「宗教的ということ」と題する。ただ、ここで中野がいう「宗教的」とは、「仏教とキリスト教その他との違いは何かなどいうことを二の次ぎとし」た地平であることを見過ごしてはならない。鈴木大拙ならそれを霊性と呼んだだろう。

さらに中野はこの著作で、信仰心の表れが直接的に表現されている場合、作品としての良し悪しは別にして問題は少ないと述べている。作者の意図は「護教」にあるのであって、それをそのまま受ければよい。茂吉をめぐって中野が論じようとしている「宗教」は、「護教」し得ない宗教、ある意味では、「教え」のない宗教であるともいえる。「比較的厄介なのが」と断りながら、こう続けている。

宗教の事がら、宗教信仰の心持ちは歌われていないが、自然・人間にたいする根本立場が宗教のそれに内面的に一致している、あるいは後者の上に立つているという場合である。

ことさらに自らの信仰を標榜しないままで、人間の視座を超えた場所へと導くもの、そうした言葉は、宗派的宗教ではなく、原宗教と呼ぶべきものへと私たちを誘うというのである。中野はこう書いてもよかった。自然と人間の神秘を前に真実の意味を探ろうとするときに必ずしも既成の宗教を必要とはしない。宗教から自由なところで、宗教の究極とするところに到達する可能性をもつ。

自伝的長編小説『梨の花』を読むと幼い頃から中野の近くに仏教が生きていたことがはっきり分かる。彼の祖父は浄土教の篤信家だった。この小説には「こおしょっ様」と呼ばれ、人々に慕われている僧が出ている。ある人たちはこの人物を「異安心」——浄土教における異端者——であるといって遠ざける。しかし、「こおしょっ様」が見つめているのは、いつも眼前の他者の魂の救いだった。

仏教者は、簡単に「魂」という言葉を使わない。しかし、「こおしょっ様」の姿を見ていると私たちが「心」と呼ぶものの奥にあるものを凝視していることが分かる。ある人はそれを菩提心といい、ある人は仏性という。それを「救う」とはいわず、「目覚めさせる」という。

何と表現するにせよ、茂吉を論じながら中野がいうように宗派の違いを「二の次ぎ」にしたときにはっきりと顕現する献身の姿がある。こうした言葉を読むとき、小林秀雄が『ゴッホの手紙』に書いたある一節を思い出す。

彼が牧師になりたかったのは、説教がしたかったからではない、ただ他人の為に取るに足らぬわが身を使い果したかったからだ。

「取るに足らぬわが身を使い果した」いと願ったのは「こおしょっ様」だけではなかった。こうした人物は、どんな場所にも、どんなときにもいる。中野が愛した詩人ハイネも同じだった。「白鳥とキリスト教ほか一題」で中野は、ハイネにもふれている。

ユダヤ人として生まれたハイネは、のちにキリスト教に改宗する。しかしそれは彼にとって、一つの碇泊地でしかなかった。ハイネは若きマルクスと交わり、エンゲルスにも影響を与えた。詩人であり、信仰者であり、真の意味における革命の使徒でもあった。それは中野の境涯そのものだともいえる。中野がハイネに深い共感を覚えるのは、自然なことだった。

ハイネの「神」は、哲学者の神ではなかった。彼の前に「神」はいつも困窮にあえぐ隣人の姿としても現れた。ハイネは、こうした「神」の声に全身を捧げ応えようと試みた。それが他者の目には変節、あるいは不可解に感じられた。それは中野も同じだったように思われる。一九五六年、ハイネ没後百周年記念の催しで中野は、「ハイネの橋」と題する講演を行っている。それで中野はハイネが語るマルティン・ルターの「偉業」にふれる。

ハイネは特に、ルターが宗教改革の張本人となり、これを不屈な態度でやってのけたことによって、じつは、神学のくびきからドイツ哲学を解放したのだ、しかもそれをドイツ語でやったことによって、ドイツ文学そのものに新しい水路をひらいたのだということをよく書いています。あの戦いによって、ルターは、信仰としてあったものを思考、思索と言いますか、考えるというところへ導いて行った。人間が理性によって考えたことは、これを信仰上の規範によって圧さえることはできないようにした。お寺の和尚さまはこういうのだから、おまえの頭で考えたほうのことは嘘だ、と、こういうことができなくなった。これをルターが戦いによってもたらした。そこに民衆の政治生活がひらかれることになった。

「白鳥とキリスト教ほか一題」で中野は、白鳥の葬儀に出ながら、かつて、別な友人が亡くなったとき、人は神の栄光のために死ぬのがよいと牧師が語ったのを想い出したと書いている。白鳥の葬儀を行った植村環ではなく、別な牧師の違和感を想い出したというのである。そして、たとえ「信者だけの集会であつても、地上の生命を天上の生命以下のもののようには扱つてほしくないという気持ちがある」と書いている。さらにこの文章は、同質のことがもう一度繰り返されて終わる。

どうか、教義の内部へ立ち入つてというのでなくて、地上の生命を天上の生命の尊さによつて押しつぶさぬように願いたい。それを私は、キリスト教の人びとにはもちろん、すべての仏教僧侶、禰宜（ねぎ）にも神主にも求めたい。

中野にとって「宗教的」であるとは、彼方の世界を感じながら、どこまでもこの世の生を愛しもうとすることだった。それは齋藤茂吉を論じるときにも変わらない。個別な宗派を喧伝するのではなく、万人がこの世の生の意味を探究できる世界であること、それが「宗教」の使命だと中野は考えた。

近代日本のマルクス主義の歴史は、中野のいう「宗教」との関係なくして考えることはできない。黎明期、その受容に決定的な役割を担った人物は晩年に書いた『自叙伝』で自身を「宗教的真理の存在を承認する一個のマルクス主義者」といっている。河上肇である。彼の代表作『貧乏物語』に次のような一節が記されている。

思うにわれわれ人間にとってたいせつなものはおよそ三〔つ‥引用者〕ある。その一は肉体（ボディ）であり、その二は知能（マインド）であり、その三は霊魂（スピリット）である。しかして人間の理想的生活といえば、ひっきょうこれら三のものをば健全に維持し発育させて行くことにほかならぬ。

人間は、肉体、知能（心）、霊魂からなると河上肇はいう。あるがままに人間を見てそう書いている。これが河上肇が説く「唯物論的」人間観である。ありのままに見れば、人間は、食べ、思い、祈る存在だというのだろう。『貧乏物語』が書かれたのは一九一六（大正五）年である。「大阪朝日新聞」に連載され、書籍化され、ベストセラーになった。彼は「貧乏」をこう定義する。

〔……〕言い換うれば人々の天分に応じてこれら三のものをばのびるところまでのびさして行くがため、必要なだけの物資を得ておらぬ者があれば、それらの者はすべてこれを貧乏人と称すべきである。

彼にとって「貧乏」とは、単に経済的困窮を意味しない。それは霊魂の飢餓である場合もある。むしろ、霊的な問題として顕現することが少なくない。河上は、不要な「ぜいたく」を強く戒める。彼のいう「ぜいたく」もまた、人間の「霊」に深く関係することだった。

否、私は誤解を避くるためにかりに問題を分析して肉体と知能と霊魂とを列挙したけれども、本来より言わば、肉は霊のために存し、知もまたひっきょうは徳のために存するに過ぎざるがゆえに、人間生活上におけるいっさいの経営は、窮極その道徳的生活の向上をおいて他に目的はない。〔……〕しかしてこの目的に向かって努力精進するの生活、それがすなわちわれわれの理想的生活であって、またその目的のために役立ついっさいの消費はすなわち必要費であり、その目的のために直接にもまた間接にもなんら役立たざる消費はことごとくぜいたくである。

河上がいう「ぜいたく」とは金銭的な浪費に限定されない。むしろ「霊のため」ではない消費はすべて「ぜいたく」であり、それはときに人間を食いつぶすというのである。

河上肇は、若き日に内村鑑三に決定的な影響を受け、聖書と過ごし、新宗教で「無我の愛」を説く無我苑の活動に没入するが、のちに指導者に幻滅して離脱し、マルクス主義者として生きた。治安維持法下で革命家であることは罪人であることを意味する。河上は長く獄につながれた経験もある。

中野が河上をめぐって書いた文章は複数ある。ときに河上を「先生」、別なところでは「河上さん」と呼んでいる。中野が河上肇に初めて会ったのは、一九二八年である。三十六年後、当時のことを振り返って、中野は、この老練なマルクス主義者の振る舞いをこう書いている。

〔……〕私は河上さんと二人で電車に乗つてあるところから別のところまで歩いたことがある。あるところといつて隠すのではない。香川県でのことで、私が所を忘れてしまつたのである。ただそのとき、一人の見ず知らずの青年に示されたその静かな温情は、非常に貴重なものとして、埋み火のように私のなかに保たれて今に及んだ。

（「一つの人格の全貌を」）

この一文は河上の著作集の推薦文として書かれた短文だが、二人の歴史が凝縮したかたちで記されている。

一九二八年二月、第一回の普通選挙が行われた。河上と中野は立候補した労働農民党の大山郁夫の応援演説のため現地に赴いたのだった。治安維持法下での「普通選挙」とは名ばかりで、弾圧を潜り抜けるように応援活動を繰り広げていたが、中野は現地で逮捕され、河上肇も京都帝国大学教授の職を辞すことになる。

このとき中野は二十六歳、河上は四十八歳だった。二人が出会ったのは、河上にとっては著名な経済学者から、一介の革命家に変貌する時節であり、前年の三月、東京帝国大学を卒業した中野重治にとっては本格的な思想活動家として出発したばかりのころだった。

中野重治が書いた、河上肇に関する文章は少なくない。しかし河上のマルクス主義思想に直接言及したものはない。中野は、繰り返し、河上の詩を論じる。「詩人としての河上肇博士について」で中野は河上を「素人」の詩人であるという。

　ここに世間に発表しようというふうな心持ちが全くなく、いわば自分一人のたのしみ、気なぐさみのために、全くの素人として詩を書いている人があつて、その出来たものを見るとまことに美しい――そういう場合、この詩の素人は、ほんとうのところ、高い詩を生きていたものということにならねばならぬと思います。

これ以上の讃辞はないだろう。詩を書く者は、心の奥で中野のいう「高い詩」をつむぎ出したいと願っている。自分から出る、自分を超えた言葉に驚いてみたいと願っている。この世の読者だけでなく、死者たちやこれから生まれてくる者たちにも言葉を投げかけたいと念じている。

　さらに別な作品で中野は「河上さんの詩は清潔ということを基本性格としていた。ほかのものからでなくて、清潔ということから出てくる温さということを基本性格としていたと、これだけ私は言いたい」(「河上さんの詩」)とも書いている。ここでいう「清潔さ」は、中野が用いる別な言葉で表現すると「素樸ということ」になるのだろう。

彼のいう「素樸」とは「中身がつまっているということ」であり、「中身がつまっているということ」とは「その仕事に当人が身を打ちこんで」いて、「全身で歩いている」状態を指すという。中野は書き手である。彼は「素樸」に書かねばならない。その実践をめぐって中野は、「たとえばわれわれが論文を書くとする。その場合その論文が重要な当面性を持っていればいるほど、論文を書いた当人にとっては、その論文自身が不要になってしまうことが大切なのだ」と述べ、こう続けた。

その論文がそれ自身としては死んでしまい、しかしそれがかつてその論文が理論的に解決しようとして努力した問題の具体的な解決そのもののなかに全く別個によみがえることが大切なのだ。それが真実にこのようによみがえりえないような論文なら、それがちょっと見にどれだけ堂々としていようが、いつまでそれが本の形で残っていようが、下の下の論文でしかない。

（「素樸ということ」）

このエッセイが発表されたのは一九二八年『新潮』の十月号である。中野は、「素樸」な人生、「素樸」な論文のあり方を考えるとき、すこし前に会った河上の「埋み火のよう」な温情を想い出していたのかもしれない。

『河上肇著作集』の十一巻には、彼の詩歌が収められている。三好達治がその解説を書くはずだったのだが、急逝し、中野がそれを引き継いだ。その終わり近く中野は、この本を読み、河上に続こうとする者たちにどうしても知ってほしいことがあるという。それは河上の詩でなく、墓所に関することだった。

河上さんの墓は洛北法然院にある。このことについても、私は人が「洛北法然院十韻」を見ることを求めたい。しかもついにここに墓所がきめられた全体の道行きの納得を求めたい。

（『河上肇著作集』詩歌篇解説）

河上は、法然院の風景を愛した。西行が桜の下でといったように、彼はこの地に眠ることを心から願った。彼は七十五歳になって流刑を命じられた法然の生涯になぞらえて漢詩「洛北法然院十韻」を書いた。

河上が、終の棲家を法然ゆかりの寺院に定めたことにふれ、「全体の道行きの納得を求めたい」と読者に請う言葉には、そこに自らの生涯を静かに重ね合わせる中野の姿が折り重なる。文学者としてだけでなく、求道者としての中野重治を考えるとき、私たちもはじめて、「全体の道行きの納得」を得られるのではないだろうか。

ドイツの批評家のE・R・クルティウスが、不意に訪れる邂逅、すなわち、ユングのいう共時性にふれ、印象深い言葉を残している。バルザック論を準備しているときだった。クルティウスは、バルザックの同時代評を見たくて、あるゲーテの文献を探していた。なすすべもなく途方にくれているときだった。街の露店で買ったソーセージを包む紙に探していた言葉が記されていたというのである。この出来事にふれ、クルティウスはこう書いている。

精神がひじょうに緊張しているときには、そのための努力をしなくても、求めるものが与えられる。わたくしはこういう経験をなんども確認したが、これを学問的に研究したもののあることを知らない。〔……〕おそらく多くの人びとがこれに似た経験を報告することができるのではあるまいか。

（『読書日記』生松敬三訳）

真剣に何かを探そうとするとき、私たちは「探す」という行為を一たび止めなくてはならないのかもしれない。探す手を収めるときにこそ、何ものかが、私たちの手にそっと探しているものを運んでくれることがあるからである。

第十二章

再読するたびに新しくなっていく、そう感じさせる作品にいくつか出会ってきたように思う。もちろん知性は、過去にこの本を読んだことを記憶している。しかし感性は、その記憶がないかのように未知なる何かを前に驚く。新たに手に取ると、異なる地平に誘われるような気がするのである。

同質のことは絵画や音楽においても起こる。何度となく見た絵に新鮮さを感じ、旋律を口ずさめるほどの音楽にふれ、突然、心が打ち震えることもある。昨日まで感じられなかった何かが急に立ち現れてくる。

民藝運動を牽引した柳宗悦が「見る」という営みの奥にあるものをめぐって、興味深い言葉を残している。柳は、茶道における初期の茶人にふれ「彼らは見たのである。何事よりもまず見たのである。見得たのである。凡(すべ)ての不思議はこの泉から湧(わ)き出る」と書き、こう続けた。

誰だとて物を見てはいる。だが凡ての者は同じようには見ない。それ故(ゆえ)同じ物を見ていない。ここで見方に深きものと浅きものとが生れ、見られる物も正しきものと誤れるものとに分れる。見ても見誤れば見ないにも等しい。誰も物を見るとはいう。だが真に物を見得る者がどれだけあろうか。その少い中に初期の茶人たちが浮ぶ。彼らは見たのである。見得たのである。見届けている故に彼らの見た物からは真理が光る。

(「茶道を想う」『柳宗悦　茶道論集』)

「見る」を「読む」に変えても、あるいは「聞く」に変じても文意はまったく損なわれない。人は、同じものを前にしながら、まったく異なるように認識している。

柳がいう「物」とは、どこにでもある物体の謂(いい)ではない。それは哲学者のマルティン・ブーバーの言葉を借りれば「我」と「それ」ではなく、「我」と「汝」の関係である。

人であっても、「ある人」と「あの人」では意味はまったく違ってくる。出会いとは「ある人」を「あの人」へと変容させることだともいえるだろう。柳が書く「物」も「ある物」ではなく、「あの物」である。茶人たちは「見る」ことによって、「ある物」を「あの物」に変じるちからを有していた。

本を「読む」という営みにも柳がいう「見る」ことの秘義が生きている。真の意味で「読む」とは「ある本」の群れから「あの本」を生むことだといってよい。

小説で話の筋を追うだけでも、哲学書を概念的に読んでも「あの本」は生まれない。それは「ある本」について詳しくなるに過ぎない。どう「読む」べきなのか。真に「見る」とは、「じかに見る」ことにほかならないと柳はいう。もちろん、ここでも「見る」を「読む」に置き換えてよい。

どう見たのか。じかに見たのである。「じかに」ということが他の見方とは違う。じかに物が眼に映れば素晴(すば)らしいのである。大方の人は何かを通して眺(なが)めてしまう。いつも眼と物との間に一物を入れる。ある者は思想を入れ、ある者は嗜好(しこう)を交え、ある者は習慣で眺める。それらも一つの見方ではある。だがじかに見るのとはまるで違う。

(同前)

「じかに」見るとは、単に目を凝らして見つめることではないだろう。直観という言葉があるように、何かを直(じか)に観るということでもあるだろう。

別なところで柳は「見る」とは、瞬時に本質をつかむことであるとも述べているが、

「観る」は、人生観という言葉が如実に示しているように、ある歳月のあいだに何かが見えてくることを含意している。価値観も世界観も急には持てない。そこには歳月のちからの参与がいる。「見る」と「観る」が同時に起こる。瞬間的に「見る」と同時に持続的に「観る」ことが深まっていくとき、人は「じかに」物にふれ得るのだろう。むしろ、柳がいう「見る」は、直観のはたらきなくしては成就しないというべきなのかもしれない。

「思想」が「じかに」見ることを妨げる、と柳はいう。世のなかには無数の「思想」がある。およそ「主義」の名をもって呼ばれるものは「思想」である。

人の名前をもって「思想」が語られることもある。デカルト主義者は「カルテジアン」、ベルクソン主義者は「ベルクソニスト」と呼ばれる。そうした人はデカルトやベルクソンの哲学によって世界をよく理解したと信じて疑わないのだろうが、この二人の哲学者がやったように自分の眼で世界を「見る」ことを忘れている。

思想が無意味だというのではない。しかし、それはレンズのようなものであって、あるものを拡大し、ときに精緻に映じてくれるかもしれないが、ありのままには見せてくれないだけのことだ。

「嗜好」によって「見る」とは、好き嫌いで判断すること、「習慣」とは、惰性的に「物」を「見る」ことにほかならない。この二つも人が「物」を「じかに見る」ことを邪魔する。

真の意味で「学ぶ」とは、思想によって世界を解釈することではなく、その地平を脱して「じかに」見るための修練なのではないか。そして、さらにいえばその先に、柳の言葉を借りれば「真理の光」を見出すことなのかもしれないのである。

＊

父は読書家だったが、同時に蔵書家であり、購書家でもあった。何度か父が、大書店で本を買うのに付き合ったことがある。その姿はあたかも、料理屋の店主が魚を仕入れるかのようだった。常識で考えれば、到底、ひとりでは読み切れない量の本を買うのである。しかし、父はただ本を積み上げるようなことはしなかった。彼は蔵書帳のようなノートを持っていて、どこで、いつ、何を、いくらで買ったのかを一つ一つ記載していた。そうした本の森のなかに、ひっそりと母の本がまじっていた。その姿、あるいは著者の名前を見ると、父のではないことはすぐに分かった。

なかでも母が大切にしていたのが、堀辰雄の全集だった。一九五四（昭和二十九）年に刊行が始まったもので、箱は布製で、背革の装丁の特装本だった。

堀辰雄には、生前出された本のなかにも丁寧に装丁されたものが複数ある。少なくとも堀にとって本は、文字が紙に印刷してあればよいものではなかった。それは柳がいう

「物」であり、民藝をめぐって、柳がしばしば語ったように、人の生活の伴侶たるべきものなのだった。

母がもっていた堀の全集もそうした流れをくむもので、手にするだけで、編集者や編纂に携わった人たちの堀辰雄への情愛が感じられた。高校生の頃だったと思う。その本で初めて読んだのが『風立ちぬ』だった。この作品の「序曲」には次のような一節がある。

お前達が発って行ったのち、日ごと日ごとずっと私の胸をしめつけていた、あの悲しみに似たような幸福の雰囲気を、私はいまだにはっきりと蘇らせることが出来る。

「お前達」とは、主人公のひとり、結核を病む節子という女性とその父親のことで、二人は、節子のサナトリウムでの療養生活を始めるために旅立ったのだった。小説はその事実を伝えているだけなのだが、再読してみるとこうした素樸な言葉からも記された事実以上のものが感じられてくる。

「発つ」とは、単に旅に出ることではなく、この世をあとにすることのようにも読めてくるのである。事実、作品中、節子は亡くなってしまう。この時代にあって、サナトリウムに行くということは、死が遠くないことを暗示している。

誰もが、その人自身の幸福を探して生きている。多くの場合、人はそれをよろこびや楽しみのなかに見出そうとする。しかし、『風立ちぬ』の主人公は違った。幸福は悲しみに似ているという。

悲しみに似た幸福、それが真に幸福と呼ぶにふさわしいものであることは、高校生のときには分からなかった。そもそも悲しみに似た幸福という言葉を認識すらできなかった。だが、今は分かる。むしろ、この厳粛な事実を全身で味わうことから人生の後半が始まったといってもよい。

『風立ちぬ』では、幸福が悲しみと分かちがたくつながっていることが、幾度となく描き出される。その幸せは、経済的な豊かさや良好な環境などといった、世にいう幸せとはまったく異なる姿をしている。主人公の男は「私はいま何かの物語で読んだ「幸福の思い出ほど幸福を妨げるものはない」という言葉を思い出している」と語ったあと、こう続ける。

> 現在、私達の互に与え合っているものは、嘗て私達の互に与え合っていた幸福とはまあ何んと異(ちが)ったものになって来ているだろう！　それはそう云った幸福に似た、しかしそれとはかなり異った、もっともっと胸がしめつけられるように切ないものだ。

かつても二人は、互いに幸せだと信じていたものを与え合っていた。しかし、死を前にした限界状況は、二人にとっての幸せの定義を一新する。それは楽しいものでも、喜ばしいものでもない。「胸がしめつけられるように切ないもの」、切なるものだというのである。

主人公の男は作家で、あるとき節子にこうも語った。「お互に与え合っているこの幸福、――皆がもう行き止まりだと思っているところから始っているようなこの生の愉しさ、――そう云った誰も知らないような、おれ達だけのものを、おれはもっと確実なものに、もうすこし形をなしたものに置き換えたい」。

堀辰雄にとって「書く」とは、この作品だけでなく「もう行き止まりだと思っているところから始って」くる何ものかを捉えることだったのかもしれない。『風立ちぬ』を作風であえて分類する必要もないが、この作品こそ、真の意味での私小説だといってよい。事実を書き連ねるだけなら小説ではない。そこに作者の意図を超えた「物語」が生まれてこなくてはならない。

これまでも『風立ちぬ』の「主人公」と書き、男と節子にふれてきた。しかし、その表現はあまり精確ではないだろうし、自分の読後感とも異なる。

それは、私達がはじめて出会(であ)ったもう二年前にもなる夏の頃、不意に私の口を衝(つ)いて出た、そしてそれから私が何んということもなしに口ずさむことを好んでいた、風立ちぬ、いざ生きめやも。

という詩句が、それきりずっと忘れていたのに、又ひょっくりと私達に蘇ってきたほどの、――云わば人生に先立った、人生そのものよりかもっと生き生きと、もっと切ないまでに愉しい日々であった。

（『風立ちぬ』）

ここでも堀は「切ない」という表現を用いているが、今はそこにふれない。「風立ちぬ、いざ生きめやも」とは、「風が吹いた。さあ、生きようではないか」というほどの意味だが、言葉自体はフランスの詩人ポール・ヴァレリーに由来する。この言葉が意味するのは、単にヴァレリーの言葉を男が懐かしんでいる姿だけでない。この世を司るのは「風」であるという信仰告白にも似た吐露なのである。

『新約聖書』で風を意味する言葉は「プネウマ pneuma」、それは同時に「息」と「聖霊」を意味する。キリスト者は、万物は聖霊のはたらきによって存在していると信じている。

ヴァレリーは、言葉による自画像ともいえる『テスト氏（ムッシュー・テスト）』のなかで、主人公を「神なき神秘家」と呼んでいるが、ヴァレリーもまた、超越的な何かを「神」ではなく、「風」と呼んだのではなかったか。

小説の主人公は必ずしも人とは限らない。少なくとも『風立ちぬ』においては「風」が中核にあり、そのはたらきのなかで人々がそれぞれのおもいを胸に自らの運命を確かめるように生きている。

運命とは何かを知ろうとして人は、多くの場合、自分の人生を顧みる。しかし、最初に試みるべきは、運命の声――すなわち「風の声」――を聞くことなのかもしれない。運命の「声」をめぐって越知保夫は印象的な言葉を残している。

> ゴッホの発狂後の手紙を読んでいると、ドストエフスキーの流刑当時の手紙が思い出される。両者の間には同じ音調（ノート）が聞え、それが小林をつよく惹きつけていることがよく分る。それは運命がじかに語っているとでも言いたいような、何かしら異様な底しれぬ声である。
>
> （「小林秀雄論」）

運命の「異様な底しれぬ声」を聞く。ここに文学の一つの原点があるのではないか。むしろ、この「声」に語らせることができたとき、そこに一つの「物語」が生まれるように思われる。よくできた小説だが、時間が経つと心に残らない。そう感じる作品があるいっぽうで、欠点がないわけではないが、忘れることのできない作品というのもある。前者は作者の創意工夫が結実した「つくり話」だが、後者は「物語」になる。「つくり話」と「物語」の差異にふれ、河合隼雄はこう書いている。

〔……〕「物語」は自然に生まれてくる傾向と、それを意識的に把握して他に伝えようとする傾向が相まって出来上がってくるものなのである。物語の特性のひとつは「つなぐ」ことである。物語による情動体験が、話者と聴き手をつなぎ、過去と現在をそして未来をもつなぎ、個人の体験を多数へとつなぎ、意識と無意識をつなぎ……さまざまの「つなぎ」をしてくれる。

（『宗教と科学の接点』）

『風立ちぬ』には河合のいう「つなぐ」ちからが漲（みなぎ）っている。それはときに読む者に戦慄を感じさせるほどの勢いをさえ持つ。河合がいう「つなぐ」はたらき、それは越知保夫がいう「運命」と別種のものではない。

人は、時空の差異を超えて「運命」を共有することがある。そして、運命の導きによって、思わぬときに未知なる他者の人生を交差させることもある。妻が亡くなったのは二〇一〇年二月七日、冷たい風が強く吹く日だった。

妻が亡くなる三年ほど前のことだったように記憶している。彼女と善福寺公園に散歩に行った。まだ、桜も咲かないころで、少し肌寒く、そんなに混雑もしていなかった。

会話をせずに、二人並んでゆっくりと歩いていた。ふと見ると、花咲くまではもう少し時間がかかるだろう桜の枝をみながら、彼女が佇んでいた。その姿が何とも美しく感じられ、木ではなく、じっと彼女を見ていた。すると微笑みながら彼女がこう言った。

「こんなにきれいなものが目の前にあるのになに、ぼーっとしているの」

苦笑いをしながら慌てて、固い蕾を実らせた桜の枝を見つめ直した。

その瞬間、透明な光が射すように次の一節が胸を貫いた。比喩ではない。今でもその痛みを鮮明に想い出すことができる。


「じゃ、あのとき何を言おうとしたんだい？」

「……あなたはいつか自然なんぞが本当に美しいと思えるのは死んで行こうとする者の眼にだけだと仰しゃったことがあるでしょう。……私、あのときね、それを思い出したの。何んだかあのときの美しさがそんな風に思われて」そう言いながら、彼女は私の顔を何か訴えたいように見つめた。


（『風立ちぬ』）

リンパ節に転移したかたちで、妻に癌が見つかったのはその六年ほど前のことだった。手術から五年も経過して、病を忘れたわけではないが、差し迫る死を考えまいとしているときでもあった。だが、樹々を美しいと語る妻と脳裏に浮かんだ『風立ちぬ』の一節が、妻の死を強く意識させた。

「もし、伴侶の死が避けられないとしたら、お前はどうする」、そう何ものかに問われているようでもあった。

自分には見えていないものが、妻には見えている。そう感じたことはこのとき以外にも、時折あったことも想い出した。病を生きるなかで妻は、異なる次元を生きているのではないかと感じさせることがあった。その言葉だけでなく、行為そのものが、この世を楽しむのではなく、愛しもうとしているように感じられた。

この出来事からそう遠くない日のことだった。哲学者の池田晶子が亡くなったというニュースがあった。四十六歳だった。葬儀はすでに身内ですませた、とも記されていた。池田晶子を愛読していたが、病を生きていることは知らなかった。だが、亡くなったという報道にふれたときに、意外な感じを覚えなかった。むしろ、やはりそうだったのかという納得にも似た心持ちだった。池田は、しばしば「余生」という言葉を使った。それが一切の喩えを断じた表現であることに彼女の死を知るまで気が付けなかった。「小林秀雄への手紙」と題する作品で彼女は、「無私」の感覚をめぐって次のように述べている。

年齢のせいというよりも、一人称の謎を、謎としてはっきり見究めてから、これもおかしな言い方ですが、「私の無私」の扱い方に習熟してきたようなのです。たとえば、対象をうんと傍まで招き寄せておいて勝手に動きまわるにまかせ、頃合いを見てそうっと乗り移り、対象自身の流れに乗ってずっと先まで行ってみるといったような。思わず遠くまで行けて、なるほどと思うほどよく見えることがあります。だからどうというわけではありませんが。客観も宇宙も様々なる人生も、みんなおんなじ夢まぼろしです。私は、もうずっと余生を生きているような気がしています。

急ぎすぎました。私には結論しか言わないという悪い癖があります。

（『メタフィジカル・パンチ――形而上より愛をこめて』）

「余生」とは、彼女にとって現象の世界にありながら、その奥に潜むものと「つながる」ことでもあった。

妻は池田晶子と同年の生まれだった。あとで知ったことだが、池田晶子は、書き手としての活動期間と変わらないほど病との生活を続けていた。池田の死に接し、彼女の言葉に惹かれたのは、その律動が妻の言葉と強く響き合うものだったからであることが、そのとき、はっきりと分かった。『風立ちぬ』の節子が語る言葉も同じ響きを持ったのではないか。その響きは、一たび死と向き合った者だけが胸に宿すものなのかもしれない。

彼女たちの言葉は、現象の世界をなぞるように語られたそれではなかった。実在へと垂直線を描くように降下し、そして、意味のちからによって再び浮上し、再び「言葉」として新生したもの、言語としての言葉ではなく、井筒俊彦がいう生ける意味の顕われである「コトバ」と呼ぶべきものだった。

言葉は記号的な意味を伝えるにすぎない。しかし「コトバ」は、しばしば律動となって聞く者を貫く。池田晶子の本を開いて、語意しか読まない者たちは退屈を感じるかもしれない。それは耳に栓をして音楽を聞くのに似ている。

妻の病状が深刻さを増したとき、三日間、一度も寝ないことがあった。眠っていないということに気が付かなかったといった方が当時の状況に近い。

腹水がたまり始め、妻が苦しむ。夜、暗いところで独りになることは耐え難いように感じられた。声をかけられればすぐに返事をしたい。そう思っていただけなのだが、結果として眠らないということになった。

「ねえ、お願いだから寝て。三日も寝ないで大丈夫だなんておかしい」

そう言われて、はじめて寝ていない自分の状況を認識した。

こうしたことはそれ以前もそれ以後もない。妻が亡くなってからも幾度か、なぜあのとき眠らずにすんだのかを考えることがあった。必死だったといえばその通りだが、それとは別な手応えもあった。納得できる言葉を見つけたのも『風立ちぬ』だった。
男も節子の横にいて眠らないことがあった。そのときのことをめぐって、次のように語った。

そのように病人の枕元で、息をつめながら、彼女の眠っているのを見守っているのは、私にとっても一つの眠りに近いものだった。私は彼女が眠りながら呼吸を速くしたり弛くしたりする変化を苦しいほどはっきりと感じるのだった。私は彼女と心臓の鼓動をさえ共にした。

大切な人の眠りを見守るのは、眠るに等しい営みだというのである。眠るとは身体を休めるだけでなく、その心を鎮めることでもあるばかりか、ある人にいわせれば、睡眠とは心身だけでなく魂の糧を得ることにほかならない。シュタイナー教育で知られる思想家ルドルフ・シュタイナーは、しばしば眠りをめぐって語った。

眠りは昼の体験を通して消費された力をふたたび私たちに与えてくれます。私たちは睡眠中、昼間消費したものの代りになるものを別の世界から取り出してきます。

（「月についての考察」『シュタイナー　魂について』高橋巖訳）

シュタイナーの言葉が正しければ、この男にとって眠る節子のそばにいることは、そのまま別世界を経験する営みだったことになる。

『風立ちぬ』にも眠りの場面が一度ならず描かれる。治癒を実現しようとしている者にとって「眠り」は、休息であるよりも労働であるようにも感じられる。男も節子のそばにあるとき、そう感じたのではなかったか。大切な人が懸命に「はたらいている」。その傍らにあって、できることをしたいと思うのは、特別なことではなく、むしろ、自然なことだろう。それが傍観者の眼には単に佇むように見えたとしてもである。

妻はおよそ十年間、自分が病を生きていることを両親に告げなかった。遠くに暮らしていたのではない。自転車で十分ほどのところにいたのだから、いつでも話すことはできた。理由は簡単で、心配させたくないというのだ。自分の病状を伝えても、病気がよくなるわけではない、もしかしたら治癒して、言わなくてもすむかもしれない、とも語っていた。

腹水だけでなく、胸水もたまり始めると、二人だけの生活は限界に達してきた。妻の両親に病気のことを打ち明け、同居生活が始まった。部屋は二つ用意された。妻は昼間も休むことがあり、隣り合っているが別の部屋で暮らすことになった。『風立ちぬ』にも似た場面がある。

真夜中になってからやっとそれが衰え出すように見えたので、私は思わずほっとしながら少し微睡みかけたが、突然、隣室で病人がそれまで無理に抑えつけていたような神経的な咳を二つ三つ強くしたので、ふいと目を覚ました。そのまますぐその咳は止まったようだったが、私はどうも気になってならなかったので、そっと隣室にはいって行った。真っ暗な中に、病人は一人で怯えてでもいたように、大きく目を見ひらきながら、私の方を見ていた。私は何も言わずに、その側に近づいた。

「まだ大丈夫よ」

彼女はつとめて微笑をしながら、私に聞えるか聞えない位の低声で言った。私は黙ったまま、ベッドの縁に腰をかけた。

「そこにいて頂戴」

病人はいつもに似ず、気弱そうに、私にそう言った。私達はそうしたまままんじりともしないでその夜を明かした。

そんなことがあってから、二三日すると、急に夏が衰え出した。

この作品が刊行されたのは一九三八（昭和十三）年のことだった。その事実を知りながら、これを書いたのは自分ではないかと錯覚するほど、経験された状況は近似している。

夜中に彼女の部屋を訪れることは何度もあった。そのたびに彼女は、少し話をしたあと、

「ありがとう。大丈夫だから寝て」

そう言うのがつねだった。

しかし、亡くなる数日前になると、『風立ちぬ』と同様のことが起こった。「急に夏が衰え出した」という言葉も、単に季節の変わり目を意味するだけでなく、節子の病状の変化を暗示しているのだろう。

「何もしてくれなくていいの。朝までそこにいて」

彼女は多くを語らない。しかし、心はつながっているように感じられた。夜が明け、彼女は救急車で病院に運ばれ、その日の夕方に亡くなった。

病院のベッドで酸素マスク越しに、つぶやくように彼女は言った。

「ごめんね。もう疲れちゃった」

愛する者を喪うとき、残された者を悲しみが包む。しかし、悲しみを感じるのは逝く者も同じだろう。別れは、人が二人いないところには存在しない。そして、悲しみは愛と呼ぶべきものがないところには生まれない。だからこそ、「愛しみ」と書いても「かなしみ」と読むのである。

泣くと哭(な)くは同じではない。泣くとき人は涙を流す。しかし、哭くときはもう涙も涸れて、犬のように吠えるほかない。慟むは「いたむ」と読む。悼むと同義である。慟哭とは、誰かの死を慟み、涙涸れるまでに哭くことを指す。宮澤賢治が「無声慟哭」と書くように、その声は、声ある嘆きからついには無音の呻きになっていく。

妻の死までにも幾度も泣いた。挫折して泣いたこともある。だが、哭いたことはなかった。人生には声を上げずに哭かねばならないときがあることも知らなかった。

亡くなって七、八年が経過したときだったように思う。ある時間の感覚のずれに気が付いた。八年が経過しているのに、口では七年と言ってしまう。そういう自分を知っているのに直らない。没後の一年が、通常の記憶のかたちをしていないのである。

記憶が喪失したのではない。客観的に振り返ることはできるし、何かに憑かれたように最初の著作になる井筒俊彦の評伝を書いていた自分の姿を想い出すこともできる。そうであっても、記憶の色が違うように感じられる。五十三年の生涯が、濃淡はあっても青色の年輪を刻んでいるとしたら、二〇一〇年の一年だけ、別な色をしている。そして、その色を表現する言葉を未だ持ち合わせていない。

その一年が失われたのかというと、実感はまったく異なる。孤独とはまるで位相を異にする孤立の感覚も、もの寂しい寂寥とは異なるひと気のない寂寞の感覚も消えることなく胸に刻まれている。むしろ、時間とは異なる「時」の次元が、打ち消しがたいちからをもって人生に介入してきたというべきなのかもしれない。

『風立ちぬ』にも時間の壁を打ち破って「時」が顕現する様子が描かれている。あるとき、男は、節子とのあいだに時計で計れる「時間」とは別種のものが生れていることに気が付く。

〔……〕私達はそれらの似たような日々を繰り返しているうちに、いつか全く時間というものからも抜け出してしまっていたような気さえする位だ。そして、そういう時間から抜け出したような日々にあっては、私達の日常生活のどんな些細なものまで、その一つ一つがいままでとは全然異った魅力を持ち出すのだ。

ここに記されているように『風立ちぬ』には日常の小さな出来事がどこからかの光に照らされる場面が描かれている。男がそれを経験したことも疑い得ない。しかし多くの人にとっては、あのときの経験こそが、かけがえのないものだったとあとになって実感されるのではあるまいか。人は、光に満ちたものを前にしながらも、それに気が付くことのできない生き物なのではないだろうか。

生者の生活とは、光に照らされた闇のなかで営まれるのではないかと思うことがある。探しているものが存在しないのではない。多くのものを目で捉えていながらもそれを「見る」ことができないでいる。幸福が存在しないのではない。それが「日常生活のどんな些細なもの」にも見出せることに気が付けないまま生きているのである。

本を読むとき人は孤独になる。孤独を選ぶといってもよい。他者との関係を良好に保てないとき、人は孤立することがある。だが、愛する者を喪って経験するのは、孤独でも孤立でもない。孤絶と呼ぶべきものである。哲学者のハンナ・アーレントがいうように。

孤独を選ぶとき、人は自己との対話を渇望している。孤立しているときに必要なのは他者との対話である。しかし、孤絶から人間を救い出すのは、単なる他者ではないかもしれない。ある人は、それを生きている死者、すなわち不可視な隣人とのあいだで実現するのかもしれない。

男が亡くなった節子の姿を見ることはない。しかし男はしばしば彼女の存在を感じる。

そうしてはあはあと息を切らしながら、思わずヴェランダの床板に腰を下ろしていると、そのとき不意とそんなむしゃくしゃした私に寄り添ってくるお前が感じられた。が、私はそれにも知らん顔をして、ぼんやりと頬杖をついていた。その癖、そういうお前をこれまでになく生き生きと――まるでお前の手が私の肩にさわっていはしまいかと思われる位、生き生きと感じながら……

死者が生者を訪れるのは、生者がひとりでいるときだ。さらにいえば、自分はひとりになってしまったと感じるとき、それを打ち消すように臨在するのではないか。

同様の経験を幾度となくしている。むしろ、そうした実感のなかに日常がある、といった方が精確なのかもしれない。

ただ、死者となった妻を初めて感じた日のことは鮮明に覚えている。猛暑の夏の日だった。自転車に乗っていたが、信号待ちで道路に視線を落とすと、照りつける光をすべて吸収しているかのようなアスファルトは、今にも溶け出しそうだった。

このとき、自分が生きている悲しみは灼熱のアスファルトを舌で舐めるようだと感じた。這いつくばることを強いられ、熱く、苦いものを押し付けられているようだった。

その次の瞬間、まったく異なる幻像(ヴィジョン)が立ち上ってきた。それは、妻が亡くなった日、病室で崩れ落ち、立ち上がる力を失った自分を後ろから妻が支えている姿だった。

「ひとりじゃない。ひとりにしたことなんかない」

そんな無音の、しかし、ちからを帯びた声を聞いた。

六年くらいが経過して、詩を書くようになった。詩を書くようになると詩を読むようになり、歌もそれまでとはまったく異なる関心から読むようになる。どういう経緯か忘れたが、あるとき吉野秀雄の歌に出会う。次に引くのは妻と母の死を悼んで編まれた『寒蟬(かんせん)集』にある一首である。


よろめきて崩れ落ちむとする我を支ふるものぞ汝(なれ)の霊(たま)なる

妻が亡くなり、よろめき、倒れそうになる自分を支えてくれたのは、死者となった妻だった、というのである。

現代人はヴィジョンという言葉の原義を忘れている。数年後のヴィジョンを持った方がよい、ということがまことしやかに語られる。だがこの言葉は、そうした空想や予想、あるいは願望とは無縁な言葉なのである。若き柳宗悦が、詩人であり、画家でもあったウィリアム・ブレイクをめぐって次のように書いている。

吾々の眼が深く天の霊に開ける時、吾々は明かに事物の幻像Visionを知覚してくる。彼等は空しい幻覚の所作ではない、最も統一された生命の経験である。それは決して空漠とした夢想の様な心情を意味しているのではない。

（「ヰリアム・ブレーク」『柳宗悦全集　第四巻』）

ヴィジョンとは、人がこの世界にありながら、彼方の世界を垣間見るときに与えられる経験にほかならない。人はそこにあるとき、亡き者たちが「生きている」ことをまざまざと「見る」のである。

第十三章

「人格は習慣によって作られる」、そう母に語った人物がいた。母が、若き日に出会った恩師であるシスターで、エリザベス・ブリットだった。彼女はマザー・ブリットと呼ばれることが多い。ここでの「マザー」は、マザー・テレサというときのそれで、修道院長などの指導者を意味する。

マザー・ブリットは、一九四八年、聖心女子大学の設立にともない、学長となった。この学び舎の運営責任者であるだけでなく、精神的支柱といってよい人物だった。この大学の一期生で、国連の難民高等弁務官などとして活躍した緒方貞子も回顧録で、マザー・ブリットからの影響に一度ならず言及しており、キリスト者になったのも彼女との出会いが大きいと述べている。

母は、緒方と同じ大学の八期生だった。母が洗礼を受けたのは大学に入るずっと前だが、やはり人格形成においてマザー・ブリットの影響は甚大だった。家には祈りをささげるための祭壇があり、そこには今もマザー・ブリットの写真が飾ってある。折にふれ、「人格は習慣によって作られる」という言葉も母から聞き、気が付けば自分の一部になっていた。それを実践できているというのではない。何かがあると、この言葉が警鐘を鳴らすようにどこからか立ち上がってくるのである。

習慣という言葉は、必ずしも良い意味に用いられるわけではない。たとえば、先章で引いた柳宗悦の場合などでは、ある種の惰性を意味していた。だが、キリスト教神学における「習慣」は、アリストテレス以来の古代ギリシアの伝統を受け継ぎ、内なる徳を育もうとするときの人生の態度のようなものを意味する。アリストテレスは『ニコマコス倫理学』で、ギリシア語で「習慣」を意味する「エトス」と性格や人柄を意味する「エートス」が似ているのも偶然ではないとしながら、習慣の開花をめぐって次のように述べている。

〔……〕もろもろの徳(アレテー)は、生まれつき自然にわれわれに内在しているのでもなければ、自然に反してわれわれに内在化するのでもない。われわれは徳(アレテー)を受け入れるように自然に生まれついているのではあるが、しかしわれわれが現実に完全な者となるのは、習慣を通じてのことなのである。

(渡辺邦夫・立花幸司訳)

人は、徳の種子のようなものを宿してはいるが、徳そのものが内在しているのではない。種子は、習慣による実践によってこそ開花する、というのだろう。同質のことは道元も語っている。

この法は、人々の分上にゆたかにそなはれりといへども、いまだ修(しゅ)せざるにはあらはれず、証せざるにはうることなし。

(「弁道話」『正法眼蔵』)

「この法」と道元がいうのは真実の境地にほかならない。この境地が生の故郷であることに目覚めることを「悟(さと)り/覚(さと)り」というのだろうが、徳を開花させることも私たちを同じ場所に導いていく。道元がこの本で座禅の本義を述べているように『ニコマコス倫理学』の終わりでアリストテレスが、深甚な瞑想を意味する観想(contemplation)を論究しているのも当然の帰結なのだろう。つまり、人間にとってもっとも重要な習慣は、自己と自己を超えたものとのつながりを日々確かめることだということになる。

「習慣」という漢字も、道元やアリストテレスが説くことの実相を示している。何かをなぞっているだけでは習慣にはならない。「慣」という文字は「心」を「貫く」と書く。ある行為が反復され、雫が岩を掘るように、何かが「心」を貫いたとき、真の意味における習慣になるというのだろう。

習慣は、単に「あたま」で知るだけでは意味がない。身についたとき何かになる。何かが身につくとは、生活のありようが変わることかもしれず、変わらなければ身についたとはいえないかもしれない。

西洋史研究者で平和運動家でもあった上原專祿は、大学のゼミで学生が発表すると「それでいったい何が解ったことになるのですか」と問うたという。大学で上原に学び、のちに同じ道に進むことになる阿部謹也は、上原のこうした言葉に日々接しているうちにいつしか何かを考え、本を読んだりするたびに、「それでいったい何が解ったことになるのか」と自問するようになったという。あるとき上原は「解る」とは何かをめぐって「解るということはそれによって自分が変わるということでしょう」と語ったという。この言葉を受けて、阿部は次のように述べている。

〔……〕私には大きなことばでした。もちろん、ある商品の値段や内容を知ったからといって、自分が変わることはないでしょう。何かを知ることだけではそうかんたんに人間は変わらないでしょう。しかし、「解る」ということはただ知ること以上に自分の人格にかかわってくる何かなので、そのような「解る」体験をすれば、自分自身が何がしかは変わるはずだとも思えるのです。

（『自分のなかに歴史をよむ』）

この本を読んだのは、大学二年か三年のころだった。当時、交際していた女性——森有正を教えてくれた人物——が、阿部の著作を愛読していて、その世界を少しでも理解しようと思って、もっとも平易なものをと手にしただけだった。このときはその目的は達成されなかった。歴史家としての阿部の業績にふれる以前に「解る」と「変わる」が同義であるという言葉を素通りできなくなったのである。このとき以来、「解る」ことは「変わる」ことである、という一節は、ある種の掟のように胸に刻まれた。そして、このとき上原専禄という名前を知ったことも、のちの人生に大きく影響を及ぼすことになるのである。

読書は習慣である。習慣にならない読書は、いつまでも「勉強」の域を出ず、「学び」には至らない。勉強とは、何かに「強いられ、勉める」ことでどこまでも外発的な営みに留まる。だが、「学び」はいつも内発的だ。白川静の『字統』によれば「学」には「教えを受ける」だけでなく「覚（さと）る」ことが含意されているという。学びとは、自己に目覚めることだというのだろう。同じ本で白川は、「教えること」もまた「自己の学習に外ならぬことである」とも述べている。

勉強に付随する読書は、多くの知識と情報を与えてくれる。しかし、それはなかなか経験とは結び付かない。誤解を恐れずにいえば、過度な知識は経験を遠ざけることさえある。経験はいつも、何らかの危険をはらんでいるからである。

読書が学びと出会う。すると「読む」ことの意味が一変する。他者が書いた言葉を目にしながら、まざまざと感じるのは自己の内心のありようになる。他者の生の軌跡が、己れの歩いている道を照らし出すという論理を超えた出来事に遭遇する。

勉強するとき、人はいつも答えを探す。あるいは、答えを目指して邁進する。勉強の世界では誰かが答えを持っている。あるいは、周囲を説得できればそれが正解になる。しかし、学びの世界では、定型の回答はあまり意味をなさない。それはいつも、次の地平への扉に過ぎず、大切なのはいつも「答え」よりも「応え」、すなわち「手応え」なのである。習慣もまた、「答え」を得ようとすることではないだろう。それは日々、「手応え」を確かめることにほかならない。

*

生家には多くの本があった。多くというより多すぎるくらいだった。トイレと風呂場を除けば、すべての部屋に本があった。そうした環境で育ちながら、十六歳で家を離れるまで、三冊しか本を読んだことがなかった。

父は読書家でもあったが、蔵書家でもあった。署名入りの本などの稀覯本には関心を示さず、ひたすら自身の関心に従って本を集めていた。

漱石に関心を持てば、数十の漱石論がどこからか集まってくる。シェイクスピアの翻訳は、坪内逍遥にさかのぼることはなかったが、同時代の訳者のものはすべて揃っていた。購買の勢いは、明らかに彼の、というよりも人間の読書の限界を超えていた。そうした習慣によって積み上がった本は、まるで私設図書館のような様相を示していた。

誰もが原風景を持っている。風景というと自然のなかにある自分を想起しがちだが、必ずしもそうではないだろう。父の書斎のような空間も原風景たり得る。

人は、与えられた条件をなかなか生かせない。いつまでも変わらずに存在すると信じ込んでいるからだろう。もしかしたら、本は存在し続けるかもしれない。しかし、人はいつまでもこの世にいるわけではない。こんな素朴な事実に気が付くまでに数十年の歳月を要するのである。

十六歳までに読んだのは、勝海舟伝、坂本龍馬伝、そして田中正造伝と野口英世伝が一冊になった本だった。すべて中学校にあった図書館の本で、父の本ではなかった。手にしたのが伝記だったことと今日、評伝を書くようになっていることとは無関係ではないのだろう。

これらの三冊は、夢中になって読んだ。それぞれの本で印象深い場面がないわけではないが、本の記述内容に関する記憶は全般的にあいまいで、作者の名前も覚えておらず、ずっと後になって改めて調べて判明したくらいだった。

しかし、内容の記憶はおぼろげでも、読んでいる自分の様子は鮮明に覚えている。これらの本だけではない。人生を変えた本との出会いは、ほとんど、そうした姿で胸に刻まれている。書かれていることよりも、それと出会ったことに重きが置かれ記憶されるのである。中世ドイツ神秘主義の巨人、マイスター・エックハルトの説教集も鈴木大拙の『仏教の大意』も井筒俊彦の『神秘哲学』もそうだった。記述内容よりもはるかに鮮明にそれを読む自分の姿がありありと思い浮かぶ。

高校生になったら家を出て、下宿生活をする。そんな不文律があった。父は若くして実父を喪ったこともあり、息子の自立には注意を払っていた。ここでの自立は経済的なそれを意味しない。精神における自立である。父は、事あるごとに中学校を出たら一人前だと繰り返して語った。家を出て生活するのはその最初の実践だった。

当時、故郷の新潟県では名門の高校といえば公立校で、入れなかった人が私立校へ行く。大都市圏では私立といえば、優秀であることが含意される場合が多いが、地方の状況は必ずしも同じではない。

受験を決めた県立の高田高校は、毎年、東大への合格者を複数人送り出していた。兄が通っていたこともあって、自分もそこへ行くのだと思い込んでいた。しかし、模擬テストの結果は芳しくない。それでも受験の意志は変えなかった。結果は当然ながら不合格だった。なぜ無謀な受験をしたのかは、今でも不思議に思うことがある。そして、その選択を両親が許したことも。ただ、そのいっぽうで、何ものかに導かれた道を歩いたという実感もある。もし、何かの偶然で合格していたら、おそらく書き手にはなっていないだろうからだ。

電車に小一時間のり、合格発表を見に行った。掲示板に自分の番号が見つけられなかったときの光景は忘れがたい。不合格者は十名足らずで、そのうちの数名は、先行して受験した国立の高校に合格していたための不受験者だった。本当に落第したのは七人だったと後日聞いた。

不合格者は完全なる少数派だった。ほとんどの人が合格し歓喜の声を上げている。人生で初めて、学力による選抜を潜り抜けたのだから喜びがはじけるのも当然だ。そうしたなかで、行き場を失っている自分がいた。

しかし、不思議なくらい落胆も絶望もしなかった。ある種の不安は感じていたが、そのいっぽうで、見知らぬ場所だが、どこかへ向かって歩いているという実感はあった。合格発表から一週間ほど経ったころ、私立校を受験し、合格した。新潟明訓高校で、同じ高校の卒業生には作家の新井満や藤沢周がいる。

受験したのはこの二校だけではなかった。カトリックの司祭になりたいと思い、神奈川県にあるサレジオ学院の高等部の編入試験を受けたことがある。この高校に進めば修道院に入る道が開けるはずだった。神父から推薦状をもらって試験に臨んだがうまくいかなかった。不合格の知らせが自宅に届いた翌日だったと思う。早朝のミサのあと老齢のイタリア人の神父が、不合格の理由は国語の点数がよくなかったからだと教えてくれた。

確かに国語はひどく苦手だった。漢字の書き取りはできる。しかし、読解が難しかった。どう読んでも解答が見つからない。設問に承服し得ないまま選択肢を選ぶ。するとほとんどの場合、不正解になる。当然だった。出題者の問いを理解し、それに応答しなくてはならないのに、端(はな)から出題者の「読み」を認めていないのだから正解に至るはずがなかった。出題者が隠し持っている「正解」を探りあてなくてはならないのに、どこまでも「批評」的に読もうとしていたのである。

さらに奇妙なのは、この六、七年、毎年、二桁の学校が自著を試験問題に使用し、今では複数の中学、高校の教科書にも自作が収録されているのである。国語に苦しめられた者が書いた文章で、次世代の若者たちが同じ科目を学んでいるのである。

下宿ではテレビが無い生活だった。父がそう決めたのだろう。時間の流れがまったく変わった。当初は戸惑ったが、この変化が、読書の始まりを準備することになる。

出来事は、ほどなくして起こった。現代文の授業で、芥川龍之介の「羅生門」を読んだとき、言葉の世界、そして文学の世界の門が、音を立てて開いた。

芥川の名前は知っていたかもしれないが、作品をきちんと読んだこともない。「蜘蛛の糸」のあらすじは知っていても、それが芥川の作品であることは知らなかった。「羅生門」には見たこともない漢字も多く使われていた。内容もどこまで精確に読み取れたのか、まったく自信がない。そもそも「羅生門」が平安京の大きな城門の一つであることを理解していなかった。城門とは何かを知ったのは、三十代になって韓国へ行き、柳宗悦が「失われんとする一朝鮮建築のために」を書き、身を挺して守った光化門を見たときだった。

「門」というと通常は、東京の九段にある武道館へと続く田安門のような大きな扉を想起するのではあるまいか。しかし、「羅生門」も光化門も「門」というよりは、小さな城だといった方が実態に近い。

しかし、そうした細部をまったく理解していないまま、驚愕するほど引き込まれた。冒頭の一節を読み始めたとき、恐怖とはまったく異なる畏怖を感じた。時空の壁を越え、平安時代の末、荒廃した京に立ち、流れる風の音、鴉の鳴き声、夕暮れを照らす火の光、そして砂埃のようなものまでありありと感じたのである。

> ある日の暮方の事である。一人の下人が、羅生門の下で雨やみを待っていた。
> 広い門の下には、この男のほかに誰もいない。ただ、所々丹塗の剥げた、大きな円

柱に、蟋蟀が一匹とまっている。羅生門が、朱雀大路にある以上は、この男のほかにも、雨やみをする市女笠や揉烏帽子が、もう二三人はありそうなものである。それが、この男のほかには誰もいない。

何故かと云うと、この二三年、京都には、地震とか辻風とか火事とか饑饉とか云う災がつづいて起った。そこで洛中のさびれ方は一通りではない。旧記によると、仏像や仏具を打砕いて、その丹がついたり、金銀の箔がついたりした木を、路ばたにつみ重ねて、薪の料に売っていたと云う事である。洛中がその始末であるから、羅生門の修理などは、元より誰も捨てて顧る者がなかった。

（「羅生門」）

言葉は世界を表現するのではなく、言葉が世界を創るのだと思った。この作品には「火の光」という言葉が幾度も出てくる。「楼の上からさす火の光が、かすかに、その男の右の頬をぬらしている。短い鬚の中に、赤く膿を持った面皰のある頬である」とあるように羅生門で焚かれている火の光のことなのだが、繰り返されるうちにこの言葉は深い象徴性を帯びてくる。

高校生のときにそう感じたというのではない。しかし、作品の随所に蒔かれたこの言葉によってボードレールのいう「象徴の森」に誘われたのは確かだ。童話の世界における

「森」は、しばしば魂を意味すると思想家でシュタイナー研究者でもある高橋巖が書いている。物語において「森」へ分け入っていくとは自己の魂の旅を始めることにほかならない、というのである。

たとえば、〔童話に〕よく出てくる「森」を取り上げますと、当然そこは奥が深く、暗くて、何が潜んでいるかわからないようなところです。要するに魂そのものなのです。私たちの魂は表面が意識の世界であって、その内側には半意識の世界や、その奥にはさらに暗い無意識の世界が存在しています。つまり、森のようにです。そしてその森の中では活発にいろいろな営みがなされています。動物も棲んでいれば、魔女や小人たちも住んでいます。

（高橋巖『シュタイナー教育の方法』）

高橋の言葉を基盤に据え、感じ直してみると芥川も愛読したメーテルリンクの『青い鳥』もまったく読まれ方が変わってくる。メーテルリンクの名前を知ったのも芥川を通じてだった。遺稿となった「侏儒の言葉」で芥川は「知徳合一」と題しつつ、メーテルリンクにふれている。

我我は我我自身さえ知らない。況や我我の知ったことを行に移すのは困難である。「知慧と運命」を書いたメエテルリンクも知慧や運命を知らなかった。

ここで芥川はメーテルリンクを批判しているのではない。人間の限界を憂えているのである。ボードレールやメーテルリンク、フローベルといった文学者、ニーチェやショーペンハウワーといった哲学者の名前も芥川の本で知り、それだけでありがたいような感じがして、彼らの本も繙いた。

若い頃には多くの人が経験する道程で、ある人はこうしたことを重んじないのだろうが、三十年以上時間が経過した今から考えても、そこには何か打ち捨てがたいものがあるように感じる。それが芥川の模倣に終わるなら、意味は希薄だ。しかし、敬愛する人が真摯に語っていることを胸で受け止めようとする態度には何かがある。

空想に過ぎないと思われるかもしれないが、当時、芥川を読むとは、聞いたこともない彼の声でその作品の朗読を聞くような実感があったのである。

「羅生門」を読んだあとになると教科書は、いやいや読むものではなく、最高の名作選集になった。芥川に関心を持てば、彼がしばしば原案を求めた『今昔物語集』などの日本の古典文学に関心を持つのにも時間はかからなかった。古文も漢文もそれまでは苦痛でしかなかったが大きく様相を変えた。

芥川を読むようになると、芥川にふれた文章を読みたくなる。作品論に興味はなかった。打ち消しがたい自己の経験があれば足りた。求めていたのは、芥川龍之介という人間が、確かに存在したことをありありと感じさせてくれる文章だった。菊池寛や内田百閒、室生犀星、あるいは中野重治など芥川と親しくした人物の文章も貪るように読んだ。彼らの文章のなかに芥川の肉声を探した。なかでももっとも印象深かったのが堀辰雄が書いた「芥川龍之介論」だった。

芥川龍之介を論ずるのは僕にとって困難であります。それは彼が僕の中に深く根を下ろしているからであります。彼を冷静に見るためには僕自身をも冷静に見なければなりません。自分自身を冷静に見ること――それは他のいかなるものを冷静に見ることよりも困難であります。しかし、それと同時に、あらゆる文学上の批評の価値は、いかにその批評家が自分自身を冷静に見ることが出来たか、と云う度合によって測られるのであります。批評と云うものが、他人の作品を通しての自分自身の表現でありますます以上は。

この作品は一九二九(昭和四)年、芥川の没後二年も経たない頃、卒業論文として書かれた。本人には拙いと感じられたのか生前には世に送られることなく、没後に刊行された新潮社の『堀辰雄全集』ではじめて公刊された。

堀が自身を芥川の弟子だと考えているのは先の一節からも明らかだ。芥川は漱石の弟子である。芥川は三十五歳で亡くなった。堀は二十三歳だった。この師弟の年齢は、漱石の『こころ』の「先生」と「私」のそれにあまりに近いのも奇妙な偶然のように感じられる。恩師の没後、しばらくして自己を語りながら師を語るという様式も『こころ』に似ている。堀がそのことを意識したというのではない。意識とは別なところでこうした出来事が起こっていることに何かのはたらきを見る思いがするのである。

振り返ってみると、この堀の作品が、最初に読んだ批評作品だったのかもしれない。高校の図書館で青い紙装の『堀辰雄全集』を開き、先の言葉を目にしたときのこともありありと覚えている。

堀の「芥川龍之介論」を読むことは、堀によって芥川龍之介の作品世界を案内されるような楽しみがあった。堀の見解の正誤など気にならない。ただ、生ける芥川をありありと伝えてくれることがよろこびだった。堀が照らし出してくれたのは、世にある伝記で見られる人間・芥川ではない。言葉の芸術家・芥川の姿である。若き堀辰雄の眼目もそこにあった。「芥川龍之介論」の副題は「芸術家としての彼を論ず」となっている。堀は先の一節のあとに続けてこう記している。

もう一度言いますと、批評する事は他人の作品を通じて自分自身を表現する事であります。批評家はそのために——彼自身を表現するためには彼の魂に最も近い他の魂の作品を持って来ずには居られません。しかし、その彼の魂に最も近い他の魂を批評するには、どうしても自分自身を冷静に見ることが必要となって来ます。そこに批評家の苦しい矛盾があります。仕事の困難があります。しかし実はその困難そのものがよき魂を仕事に誘惑するかのように僕には思われるのであります。よき魂は、自分の仕事が困難なればなるほど、その仕事に興味を持つものだからであります。

人は自身の魂のありようを知るために、己れと強く呼応するもう一つの魂と対話しなくてはならない。しかし、その対話には大きな困難がある。それは自己という大きな謎と同じくらい近く、そして謎に満ちたものだからである。人は、抗しがたいある力によってその道に誘われていく。むしろ、魂がそれを欲するからだ、というのである。

この作品は、芥川によって開かれた文学の道は、「読む」だけでなく「書く」ことによっても参与できることを教えてくれた。若き堀の文章を読みながら、物書きになりたい、そう思った。

「羅生門」を読むまでは書店にもほとんど行ったことがなかった。だが、生活が一変する。買う買わないにかかわらず、ほとんど毎日、書店に行くようになった。本を読むと、以前は見えなかった本が、書き手の名前が見えてくる。ときには光を帯びているかのように感じられることもあった。高校生が自由にできる金額には限りがある。買いたい本を買っていたらすぐに財布は空になる。古本屋の存在を知るのには時間はかからなかった。
ある日、古書店で出会ったのが河出書房新社から刊行されていた『文芸読本』のシリーズの芥川をめぐる一冊だった。そこには代表的な芥川論や彼をめぐる随想、芥川本人の作品もいくつか収録されている。小林秀雄の「芥川龍之介の美神と宿命」もその一つだった。堀の作品とは異質な手応えがあった。堀が対象への愛で論を深化させようとするのに対し、小林は知識とは異なる鋭利な叡知と呼びたくなるようなもので対象の本質に迫ろうとする。

少くとも僕には、批評の興味というものは作品から作者の星を発見するという事以外にはない。で、僕は多くの人々に依って芥川氏に貼り附けられた様々の便宜的レッテルを一切無視したい。

批評の試みは、論じる対象に何か符牒をつけて分類するところにでも、作品の良し悪しを指摘するところにでもなく、「作者の星を発見する」ところにある、と小林はいう。人間における「星」は「宿命」の異名にほかならない。

対象が芥川でなかったとしても、作品における技巧や主題の斬新さなどを論じることにはまったく関心がない。この言葉との遭遇も決定的だった。その影響は今なお生きている。

この一文が、武者小路実篤と柳宗悦によって運営されていた雑誌『大調和』に発表されたのは、一九二七年九月、芥川の自殺からほどない頃だった。小林が「様々なる意匠」によって文壇に登場するのは二九年である。このときはまだ、一部の人を除いては小林の存在を知らない。

「芥川龍之介の美神と宿命」が発表される前月、同じ雑誌に小林は「測鉛」と題する文章を寄せ、そこでも芥川にふれている。このときはまだ芥川は亡くなっていない。「僕は今の日本の文壇で芥川氏の頭程美神と宿命とが奇妙な喧嘩をしている頭を知らない。この喧嘩を摑まねば「芥川龍之介論」なるものは無意味とさえ信じている。いずれ書きたいと思うから此処ではクドクド言うまいが、唯最も重要な事を言って置きたい」と断ってこう続けている。

室生氏は芥川氏の「河童」を作者のオモチャ箱だと言っている。それはオモチャ箱でも何んでもよろしい。問題は作者が何故に自分のオモチャ箱を人に見せずに居られなかったかにあるのである。ここに作者内奥の理論があるのだ、ここに作者の宿命の主調低音が聞えるのだ。ここに到って批評をするものは批評が君自身の問題となって来るという事を悟るであろう。
芸術家は生命を発見しただけでは駄目である。発見した生命が自身の血肉と変じなければならぬ。

（「測鉛Ⅱ」『小林秀雄全作品1』）

最初のランボオ論、そして「様々なる意匠」によって人口に膾炙することになる「宿命の主調低音」という言葉がここにも記されている。批評は論じる対象の「宿命の主調低音」を聞くところから始めなくてはならない。そうしなければ批評ではなく、一種の観察に過ぎなくなる。そこでは批評が、批評家自身の根本問題にふれることもなく、批評家の「生命」になることもまた、ない。

先の言葉のあとに小林は、「批評の真義」をめぐってこう記している。「批評とは生命の獲得ではないが発見である。これ以外に批評の真義は断じて存せぬ」。批評とは、本人すら気が付かない他者の胸に宿った宿命を見極めることである。それはそのまま批評家自身の宿命の自覚につながる。これが小林秀雄の批評の原点だった。

「芥川龍之介の美神と宿命」にある辛辣にさえ映る芥川評は、こうしたことを前提に読まねばならない。「人間は現実を創る事は出来ない、唯見るだけだ、夜夢を見る様に。人間は生命を創る事は出来ない、唯見るだけだ、錯覚をもって。僕は信ずるのだが、あらゆる芸術は「見る」という一語に尽きるのだ」と記されたあと、次のような言葉が続く。

芥川氏は見る事を決して為なかった作家である。彼にとって人生とは彼の神経の函数としてのみ存在した。そこで彼は人生を自身の神経をもって微分したのである。

（「芥川龍之介の美神と宿命」）

この一節だけを読めば、小林は芥川を認めなかったということになるだろう。しかし内実は違った。小林が放った鋭利な言葉は、芥川だけでなく、この作家から目を離せない小林の胸も貫いているのである。

この作品を読んだ高校生のとき、このようなことを理解したのではなかった。そもそも自分に「星」があることを知らない人間が、どうして他者の「星」をかいま見ることができようか。

「芥川龍之介の美神と宿命」を読んでから「測鉛Ⅱ」に出会うのにも少し時間があった。だが、高校生のときも、この作品を貫いているのは批判の精神ではなく、批評精神であることは分かった。

読書が、文字を知的に認知することであれば、理解できなかったことから影響を受けることなどありえない。しかし、「読む」という営みが、文字を扉にしつつ、その奥にある意味の空気、意味の香りを感じることでもあるなら、人は知解しなかったことからも何かを受けるのではあるまいか。

道端で見た名前も知らない野草が、いつまでも心のなかにあり、その強靭な姿に幾度も励まされることがあるように、文字とは異なる生きたイマージュが精神のなかで育まれるということがあるのではないだろうか。そうした可能性に気が付いたのは、画家の東山魁夷の文章を読んだときのことだった。

『風景との対話』という精神的自叙伝ともいうべき本のなかで魁夷は、あるとき見た絵が、自分の心のなかで育ち続けていると書いている。あるとき魁夷はドイツで、日本画家・菱田春草の作品を見る。このことが日本画家としての「在り方」に決定的な影響を与えたという。その出来事をめぐって魁夷はこう語っている。

あとになって思うと、あの春草の月夜の山の作品を、西洋で見たことは、その時だけの感銘というものでなく、私自身の在り方に対しての、一つの啓示であったとも思えるのである。なぜなら、一度、その絵を見ただけであるのに、三十年以上を経たいまでも、よく覚えている気がするのである。あるいは長い間に、私の記憶が薄れようとするたびに、私の空想が加わって、何度も何度も、その月夜の山を、私自身の筆でなぞっていたのかもしれない。そして、はじめに見た時とは、よほど変ったものになって、私の心に残っているのかもしれないが。

魁夷は、かつて見た絵が内心で変容していくことを肯定的に捉えているだけではない。そこに芸術の秘義を感じている。「見る」とは、目撃したことをそのままに記憶することに留まらない。不可視な姿をした「いのち」を引き受けるというところにまで至ることがある、というのである。彼はそう書き記してはいないが、自分の作品もまた、誰かの胸のなかで変容することを希っているのではあるまいか。

生家を離れるまで父の本を読むことはなかったが、本を嫌いになることはなかった。本は美しい風景だった。だが、「読む」ことを知ってからは世界が変わった。本を開く。するとそれが、本から書物へと変貌する瞬間をはっきり感じたことが幾度もあった。世に多くある「本」が、世に一つのいのちを帯びた「書物」へと姿を変える。「読む」とは、そうした秘儀のことをいうのだろう。

本は、書かれたときに誕生するのではない。それはまだ、芽吹いている状態に過ぎない。読まれることによって、開花し、その存在をこの世に告げ知らせるのである。

第十四章

読書は、人が感じているよりもずっと無意識的な営みである。記憶にないと感じていたはずのことが心中に刻まれているだけでなく、育ってさえいることに気が付くことがある。ある言葉にふれる。その当時は、格別に何も感じることがなくても、内実は抗しがたい影響を受けている場合も珍しいことではない。

同様の現象は書くことにおいても起こる。通常は意識にあることを書く。だが、真の意味で「書く」ことが始まると、思っていることを書くというよりも、書くことで自分の思っていることを確かめることになる。

「無意識の内部には、抑圧された素材のほかに、意識の手に届かなくなってしまっているいっさいの心的なものがある」(『自我と無意識の関係』野田倬訳)とユングが述べているように、人は、対峙する現実に向き合うとき、無意識に「無意識」のちからを用いている。

「聞く」「話す」ことにもいえるのかもしれない。私たちはいつも、意識と無意識の両方をはたらかせながら、毎日を生きている。つまり、意味現象との対峙は、多分に無意識的なのである。

あるときから本に線を引かなくなった。若いころは、線を引くことで、その本との関係を確かめているように感じていたが、線を引くから「意識（あたま）」にしか入らないのではないかと思うようになった。

知性がはたらかなければ読書はできないが、知性が独歩するとき、言葉の記号的な意味を理解はできても、その奥にあるものが分からなくなる。言葉には、自分が「知っている」以上の意味が伏在しているという素朴な事実を見過ごすのである。

「花」の一語には、これまで、そして、これから生まれる花々が宿っている。あまりにも壮大だが、それが言葉の秘義なのである。「色」という言葉にもあらゆる色が潜んでいる。

意識がつかみ取る語意は、その人が意識し得るものだけである。もしも、そこに限界があるとしたら、意志の疎通は実現しないだろう。人は、日々、無意識を豊かにはたらかせている。

だが、本を読むとなると、書かれていることは書き得なかったことの影であることを忘れてしまう。

あるエッセイで遠藤周作は、真っ赤になるくらい本に線を引いてしまっては何を読んだのかがかえって分からなくなるという主旨のことを書いていた。これまでも書いてきたように、遠藤のエッセイを読む契機は、ほとんど無意識への目覚めと重なっているといってよく、遠藤がそこで語ろうとしていたこともおそらくは、読書をあまりに意識化することへの警鐘だったように思われる。

考えてみると、ある本を手に取るきっかけも意識下からやってくることがしばしばある。次々と読破し、探していた一冊に出会うということもあるだろうが、そうしたことは勉強型の読書であって、継続すればどこかで息切れがする。いつからか行うようになったのは、一風変わった本の探索術だった。

何を読むべきかを考えない。こうした思考が選択を限定する。そこには自分が感じている以上の焦燥がある。まず、そうした焦りにも似た気持ちを鎮めるところから始める。そのために音楽を聞くこともあれば、日ごろはあまり注目していないドラマを見ることもある。問題は何を見、何を聞くかにあるのではなく、知性だけをはたらかせる状態から脱却することにある。

漫然と書棚の前に立ち、並んだ本を眺める。あるいは床に寝転んで、日ごろとはまったく違う場所から本の背表紙を見つめる。すると、内心の何かが動き出して本を手に取る。するとそこに、今の自分に必要な言葉が待っている、という文字にしてみれば何ということのないことではある。

それは、瞑想が外見的には瞑目して、動かず、深く呼吸しているだけだともいえるのと同じかもしれない。だが、その人の内面では世界観が一新されるような出来事が起こっているのかもしれないのである。

本との偶然の出会いに身を任せているようで、ある人はユングのいう共時性をそこに感じるかもしれないが、実感からいうと共時性よりも「自己」のはたらきを強く感じる。先に見た著作でユングは「自己」と「自我」の関係をこう語っている。

本来的自己の感知は、いってみれば非合理的なものである。定義しがたい存在で、自我はそれに対立するのでもなければ、服従するのでもなく、それの味方となる。地球が太陽のまわりを回るように、いわばそのまわりを回るわけである。

人は「自己」に守護されている「自我」を生きている。それはまるで、太陽から光という親和力を与えられて存在している地球のようなものだというのである。

「自我」は、そのとき必要だと思う本を選ぶのだろうが、「自己」は、今に限らない、その人の人生に必要なものを選ぶ。

必要だと感じても、じつはさほど必要なかったことは少なくない。しかし、その逆もあって、必要性を感じないまま手にした本が、かえって深いところから自分を照らし出す場合がある。

ユングの『自我と無意識の関係』が翻訳されたのは一九八二年のことだった。当時はまだ、ユング心理学が人口に膾炙しているとはいえず、重要な訳語にも揺れがあった。先に引いた一節にあった「本来的自己」――ドイツ語ではSelbst――は、ユング心理学を読み解く、最重要の術語の一つだが、昨今では「自己」という言葉が当てられることが多い。同じ訳者が一九九〇年に刊行したユングの著作でも「自己」が用いられている。

ただ、「本来的自己」と訳すことにも意味がある。読者はこの一語をたよりにユングの思想と禅仏教の世界をつなぐこともできるからだ。事実、一九八〇年代の後半からユング心理学と仏教との対話は創造的に行われることになる。

禅では「本来的自己」を「本来の面目」と呼んできた。もちろん、そのことを知って訳者が「本来的自己」という言葉を選んでいる可能性は十分にある。道元は『正法眼蔵』で「本来の面目」を次のように語っている。

> われにあらぬをわれとおもひ、さもあらばあれ、そむくべきかたの色も、おもむくべきかたのそめられぬべきもなしとてらす時、おのづから道にある行履（あんり）もかくれざりける本来の面目なり。

古文は現代語に直訳すると、どうしても言葉の彩りが失われる。現代の言葉では、古き言葉が宿していた詩情をそのままに受け止めることができなくなっている。先の一文を見るだけでも分かるように道元は、名僧であるだけでなく、詩情を豊かに宿した稀代の文章家でもあった。誤りを恐れずに、先の一節を意訳してみる。

自分だと感じている自分ではなく、その奥にある何かを「おのれ」だと感じ、大いなるもののはたらきに身をまかせ、こうあってはならない、あるいは、こうあるべきだということのないまま、自ずからなる道に歩みを進める、その行いもまた、真実の自己の顕現となる。

道元が書いていることが真実なら、「本来の面目」が本を選ぶということがあっても驚かない。それは日常のいたるところでその輝きを放っているからである。

＊

自宅に帰れば書架のどこかにあるのだが、帰りの電車でどうしても読みたい、そう感じてすでに持っている本を買うことがある。

そうしたことは頻繁には起こるわけではない。年に一度あるかないかだ。しかしそうして買い求める本には必ず、今の自分を深いところから照射するような言葉が潜んでいる。

あるとき手にしたのは、ドイツ・ロマン派を象徴する牧師シュライエルマッハーの『独白』だった。その冒頭にある一節にふれたとき、ある畏怖の念を感じた。

人間が人間に贈りうるもののうちで、人間が心情の奥底で自分自身に語ったものにまさる心おきない贈り物はない。それは、この世の中で最も秘奥のものを、自由な本質を洞察する開けた、見通しのきく眼差(まなざし)を相手の人に与えるからである。

（木場深定訳）

他者に気の利いた言葉を贈っても意味は希薄だ。差し出すなら、わが身を賭して見つけた言葉を贈らねばならない。それもほかの誰かではなく、自らに向って語った言葉をこそ贈るがよい。それは存在の深みにある何ものかを見通すもう一つの「眼」を捧げるのに等しい、とシュライエルマッハーはいう。

心の奥底で自分に語ったもの、ある人たちはそれを「思想」と呼ぶ。思想は体系だったものでなくてもかまわない。ある人がベートーヴェンを論じながら「楽想」という表現を用いていたように、必ずしも言葉によって表現されるとも限らない。しかし、それは生きたもので、人の心と心をつなぐものでなくてはならない。

漱石の『こころ』を初めて読んだのは高校生のときだった。この作品との出会いは教科書で、作品の一部が収録されていた。「先生と遺書」のある部分で、一たび読み始めたら、全貌にふれたいという衝動を抑えることができなかった。

この作品が最初の長編小説になった。それまでは芥川や志賀直哉の作品に魅せられていたこともあって、短編ばかりを読んでいた。別ないい方をすれば、長編を読む訓練をしてこなかった。

言葉が精神の糧であるなら、コース料理のようにゆっくりとマナーを守って読むのがよい場合もあるだろうが、気を使わない場所での食事よろしくかぶりつくように読み進めた方がよいときもある。そのことをまざまざと経験したのも『こころ』だった。

言葉を摂取することに慣れていなかったこともあって、それまではどうしても誤りがないように読もうとしていた。井筒俊彦のいう創造的な「誤読」など考えてもみなかった。

三十年ほど経って、特段のきっかけもなく『こころ』を再び手に取った。この出会い直しはついに、この小説をめぐって一冊の本を書くところまで行くのだが、その道程で遭遇したのが「思想」あるいは「思想家」という言葉だった。

『こころ』は登場人物から考えると、さほど複雑な作品ではない。三十代半ばだと思われる「先生」と、ひと回りほど若い「私」との偶然の出会いからこの物語は始まる。

あるとき、「私」は、意識しないまま、この未知なる目上の男性を「先生」と呼ぶ。そこに容易に分かちえないつながりが、二人の間に生まれた。のちに「私」は自分にとっての「先生」をめぐってこう語ることになる。

私の眼に映ずる先生はたしかに思想家であった。けれどもその思想家の纏め上げた主義の裏には、強い事実が織り込まれているらしかった。自分と切り離された他人の事実でなくって、自分自身が痛切に味わった事実、血が熱くなったり脈が止まったりするほどの事実が、畳み込まれているらしかった。

「先生」は、学校の教師でもなければ著述業でもない。定職に就かず、遺産で生活していると思われる人物である。もちろん、著作もないし、どこかで講演するようなこともない。むしろ、人目につかないように妻と二人で暮らしている。ただ、彼の発する言葉は「私」の魂を揺り動かさずにはいない。「血が熱くな」るのは「先生」というよりも彼の言葉にふれた「私」だった。

現代で「先生」のような人物に知り合ったとする。その人を「思想家」と呼ぶかといわれると懐疑的にならざるを得ない。今日では、思想家は何らかのかたちで世に「思想」を語る人であって、「先生」のように内に「思想」を宿している人の呼称ではなくなっている。

ただ、明治は状況が違った。「先生」を「思想家」と呼ぶのは「私」だけでなく、「先生」もまたそう自称しているのである。「あなたは私の思想とか意見とかいうものと、私の過去とを、ごちゃごちゃに考えているんじゃありませんか」と「先生」は「私」に言い、次のように続けた。

私は貧弱な思想家ですけれども、自分の頭で纏め上げた考えをむやみに人に隠しやしません。隠す必要がないんだから。けれども私の過去を悉くあなたの前に物語らなくてはならないとなると、それはまた別問題になります。

「先生」は、「思想」を身に宿すことを仕事だと考えていた。ここでいう仕事とは金銭を手に入れることとは必ずしも関係がない。遠藤周作の区分でいえば「生活」というよりも「人生」の座標軸の真ん中にあるものが「思想」だというのである。

ただ、先の発言を読むと「思想家」である「先生」には、二つの「思想」があったようにも感じられる。一つは彼の発言の端々(はしばし)に顕われる価値観のようなもの、もういっぽうは彼の容易に語り得ない秘密である。仏教の顕教と密教を融合するところから派生して顕密という言葉もあるが、「先生」にとっての「思想」は顕密の二面があるものだった。

「先生」の「思想」は、シュライエルマッハーのいう「人間が心情の奥底で自分自身に語ったもの」と遠いものではないのだろう。それを他者に贈ることもできるというシュライエルマッハーの促しにも偽りはない。だが「先生」は、伴侶を含め、どんなに親しい人にも秘密が入った「箱」の鍵は渡さなかった。その慣習を破ったのが「私」という存在だった。

「先生」はのちに「私」を相手に自らの「思想」の全貌を語り明かすことになる。ただ、「先生」はそれを、遺書を通じて実践したのだった。「思想家」にとって「思想」の全貌を語ることは、文字通りの意味で命がけのことになるのだろう。プラトンが師であるソクラテスの死を描いた『パイドン』、あるいはル゠グウィンの『ゲド戦記』にも同質の厳粛な事実が描かれている。

「思想」あるいは「思想家」という言葉を現代でいうそれと別種の意味で認識し始めたのは、島崎藤村の『破戒』を読んだときだったかもしれない。主人公の瀬川丑松が憧れる猪子蓮太郎という人物が「思想家」として描かれていた。

丑松は、明治維新後、新平民と呼ばれることになった被差別の人々の間に生まれた。その出自を明かせば、生活上、大きな不利を背負うことになる。秘密をもったまま丑松は小学校の教師になった。良心が結実したような人柄は愛され、天職を謳歌する日々を送っていた。

丑松は、猪子蓮太郎という被差別部落出身の思想家を敬愛していた。人間の平等を説き、真実の意味における自由を説く先行者の著作を文字通りの意味で愛読していた。

丑松が蓮太郎の本を読む。この本から発せられるものは、著者である蓮太郎の身の上を思わせるだけでなく、読み手自身の生き方を強く問うてくる。「蓮太郎の筆は、面白く読ませるというよりも、考えさせる方だ。終(しまい)には丑松も書いてあることを離れて了って、自分の一生ばかり思いつづけ乍ら読んだ」と作品には書かれている。

　ある日、丑松は、偶然汽車で猪子に遭遇する。敬愛する思想家と話をしながら、丑松の心中にはある思いが募る。もしも自分の素性をそのまま伝えることができたら、この思想家は「自分の手を執って、『君も左様(そう)か』と喜んで呉れるであろう」と夢想する。

「思想家」という言葉は、英語のthinkerの訳語で、近代になって生まれた言葉だが、『破戒』に頻出するこの一語が、明瞭に定義されていたわけではない。作品中、猪子に批判的な人物は、猪子のことを「哲学者でもなし、教育家でもなし、宗教家でもなし――左様かと言って、普通の文学者とも思われない」強いていえば、「新しい思想家」だという。さらに「空想家だ、夢想家だ――まあ、一種の狂人(きちがい)だ」と言葉を継いでいる。一方で、この作品には丑松と猪子の関係が語られるところには「新しい思想家でもあり戦士でもある猪子蓮太郎という人物」という表現もある。当時では「思想家」という言葉はまだ、時代に馴染まない新しさを持っていたことが分かる。

　丑松にとって――あるいは『こころ』の「私」にとっても――「思想家」とは、その言葉によって、未知なる地平へと導く者を意味するらしい。次の一節にある「先輩」とは、殺された猪子である。

見れば見るほど、聞けば聞くほど、丑松は死んだ先輩に手を引かれて、新しい世界の方へ連れて行かれるような心地がした。告白——それは同じ新平民の先輩にすら躊躇(ちゅうちょ)したことで、まして社会の人に自分の素性を暴露(さらけだ)そうなぞとは、今日迄(こんにちまで)思いもよらなかった思想(かんがえ)なのである。

猪子蓮太郎は、現代的な意味でも「思想家」である。思想家の典型といってよい人物ですらある。ただ、『破戒』では「思想」という言葉が、枠に収まらない多様な意味において用いられている。

自らの出自を語ることは丑松にとって、「戒」を破ることにほかならなかった。丑松は、「告白」という新しい「思想(かんがえ)」が湧き起ってきたという。藤村は「告白ける」と書いて「うちあける」と読ませている。世にあることを公表すること、その行為そのものが「思想(かんがえ)」だというのである。「かんがえちがい」という表現がある。これを「思想(かんがえ)ちがい」と理解するといっそう深みがあるようにも感じられる。

また、小説中には「破戒——何という悲しい、壮(いさま)しい思想(かんがえ)だろう」という一節がある。この「思想(かんがえ)」も、観念によって形を帯びる一つの考えではないことは疑いがない。それは人間の人生に介入し、実行を強く促す生命の声だといってよい。『破戒』の作者が、告白を決心した丑松の涙を「生命の汗」というのはそのためだろう。

事実は小説よりも奇なり、という言葉もあるが、すべての人が丑松のように「思想（かんがえ）」を意識して生きているわけではないから「思想」を生むというと大きなことのように聞こえるかもしれない。しかし、「思想（かんがえ）」あるいは「思想（しそう）」を「世界観」に置き換えてみたらどうだろう。その必要性はより確かに感じられるのではないだろうか。

誰かの世界観ではなく、その人の世界観がなくてはならない。なぜなら世界観なき生涯を送る者は、誰かの世界観を鵜呑みにしている可能性があるからだ。時代、国家、組織の世界観に自らの人生を明け渡すようなことも世の中では日常的に起こっている。若きシュタイナーが「世界観」をめぐって印象深い言葉を残している。

> 私たちを本当に満足させてくれる世界観は、私たちが今その世界観を知らずに立っている地点から、存在の彼方へ私たちを連れ去り、果てしない運動の中へもたらしてくれなければなりません。世界観は私たちが何物であるのかを説明してくれるだけでなく、私たちを何物かにしてくれなければなりません。
>
> （高橋巖「シュタイナー書簡集」『若きシュタイナーとその時代』）

ここで述べられている「世界観」は、人が今いる場所を照らし出すだけでなく、その淵源を指し示すものである。人はどこから来て、どこへ行くのかという根本問題に応えるものでなくてはならない。そして、世界観こそが、人を真の意味でその人たらしめるというのである。

そう考えると、『こころ』の先生にとって「思想家」であるとは、飽くなき熱意をもって自己の世界観を探究することにほかならなかったようにも感じられる。

人間にとって「思想」とは、到達点であるよりも原点と呼ぶべきものである、そう感じていたのはシュタイナーだけではない。同質のことを森有正も考えていた。

「だから、生きることと考えることを基本にして、思想をつくらなければならないのです。たとえそれがどんなに幼稚にみえても、まずくみえても、またばかにみえても、そこから出直さなければいけないのではないかという気がする」（『生きることと考えること』）と森は語っている。生きているなかで人は、幾度か原点に立ち戻らねばならないことがある。彼がいう「思想」とはそうした地点であると同時に地平でもある。

一年で帰国するはずだったフランス留学が、生涯にわたる人生の旅になったことは先章でもふれた。渡仏の目的はデカルトとパスカルを研究することだったが、森は自身の研究を詳細に行うことだけでは充足を感じなくなる。彼にとって研究とは、調査をすることよりも、書物を通じて先哲と対話することだが、その必須条件に「私自身が思想をもつ」ことがあるという。

〔……〕デカルトやパスカルは私にとってかけがえのない思想においての大先生ですけれども、結局問題は私自身が思想をもつかもたないかということです。やはり、自分の思想をもたないと、いたたまれないような気がします。

私には、どうしても自分で生きている意味を、自分でつかまえようという考えがあるわけですから。

（『生きることと考えること』）

「いたたまれない」は漢字で書くと「居た堪れない」と書く。心に背負いきれない負荷があって、その場にいることができないさまを指す。森の場合、現場は書物のページとその奥行きにほかならない。この場合の「いたたまれなさ」とは、ページをめくることすらできなくなることなのだろう。

原書でデカルトとパスカルを読むことはできる。その哲学を理解する点においても問題はない。しかし、それ以上のことは起こらない。「思想」を宿していない者は、先人の肉声を聞くことすらできない。「思想」こそが、もう一つの耳を開き、何かを真に尋ねさせる。それが森有正の実感だった。先の一節に森はこう続けている。

つまり、私がフランスへいって、だんだん自分の経験が成熟してくるにつれて、デカルトやパスカルが少しずつわきのほうへどいていく。そして私自身の思想が中心になってくる。これは私にとって非常な感動だったわけです。

森が「非常な感動だった」というのは、そこに創造と呼ぶほかない何かが立ち現れてきたからだろう。真の意味で研究が始まると対象の存在が中心から消えていき、自身の思想を核とした新しい宇宙がそこに生まれる。「思想」とは、内なる世界に伏在するもう一つの「宇宙」の顕現に遭遇することだといってよい。ある人はこの内なる宇宙を故郷のように語る。その典型がプラトンだ。彼はそこにイデア界という名を与えた。

遠藤周作が「生活」と「人生」の違いを語るのも同質の眺めのなかなのかもしれない。自分の「思想」など邪魔になることも少なくない「生活」のただなかで、あるとき「人生」が顕現する。人がそこに覚える感動は、ある種の郷愁に似たものなのではあるまいか。人生の道とは、おそらく、自分が来た場所へと還っていく道程でもあるからである。

来た場所への帰還は前方に歩くような行為を通じてのみ行われるとは限らない。あるときからユングは石塔を作り始めた。石工の力を借りながらではあったが、自身も石を削って塔の建設に積極的に参加した。ユングの『自伝』を読むと当初、なぜ、自分が塔を作っているのかがユング自身にも分かっていなかった。

ボーリンゲンの塔のなかでは、幾世紀かを同時的に生きているようであった。その塔は私よりも生き延びるであろうし、位置とか様式とかでは、塔はずっと昔の過去を示している。現在を思わせるものはなにもない。もし十六世紀の人間がこの塔に入ってくるとしたら、彼にとって新しいのは石油ランプとマッチだけであろう。その他のものについては、難なくよく心得ているであろう。

ここで「十六世紀の人間」という言葉で表現されているのは「死者」である。ユングは内面からの促しを得て、死者たちの家を作っていたのである。先の一節のあと、「電灯とか電話など、死者を煩わすものはなにもない」と書いたあとユングはこう続けた。

さらに、私のなかの先祖の魂が、この家の雰囲気によって支えられたのは、私が、彼らの命(いのち)が後日に托した問題に答えたからである。私は最善を尽して、率直に解答を刻んだ。それらを壁面に描きさえした。それはあたかも、幾世紀にもわたった、静かな大家族がこの家に住んでいるようである。そこで、私は第二の人格を生き、絶えず去来する人生を、あらゆる角度から眺めるのである。

自分を生きるとは、自分を守護する死者たちが託した何かを生きることでもある。それがユングの世界観であり人生観でもあるのだろう。死者の存在なく、生者はない。同質のことをプラトンは『パイドン』でソクラテスに語らせている。社会的な仕事や業績とは別に人生の責務と呼ぶほかないものがある。明治における「思想」にはそうした意味が明らかにあり、それを生きて証ししようとする者を「思想家」というのだろう。

ユングの著作に彼の思想を見ることもできる。だが、塔の建設という営為を見過ごしたら、語られざる思想が存在することを見過ごすことになる。

河合隼雄の『ユングの生涯』に晩年のユングが見た印象的な夢をめぐる記述が引用されている。ある日、ユングは愛弟子に自分の死が遠くないことを告げたという。次に引く文章にある「彼」はユングである。

〔……〕彼は『もう一つのボーリンゲン』が光を浴びて輝いているのを見た。そして、ある声が、それは完成され、住む準備がなされたことを告げた。そして、遠く下の方にクズリ（いたちの一種）の母親が子どもに小川にとびこんで泳ぐことを教えていた。

この世で死者のために塔を作るという営みはそのまま、彼方の世界での自分の住まいを作ることでもあったというのである。ここでの「小川」が、彼岸に通じることはいうまでもない。クズリの子どもはユングである。この世で生きるとは、彼岸での泳ぎかたをさまざまな経験を通じて学ぶことだというのだろうか。ユングは、この夢を見た翌年一九六一年、この世を後にした。

その翌年、日本からひとりの留学生がアメリカを経由して、ユング研究所にやって来た。彼はかつて高校の数学の教師をしていたが、死の問題を深めるうちに心理学に出会い、ついには臨床家になる決意をする。

六五年、この人物は大きな試練を経たのちではあったが、無事に課程を終え、心理療法家の道を歩き始めた。しかし、このとき彼に宿ったのは、臨床家としての技能だけではなかった。心理学を真の意味での「思想」へと立ち戻らせる能力もまた、根づいていたのである。日本で最初の本格的なユング心理学の啓蒙書『ユング心理学入門』が世に送られるのはそれからさらに二年後、一九六七年である。著者の名前は河合隼雄という。

人は誰も内なる何者かを宿している。そして、それは単数であるとは限らない。『こころ』の先生は「思想家」でもあったが、やはり「求道者」でもあった。ユングは心理学者だが同時に神秘家でもあった。

自分を何と語るかという問いの背後には真の意味における「自己同一性(アイデンティティ)」を解き明かす重要な鍵がある。他者からどう見えるかではなく、人が自分をどう認識するかだけでなく、その生涯の使命をどう感じているかがそこに明らかにされるからだ。

高村光太郎は、「自分と詩との関係」と題する文章で「私は何を措いても彫刻家である。彫刻は私の血の中にある。私の彫刻がたとい善くても悪くても、私の宿命的な彫刻家である事には変りがない」と書いている。ここで「血」と「宿命」はほとんど同義だといってよいが、選択以前に自分は彫刻家になっていた、というのである。彼は同じ文章で詩をめぐって「私は自分の彫刻を護るために詩を書いている」と書いた後、こう続けている。

> 自分の彫刻を純粋であらしめるため、彫刻に他の分子の夾雑(きょうざつ)して来るのを防ぐため彫刻を文学から独立せしめるために、詩を書くのである。〔……〕若し私が此の胸中の氤氳(いんうん)を言葉によって吐き出す事をしなかったら、私の彫刻が此の表現をひきうけねばならない。
>
> (「自分と詩との関係」)

彫刻を文学から独立させるために詩を書く。胸中にうごめくものを吐露し、表現することによって彫刻を純化する、と光太郎はいう。後世は光太郎を詩人として記憶するだろうか。それとも彫刻家だろうか。彼は詩を純化するために彫刻を作らねばならなかったともいえるのかもしれないのである。自分の本性は、その人にも謎である場合が少なくないように思われる。

第十五章

言葉は、人をこの世につなぎ留めておくのに十分なちからを持つ。ある一節が人生の危機から人を救いだすということも、けっして稀有なことではないだろう。むしろ、人は、自らの生を守護するような言葉を、作意や意思や、あるいは意志を超えてつむぎだすこともある。大地から植物を受け取るように、たましいという土壌から、そのとき必要な言の葉を発見するのである。

死の床にある人、絶望の底にある人を救うことができるのは、医療ではなくて言葉である。宗教でもなくて、言葉である。

（池田晶子『あたりまえなことばかり』）

絶望のただなかでも本を読めというのではないだろう。そう読まれがちな傾向は理解できるが、それは書くことが日常から遠ざかっているからに過ぎない。書くことによってこそ、人は求める言葉にふれ得ることも少なくない。

聞き、話すことによっても言葉にふれている。しかし書くことは、相手を必要とせず、存在の深みから言葉を引き上げることができる点において特異な位置にある。

救う、と池田晶子はいう。こうした表現には慎重だった彼女が、自然に魂の救済を意味するだろう文字を刻んでいるところにも重みを感じる。言葉と出会うことは、宗教を経ずして救いを体験することだというのである。池田晶子にとって、それを実現する地平が哲学だった。

先の一節をこれまで何度引用したか分からない。しかし、そのたびに意味が新生するように感じる。むしろ、そこに単なる繰り返しとは異なる反復という秘義を実感する。

一見すると引用は、誰かの言葉を借りてくることのように映るかもしれないが、実感はかなり異なる。引用が創造的に行われるとき、そこには単なる植え替えを超えた事象が実現する。他者に引かれることによって、言葉は文章という衣を脱ぎ捨て、新しい言葉としていのちを帯びるのである。

ここでいう「引用」は、研究の現場で行われる実証的な意味での営みではない。生ける文学におけるそれである。引用は容易ではない。力量の合わない言葉は読み手に送り届けることができないという厳粛な理法がある。

あまたの碩学が、人生の後半において何かを賭すように古典の注釈書を書くのもそのためだろう。目には同じく映る文字の奥に、意味が新しく生まれる。その現場に立ち会うことが悲願になる。

先の一節に出会ったのが、いつだったのかは厳密には想い出せない。しかし、あのときの衝撃は今も消えない。

ある言葉にふれたことで、未知なる場所に導かれることもある。新しい地平が開けたような心地がするときもある。だが、先の池田晶子の言葉は違った。これまでになく、自分と深く結びついたように感じたのである。そして、しばらくして、あのとき全身を貫いた感触が自由であることを知った。

自由とは「自らに由る」ことにほかならない。何かほかのものに由っているとき、人は自由にはなれない。「由」とは、あるものを関係づけることを指す。ユングの言葉を借りれば、自由とは、自我と自己とのあいだにある橋を見出すことだといってよい。

新しい橋を作るのではない。もともとあるのだ。なければ人は存在し得ない。しかし、それが見えなくなることはある。

自己への架け橋に限らない。人は、見えなくなったものを失われたと思い込む。そこに深刻な迷いと苦しみが起きる。

若い頃は、先人への憧憬から書き手になりたいと思った。しかし、その道は驚くほど簡単に閉ざされ、再び言葉の道程を歩くのには十五年以上の沈黙が必要だった。書くことの秘義にふれないまま、憧憬を募らせていたからである。

状況に大きな変化があらわれたのは、言葉を送る対象が変わったときだった。かつては、世に認められようと、自分を評価してくれるかもしれない人たちに向って書いていた。あるいは、書こうとしていた。しかし、あるとき――それは越知保夫をめぐってペンを執ったときだが――書くという営みの様相が変貌した。それは、亡き者にむかって言葉を送ることであり、同時に気が付かないときであったとしても、亡き者の助力のうちに生まれる営みになった。

*

ある一文で、「高等学校時代の友人の話」だと断って、越知は次のような一節を残している。その友人は、徴兵による入隊直前、深刻な「神経衰弱」を患っていた。

旅行中も自殺のおそれがあるというのでその人の兄が付添ったほどだった。しかも勤め先の九州から入隊したのが、北海道の山奥の連隊だった。そこで惨憺たる一冬をすごしてから、ある日のこと道路にはった厚い氷を割っていた。すると氷の下にはやくも草の芽が萌え出しているのに気がついた。友人の話によると、その草の目に沁みるようなみどりをみてはっとした瞬間から、神経衰弱がよくなっていったという。この友人も、「気付いた」のだ。しかし何を気付いたのか。それを言うことは友人自身にもむつかしい。それはむしろ大拙が言うように主体も客体もない体験といった方が当っていよう。氷の下の草の芽は彼を観念のどうどうめぐりから引き出す機縁であった。

（「ガブリエル・マルセルの講演」）

思いもよらない経験から、大胆な治癒が起こることはある。それは人間から発せられた言葉による場合もあるし、ここで述べられているように大地が語るコトバが契機になることもある。存在世界に秘められた何か、空海がいう「深秘」にふれることで、生の炎を再び立ち昇らせるのである。

生の迷路にあったこの人物は、氷の下に萌え出る若芽にふれ、何かに「気付いた」。しかし「何を気付いたのか」をいうのはむずかしい、と越知はいう。それが「いのち」のちからであることは越知にも分かっているが、問題はそう単純ではない。

立ち止まってみなくてはならないのは、この「友人」が、何かに促されるようにして道路で凍結した厚い氷を割っていたという事実である。彼は、偶然に通りがかった道端で、氷の下で春を待つ若芽を目撃したのではなかった。芽は、彼が何かで氷を割るまでは、姿を隠していたのである。

「草の目に沁みるようなみどりをみてはっとした瞬間」から治癒が始まったと彼自身は語ったというが、おそらく治癒は、容易に割れない氷を割ろうとしたときから生起している。その日に至る少し前から、誰の目にも映らないかたちで、出来事は準備されていたようにさえ感じられる。問題は、氷を割るために手を挙げられるか否かにあった。

ここで起こった出来事をあえて言葉にすると「主体も客体もない体験」となる、と越知はいう。主客未分の経験とは、対象との一体感を示す言葉ではない。それだけなら自己を失った貧しい恍惚感に過ぎない。むしろ、語られているのは、自己喪失を想起させる体験の対極にあるものだ。越知の友人は、言い難い経験の前に自分を放棄したのではなかった。より確かに自分を認識し、その存在を確固たるものにしたのである。そうでなければ、治癒と呼ぶべき事象は起こらない。自己から離れるのではなく、自己に留まることを、あるいは留まることこそ使命であることを何かに強く促されるのである。

就職活動を前に神経を病んだことは先に書いた。不安や不眠にも苦しんだが、もっとも大きな困難は「とらわれ」だった。小さな不快が、自分の状況に深刻な打撃を与えることを恐れ、それを防備するためにかえって「とらわれ」を深め、感覚が不必要に鋭敏になっていく。五感は、世界とつながるための通路ではなく、不要な戦いの楯になる。

原因は実社会で働くことへの怖れもあったのだろうが、それは、ある意味で表層の理由に過ぎない。逃げようとしていたのは、自分自身からだった。ただ、そのことが実感できるまで、短くない時間を要した。

病名はいくらでも付く。複数の、さまざまな専門医を訪ねた。文字通り、心身両面の可能性を探り、東洋医学のように心身一如として捉える医師にも相談した。

今から思えば、病を見ていた医師がほとんどで、人間を見た、あるいは診た人は、ほとんどいなかったように思う。

特徴的な治療法を提唱する人も、症状と治療法の相性を見るだけで、苦しむ人を見ない。それは医師だけでなく、心理療法家と呼ばれる人も同じだった。ほとんどの人が、その人に合った方法を探すのではなく、その人のなかに方法に合う症状を見つけているように感じられた。

部屋から出ることも容易ではなくなった状態のとき、井上洋治神父に言われたことが契機になって、治癒が始まったことも先にふれた。自分のなかで変化が起きているのを実感したのは、本を読めるようになったときだった。それまでは身体が食物を咀嚼し、消化できなくなることがあるように、心が文字を拒むような日々のなかにいた。

渇きを感じる者は、水の匂いすら感じ分ける、というが分かる気がする。同質のことは内面においても起きる。神父からの言葉を受け取り、手にしたのは精神科医の岩井寛の著作だった。当時、岩井に関する知識はまったくなかった。ユング心理学に強く惹かれているることから、精神医学という言葉は知っていたが、この医学こそ、意識活動を脳に還元し、真の意味での「精神」を認めていないのではないかと思い込んでいた。

もちろん、それは偏見に過ぎない。もしも、偏見でないなら、『生きがいについて』を書いた神谷美恵子や『夜と霧』を書いたヴィクトール・E・フランクルの思想も説明できなくなる。そして、この二人によってこそ、のちにこのときとは別種の危機からすくい上げられることになるのである。手にしたのは岩井の『人はなぜ悩むのか』という一冊だった。

数ページを読んだだけで、精神科医に抱いていた思い込みが消えた。岩井は「悩み」を身体機能だけから説明したりはしない。それが身体的、あるいは心理的な症状として発露することから目をそらさないまま、どこまでも「悩み」を実存的な問いとしてとらえる。

ここでいう「実存的」とは、全存在的、あるいは全人格的といいかえてもよい。古代の哲学者にとって、哲学は、知性の営みではなかった。プラトンは哲学の学園アカデメイアで肉体の鍛錬の意味を強く説いた。岩井の著作は、読む者をそうした高次の意味における哲学的世界へと導くものだった。つまり、読後は、本を手放し、生きることを強く促したのである。

「人間は悩むために生まれてきたのか、あるいは悩みのみをかこちながら生を過ごさなければならないのか」と書いたあと、岩井はこう続けている。

〔……〕決してそうではない。それとは逆に、よりよい人生を創りたいから悩むのであり、よりよい人間関係をもちたいから悩むのであり、より深く愛したいから悩むのであり、より長く生きたいから悩むのである。

ここで「より長く生きたい」というのは、長寿を指すのではない。悩みのなかにある人は、その苦しみからの解放、すなわち、死を望んでいると感じているかもしれないが、意識の深いところで願っているのは、むしろ、それと正反対の生のありようである、と岩井は語る。

よく生きようとする者は悩む、と岩井はいう。別ないい方をすれば、悩んでいることの貴さを忘れ、悩みがもたらす停滞にだけ心を奪われてはならないと強く促す。何かから逃げたいから悩んでいるのではない。むしろ、悩みは自己の人生を創出したいという悲願の現われであり、また、他者とのよりよいつながりを希求する証しでもある。悩む者は、愛の意味を見失いがちになる。しかし、岩井は、悩みとは、愛を生もうとするときにこそ湧出する、そう説くのだった。

もしも、懊悩する過去の自分に話しかけることができるなら、同じことをいうかもしれない。つまり、岩井の言葉は、単に心の専門家の発言として読まれたのではなかった。他者の言葉でありながら、自分の深部から発せられたようにも感じられたのである。

心を病むとは、さまざまな存在とのつながりを見失うことであり、生の律動を感じ取りにくくなることである。しかし、岩井はその状態を何かの欠落、あるいは欠損としては捉えない。新生への道程であると認識する。

この本で岩井は「悩みの本態」という表現を一度ならず用いる。悩む人は、悩みの現象にからめとられ、その「本態」、すなわち真実の姿を見過ごすことが少なくないというのである。確かに、苦しみが深まると、人はなぜ、自分がこれほど苦しむに至ったのかが分からなくなる。それをかいま見ようと心理学の本に手を伸ばすと、いかようにでも解釈が可能で、いっそう自分のありかが分からなくなる。

笑い話のようなものだが、かつて多くの家に『家庭の医学』という健康事典のような本があった。ちょっとした不調があるときに、その本を開くと病名が分かる場合がある、ということで常備薬ではないが、常備される一冊になっていた。

心に不調を感じるとき、この本を開くと底なし沼に入るような経験をすることになる。同世代の人には一度や二度経験があるのではないだろうか。さすがにその無益さに医師の門を叩くのだが、問題が心の場合、事態は少し厄介なことになる。今日ですらそうかもしれないが、心にまつわる本をいたずらに読むことの弊害に気が付き、専門家のもとを訪れる人がどれくらいいるだろう。

『人はなぜ悩むのか』を岩井は、人は誰も、隠れたところで悩んでいて、ただ、それを表現しないだけだと指摘するところから始める。深刻な悩みを感じていないとき、この本を開いても感じるところは多くないかもしれない。しかし、悩みという見えない鉄球を引きずりながら歩いているとき、誰もが見えないところで同質のものをどこかに持っていると知らされるだけで、世界はまるで違って見えてくる。

悩みを抱きしめざるを得なくなるとき、この苦悩の石をかかえているのは自分だけなのではないかと思い込む。悩みとは、姿を変えた孤立なのである。

孤立から逃れようとすること、それが人間の根本衝動である、と語ったのは『愛するということ』の著者エーリッヒ・フロムだった。岩井もこの本でフロムに言及している。孤立とは愛を生きることから疎外された状態だといってよい。

ここでいう「疎外」とは、容易に抗うことのできない力によって生存圏から追い出されることを指す。悩みにおいて深刻な問題となるのは、人は自らによって自己を疎外することがある、という現実である。愛するとは何か、岩井はそれを端的な言葉で力強く語っている。

つまり愛とは、頭の中で観念的にこのうえなく愛しているなどと考えることではなく、行為を通して自分を相手の前に投げ出し、相手とかかわり、さらに運命をともにしてみることなのである。〔……〕つまり運命をともにする相手に対しての重責が、ずっしりと肩にのしかかってくるのである。

「Xへの手紙」で小林秀雄が、読むことをめぐって興味深いことを書いている。「すべての書物は伝説である。定かなものは何物も記されてはいない。俺達が刻々に変って行くにつれて刻々に育って行く生き物だ。俺は近頃ニイチェを読み返し、以前には書いてあった文字が少しも見当らないのに驚いている」。書かれてあるはずの文字が見当たらない。そのことに戸惑いながら、どこかで当然だと感じている。

人は、紙に印刷された文字の奥に見えない意味を、目で文字を追う以上の手応えをもって経験している。強く心を揺さぶられるような読書経験によって、文字の層ではなく、その奥で生起していることを実感する。『人はなぜ悩むのか』でも同様のことが起こっていた。

およそ三十年を経て、この本を読み直し、先の一節にふれ、驚いたのは、述べられているのが他者への愛であるのに、読み取っていたのは、自己への愛だったからである。

誰かを愛せないことに悩んでいたのではなかった。愛してくれる人もいた。困難だったのは、自分を受け容れること、自分を愛することだった。岩井の言葉を借りれば、自己と「運命をともにしてみる」という覚悟だったのである。

フロムが『愛するということ』で説いているのも、真実の意味において自己を愛することでしか他者への愛は始まらないということだった。フロムも、愛は観念ではなく、営みであり、それは鍛錬を必要とするartであるという。

日本語訳では「技術」と訳されていて、誤りではないのだが、もう一歩語感に踏み込めば「技／業」と理解した方がよい。それは、見えない技法でありながら同時に「業」、すなわち不断の「行い」によって裏打ちされるものである。art of happinessという用法もあるが、これは幸福への道程を意味するのであって、幸福になる「技術」だけを指すのではない。

この本でフロムは、真の自己愛と他者への愛との関係にふれながら、ある一人の中世人の言葉を引用している。「自己愛をめぐる思想をこのうえなくみごとに要約しているのは、マイスター・エックハルトである」といい、フロムは次の一節を引用している。


もし自分自身を愛するなら、すべての人間を自分と同じように愛している。他人を自分自身よりも愛さないならば、ほんとうの意味で自分を愛することはできない。自分を含め、あらゆる人を等しく愛するなら、彼らをひとりの人間として愛しているのであり、その人は神であると同時に人間である。したがって、自分を愛し、同時に他のすべての人を等しく愛する人は、偉大であり、正しいなぜ、自己を愛することが利己主義から人を解放し、他者へと開かれた場所に人を導き得るのか。ここに愛の秘義がある。

禅の古典『臨済録』には「無位の真人（しんにん）」という言葉がある。真に自分を愛するとは、自我を愛することに留まらず、万人のなかに内在する「真人」を愛するところに至らねばならない。あるいは、エックハルトの言葉を借りれば、そうすることを強く「神」によって促される、というのである。

エックハルトをしばしば論じたのは、先にもふれた鈴木大拙である。彼によってエックハルトの存在を知った人も少なくないのではあるまいか。大拙は、エックハルトの言葉に禅における境地の深まりを見た。『愛するということ』の原著が出版されたのは一九五六年、その翌年、大拙はメキシコにあったフロムの自宅に滞在し、共同でゼミナールを開催している。二人がエックハルトに強い関心を抱いていたことも偶然ではない。

ただ、フロムの本を読んだのも、フロムがエックハルトと生涯にわたって対話を続けたことも、そして大拙とフロムのつながりを知ったのもすべて後日のことである。

岩井の本を読みながら、愛せないでいるのは自分であると知ったことで、ある慄きのなかにいるとき、エックハルトをめぐる出来事が起きた。小林秀雄がランボーとの邂逅をめぐって書いたように「事件」だったといってもよい。理由もなく遠ざかっていた書店へ赴き、岩波文庫の『エックハルト説教集』(田島照久編訳)に出会ったのである。誰に教えられたわけでもない。渇いた者が水の匂いをかぎ分けるように書店の扉をくぐって本を手にした。

エックハルトに関しては、井上神父の著作で知っていたし、神父は若者との勉強会でもしばしば、この人物に言及していた。中世のドイツ人だが、その神学は、東洋哲学に親近性があり、東洋に生きる者にとって、信仰のよき導師たり得るということだった。その著作をちゃんと読んだことなどなかった。神父の書棚からフランス語訳のエックハルト説教集を借りたことがあったが、編纂者が解説する言葉を見ただけで閉じてしまった。名前も忘れてしまったが、この人物の言葉は印象深く胸に刻まれた。宗教者の場合、論述よりも説教において真実が語られる、というのである。

翻訳された『エックハルト説教集』を何度読んだか分からない。というよりも、ある時期、読める本は、この本だけだった。この一冊というよりも、目に見えるページの向こうに何かを見つめるように読んだ。眠れないことに苦しむはずの夜も、この本と共にあるときは、苦しみに意味が感じられた。苦しみは人を神へと運ぶもっとも確かな乗りものだとエックハルトはいう。

マイスター・エックハルトというのは尊称で、本名はヨハンネス・エックハルトという。だが彼の場合、崇高な、あるいは高貴な師を意味する「マイスター」は、すでにこの人物の名前の一部と化している。生没年は厳密には分からない。一二六〇年頃に生まれ、一三二八年頃に亡くなったと伝えられる。カトリックの神父で、トマス・アクィナスと同じドミニコ会に属していた。

キリスト教・カトリックには神秘神学の系譜があるが、ドイツ神秘主義はそのなかでも現代にまで続く大きな潮流をなしている。エックハルトはその源流をなし、また、霊的な意味での巨人でもあった。

キリスト教に限らないが、神秘主義――柳宗悦や井筒俊彦は、求道的実践を伴わない神秘思想と峻別するために神秘主義ではなく「神秘道」という呼称を好んで用いた――は、他の霊性と教条的言説を超えて共振する。エックハルトをめぐってもイスラーム神秘主義、あるいはインドの神秘哲学との接近が論じられている。エックハルトの霊性は、シュタイナーやユングにも流れ込んでいる。

ユングは「「自由の精神 liber spiritus」の樹に咲いた最も美しい花」であると書いているが（『アイオーン』野田倬訳）、さらに印象的なのは、シモーヌ・ヴェーユがエックハルトを語る言葉である。ヴェーユはエックハルトを神の真の友であるという。

神の真の友人達が――私の気持ではマイステル・エックハルトのような人です――
ひそかに、沈黙の中で、愛の結合の中で聞いた言葉をくり返す時、そして、かれらが教会の教えと一致しなくなる時、それはただ、公けの場所での言語が、婚礼の部屋の言語とは異なるからであるにほかならないのです。

（『神を待ちのぞむ』田辺保・杉山毅訳）

世に広く語られる信仰をめぐる言説は、時折、婚礼で述べられる造られた薔薇色の様子を帯びることがある。エックハルトが遺した言葉は、それと相容れないように感じられるかもしれない。しかし、そこには理由がある。エックハルトは、密室で行われた神との語らいをそのまま伝えようとしている、というのである。ヴェーユの言葉には感じるものがある。エックハルトの言葉は、いわゆる知性に訴えない。その奥にある場所に響く。その境域を大拙にならって霊性と呼ぶとしたら、霊性において「神」と世界と自己とつながることを促されるのである。『エックハルト説教集』に収められた最初の説教でエックハルトは次のように語っている。

わたしたちは聖なる福音書のうちで、わたしたちの主が神殿に入り、そこで売り買いをしていた人々を追い出して、鳩やそのたぐいのものを売っていた他の人々に向って、「このようなものはここから運び出しなさい」（ヨハネ二・一六）と語ったのを読む。なぜイエスはそこで売り買いする人々を追い出し、鳩を売る人々に鳩を片づけるよう命じたのだろうか。それはイエスが神殿を空にしておきたかったからにほかならない。『新約聖書』、ことにイエスの生涯を描いた「福音書」を繙いたことがある人ならば、この場面を印象深く記憶しているかもしれない。イエスをめぐる記録のなかで唯一、「暴力」とまでは言わないまでも激しい行動に出た場面として知られているからだ。「福音書」を引いた方が、この場面の意味が鮮明になるだけでなく、エックハルトの特異性も感じられるように思う。

イエスは神殿の境内にお入りになった。そして境内で物を売り買いしている者たちをみな追い出し、両替人の机や、鳩を売っている者たちの腰掛けを倒された。そして、彼らに仰せになった、

「『わたしの家は祈りの家と呼ばれる』

と書き記されている。それなのに、あなた方はそれを強盗の巣にしている」。

（「マタイによる福音書」21：12-13）

聖書にはイエスは「鳩を売っている者たちの腰掛けを倒」したと記されている。この場面は、四つの福音書に共通して記されている話で「ヨハネによる福音書」ではさらに「縄

で鞭を作り、牛や羊をことごとく境内から追い出し」という記述もある。イエスはある「力」をここで行使している。彼の言動は、ある威力を感じさせるものだったことがうかがわれる。この場面を好んで描いた画家がいる。日本では大原美術館にある『受胎告知』によって知られるエル・グレコである。彼は、この場面をめぐって複数枚の絵を遺している。それらに描かれているイエスの姿もやはりある烈しさを宿している。しかし、エックハルトの認識はまったく異なるものだった。先の場面におけるイエスの語り口をめぐって彼はこう語っている。

主はこれらの人々を突き出しもしなければ、激しく叱責もせず、まるで「このようなものは確かに悪いものとはいえないが、ただ純粋な真理にとってはさまたげとなる」とでもさとしたげに、「このようなものはここから運び出しなさい」と実に優しく語ったのである。

エックハルトは聖書を文字的には読まない。むしろ、彼にとって聖書を「読む」とは、言葉の門をくぐってイエスの声を直に聴くことにほかならなかった。イエスは優しく語る。しかし、その言葉も人の魂には雷鳴のごとく響くというのだろう。先の説教で語られていた「神殿」も外的な意味を持たない。「神が力をもって思いのままに支配しようとすることの神殿とは人間の魂のことである」とエックハルトはいう。
神は、人間の魂という「神殿」を空にせよという。だが、人はしばしば、そこを貢ぎ物でいっぱいにする。善行をすることで、懸命に祈ることで、頻度高く、あるいは毎日欠かさず祈ることによって自らの願いが成就されることを希求する。しかし、こうした態度をエックハルトは、神と取引しようとする商人になぞらえつつ、強く戒める。神の前に「商人」となるのはどのような者たちなのか。さらにエックハルトはこう続ける。

聞きなさい、次のような人々は皆商人である。重い罪を犯さないように身を慎み、善人になろうと願い、神の栄光のために、たとえば断食(だんじき)、不眠、祈り、そのほかどんなことであっても善きわざならなんでもなす人々。
このような行為とひきかえに気に入るものを主が与えてくれるであろうとか、その代償に彼らの気に入ることをしてくれるはずだと考えているかぎり、これらの人々はすべて皆商人である。

自分であることから逃げようとする、エックハルトにとってそれは、魂という神殿を打ち捨てることに等しい。そのいっぽうで善い人間であろうと神と取引をする。言葉はあるとき、魂を映す鏡になる。そこに映じたのは、生きることにおびえている自分だった。

苦しみのなかで祈らない日はなかった。むしろ、祈らない瞬間すらないように感じていた。しかし、エックハルトは「あなたのわざと引きかえに求めるものがあなたの側にあってはならない」という。祈るとは、人の願いを神に届けようとすることよりも、沈黙のうちに神の声を聞くことだというのだろう。同じ説教でエックハルトは、神の声を聞こうとする者は、孤独と沈黙を準備せよと促すのだった。

イエスが魂の内で語るのをもとめるならば、魂はひとりでいなくてはならないし、イエスが語るのを魂が聞きたいと思うならば、魂はみずから沈黙しなければならない。

人が独りであることを受け容れたとき、イエスはそこに寄り添う。そして、人が言葉を失ったところでイエスは静かにその人が真に必要としている言葉を語る。だが、このとき語られる言葉は、おそらく、もう私たちが用いる言語の姿をしてはいない。言葉ではなく、沈黙のうちに響きわたるコトバを全身で受け止めよ、というのである。

さらなる衝撃を受けたのは別の説教でエックハルトが、自らが語ることの真実を証するために語った言葉にふれたときだった。彼は「わたしがあなたがたに話したことは真実である」と語り、こう続ける。「これを証(あかし)するためにわたしはあなたがたの前に真理を証人として立て、わたしの魂をその担保にさし出そう」。

人間の魂は、神の住まいであり、神の城であるという人物が、それを賭して語るというのである。誰もが自分の語ることは真実だという。しかし、それを証するために魂を担保にするといった人はいなかった。夏休みのため帰省していた、深夜、ひとり、枕元にデスクランプを置き、布団にうつぶせになりながら読んでいた。存在の深部から自分を何かが包み込むように感じた。このとき、苦しみと歓喜は併存することを経験した。

エックハルトも人間だから誤っているかもしれない。事実、彼は最晩年に時代の教会から異端視された。だが、あの夜以降、エックハルトの言葉を読みながら、幾たびも思い出されるのは『歎異抄』にある法然との出会いを語る親鸞の言葉だった。「たとひ法然聖人にすかされまひらせて、念仏して地獄におちたりとも、さらに後悔すべからずさふらふ」。たとえ法然聖人にだまされたことになり、念仏し、そのために地獄に堕ちることがあったとしても後悔はない、というのである。

ここで「たとひ」と親鸞が語る言葉には千鈞の重みがある。それは、単に「仮の話で」という意味ではない。真実を見失い、ということすら含意するのだろう。この一言には、法然の教えが真実の埒外にあったとしても、全身を賭さずにはいられなかったという親鸞の告白が不可視な姿で刻まれている。

それから一、二ヵ月経ったころだったと思う。エックハルトの高弟であるヨハンネス・タウラーの説教集を読み進めているとき、これまでの病に一つの決着がついたように感じた。「ある高位の師」とは、エックハルトである。

ある高位の師は、この考え（最高の真理）について語られましたが、方法や道は示しませんでした。そのために、それを外的思考によって理解し、毒された者となってしまう人は少なくありません。それゆえ、（ある定められた）方法や道を用いてそれ（最高の真理）に達する方が、百倍もよいのです。〔……〕つまり、それは、あなたが自分自身を認識し、自分自身にとどまることを学ぶということです。

（オイゲン・ルカ『タウラー全説教集』橋本裕明訳）

特別な修練、修行よりも、どこまでも自己であろうとするに勝るものはない、とタウラーは語る。ここでタウラーがいう「自分自身」とは先にエックハルトが「神殿」と呼んだ人間の魂にほかならない。

それまでは、自分を脱却するために何かを学ぼうとしていた。あるいは、学ぶとは自分を新しくすることだと思い込んでいた。タウラーがエックハルトから学んだのはまったく別な道だった。人は、自己自身にとどまる生を生き抜こうとするとき、真理へと通じる道程を歩き始める、という素樸な、しかし、万人に等しく開かれている道だった。

先のタウラーの言葉をエピグラフに置いた最初の作品を仕上げたのは、それから半年ほど経ったときだった。「書く」こともまた「自分自身を認識し、自分自身にとどまることを学ぶということ」にほかならない。

＊

人は言葉を用いるだけでなく、それを「生む」こともできる。「生む」とは、生命（いのち）あるものを世に顕わすことにほかならない。人が言葉を生み得るとしたら、言葉は、「いのち」あるものだということになるだろう。生けるものが、生けるいのちにはたらきかけるのは不思議なことではないのかもしれない。エックハルトにとって、言葉を「生む」とはもっとも高次な営みに類するものだった。

〔……〕父がその永遠なる言（ことば）を生む、実にそれと同じ根底より、彼女たちは実り豊かに父と共に生むものとなるのである。

ここで「彼女」と述べられている文字は「人間」に置き換えてよい。「永遠なる言」、それは、エックハルトにおいては「神」の異名にほかならない。人は神とつながるだけでなく、「言」を通じて、「永遠」なるものを世にもたらす神聖なる義務をもつ、というのである。

終章

身心一如という言葉がある。体と心は分かちがたく結びついており、片方が動くとき、もう一方も動く。見た目は仰々しいが意味されているのは、私たちが日常的に感覚している事実が、改めて言葉にされているに過ぎないといえなくもない。

人は、身心のあいだに著しい溝を感じることは少ない。おおむね、ある領域の中で少し調和を外し、それを整えながら生活をしている。しかし、その調和が、領域を逸脱し、大きく乱れることがある。一なるものとして存在するはずの身心に、不調和という表現では捉えきれない危険な状態が起きる。

神経症とは、限度を超えた状態でもある。学生時代、およそ一年にわたって経験されたのは、単なる乱れではなかった。変容の時期を逸した「心」が、何ものかに一気に脱皮を迫られているような実感があった。

脱皮という表現は適切ではないのかもしれない。それまでは、「心」と呼んで疑わなかったものの奥に何かがあることを知らされたのだった。ある人たちはそれを「心」ではなく魂と呼ぶ。マイスター・エックハルトもそのうちの一人である。

魂をこの世界へ引き入れるのは愛より他のなにものでもない。時に魂は、身体に対していだく自然的愛を持つこともあれば、被造物に対していだく意志的愛も持つ。ある師は、目が歌とは関係なく、耳が色と関係がないように、魂はその本性においては、この世界のすべてのものと関係がないのであると言っている。それゆえに自然学の師たちは、魂が体の内にあるというよりも、むしろ体が魂の内にあるのだと言っている。ワインが樽を容れるのではなく、樽がワインを容れるように、体が魂を保有するのではなく、魂がその内に体を保有するのである。

（『エックハルト説教集』田島照久編訳）

ここでは少なくとも、三つの重要なことがいわれている。

一つは、魂こそ人間が愛とは何かを認識する場所であること。二つ目は、魂の本性は、現象界と呼ばれるこの世よりも叡知界と称されることのある彼方を志向すること。さらにエックハルトは、肉体のなかに魂があるのではなく、魂が肉体を包んでいる、というのである。

ワイン樽の喩えにふれたときの衝撃は忘れがたい。それは文字通りの意味で革命的だった。それまで囚われていた価値観や常識が、溶け落ちるように姿を変じた。肉体があるから魂があるのではなく、魂があるから肉体がある。魂があるから身心が存在し得る。肉体は心とだけでなく、魂とも調和をとらねばならない。心もまた、身体だけでなく、魂とも共振の関係になくてはならない。

好奇心で心を探索していて、たどり着いたのは魂という境域だった。意識の上で調和に乱れを感じるときも意識下——それは同時に存在の深みである——では、日常的に調和が実現されている。魂のはたらきは強く、その影響が身心に及ぶからだ。だが、いわゆる日常生活においてはそれを容易に実感できない。ここでは波と深海のたとえがそのまま合致する。可視的な波は荒れることが少なくない。しかし、深い場所では多くの場合、何事もないかのように静寂がうごめいている。

身心だけでなく、つねに魂を生きることは容易ではない。その困難な実状は、宗派を問わず、修行者たちが人生を賭して、その経験を実現しようとしている事実が物語っている。しかし、生きるという修行は、寺院や聖堂においてのみ探究されるのではないだろう。家庭や会社もまた、調和を実現し得る現場だからである。

ここでいう調和の探究は、単なる生息から、真の意味で生きるという地平に人間を導く。学生だった当時は、精妙に感じとることもできなかったが、あのとき、生活とは異なる人生の地平が開かれた。恐れていたのは、社会に出て働くことよりも、誰とも違う自分の人生を生きることにおいてだったのである。

自分の生を生きるとは、誰の真似もできない現実に足を踏み出すことに等しい。同じ肉体を持つ人などいないが、似た服装をすることはできる。同じ心を持つ者など世に存在しないが、同じイデオロギーに身をまかせ、自己を忘れることはできる。しかし、真に魂において生きるとき、人は、本源的な意味で固有な存在になる。その人の魂は誰にも似ていない。魂は、あらゆる外装を拒み、思想からも自由になることを欲する。

魂は貴い。エックハルトはときに「高貴」という言葉を用いて、そのありようを語る。どんなに卑しい感情を抱いていても、魂はその貴さを失わない。

現象界で生きていくとき、肉体という魂の器は絶対的な意味と役割を持つ。エックハルトはけっして身体を軽んじない。だが、魂にいっそうの重みがあることも語り続ける。彼の言葉に従えば、死とは魂が肉体から離れ、純粋な魂として生きていくことにほかならない。死は、存在の消滅を意味しない。それはもう一つの世界での誕生を意味する。

人は、死んでも死なない。魂の存在を認識するとは、この素樸な、しかし厳粛な事実を受け止めることと同義なのである。

*

言葉との邂逅が、一つの光景との遭遇のように記憶されることがある。言葉が、真の意味で読まれるとき、言語という殻が取り払われコトバになる。内に秘められていた意味が不可視な姿で立ち上り、無意識よりも、さらに深い場所へと志向する。

ここでの言葉は、文字や声というよりも立ちこめる意味の気配のような姿をしている。このとき人は、コトバの実在を非言語的に認識する。次の一節に遭遇したときもそうした出来事が起こった。

〔……〕夢殿の救世観音を見ていると、その作者というような事は全く浮んで来ない。それは作者というものからそれが完全に遊離した存在となっているからで、これは又格別な事である。文芸の上で若し私にそんな仕事でも出来ることがあったら、私は勿論それに自分の名などを冠せようとは思わないだろう

この一節を書いたのは志賀直哉だが、それに初めてふれたのは、高校生のとき、小林秀雄の「私小説論」においてだった。小林の批評に何が書いてあったのかはよく理解できな

かったが、この言葉は、救世観音への憧憬とともに名状しがたい印象として胸中に宿った。救世観音が語られているからかもしれないが、言葉というよりもコトバが、意味の彫刻のように屹立しているようにすら感じられた。

文章を書くということは世に名を刻むことではない。むしろ名前が、自ずと剝がれ落ちるような作品を書くまでの道程にほかならない、というのである。

像は残るが名は消える。消えるというよりも、像のなかに溶け込んでゆくといった方がよいのだろう。像を見る者は名前が消えているからこそ、特定の名前を超えたある人格を強く感じる。

言葉においても同質のことが起こり得るのではないか、というのが、志賀直哉の、あるいはこの作家を敬愛した小林秀雄の悲願だった。二人の思いは空想ではなかった。

心を病む前は、心理学の本をむさぼり読んだ。過度に読書をする者は、本来、どこかで言葉による書物ではなく、——デカルトが『方法序説』に書いているように——世界という大きな「書物」の方へと誘う、内面的な促しを感じなくてはならない。

おそらく、促しは幾度となくやってきてはいたのだろう。だが、知の力を過信する者には、人生からの無音の声は届かない。言葉の世界に沈み込んでいく。

優れた心理学者、療法家たちは、口をそろえるようにして心とは、知性のみによって知り得るものではないことを一度ならず語る。しかし、そうした前提こそ、知性がもっとも不用意に読み過ごす文言でもある。

当時読んだうちの一冊に河合隼雄の『影の現象学』があった。「影」の威力も知らず、それに好奇心だけで接近した代償は小さくなかった。この本を読んだことが心を病ませたのではない。問題は畏怖の念を欠いた自らの心への態度にあった。

病んだ日のことは繰り返さない。語りたいのは別な位相で起こった、ある詩人との出会いである。河合隼雄は、この人物に起こった人生の転機をめぐって次のように書いている。

彼女は一九七〇年に、自閉症の子供の治療という課題のための三年間のドイツ留学を一時打ち切って帰国した。そのとき、彼女は乳癌（にゅうがん）の宣告を受け手術を受ける。ドイツ人の婚約者はこの事実を知りつつも、彼女との愛を誓って結婚式をあげる。一九七三年九月九日より、まるでほとばしる泉の水のように、彼女の心から詩が流れはじめ、約一ヵ月の間に八十編を越える詩を書きつける。そして、翌年一月、彼女は二十八歳の若さで癌のために不帰の客となるのである。

この女性は、河合の紹介にもあるような状況だったから、生前は詩集を出すことはなかった。人々が彼女の存在を知ったのは、恩師でもあった教育学者の周郷博（すごう）によって、遺作が『白い木馬』として世に送られたからである。

当時、この本は、反響をもって世に迎えられ、版を重ねた。二〇二〇年には全詩集が改めて刊行され、メディアにも取り上げられ、新しい読者によって読み継がれている。亡くなってからおよそ半世紀が経過しようとしている。この事実以上に彼女の言葉が持つちからと意味の深みを証明するものはないだろう。

『影の現象学』で河合は、彼女の詩を二編引用しながら、人の人生を守護する「影」のはたらきを論じている。「影」というと黒く暗い何かを想起しがちだが、影は光のないところには存在し得ず、影を経験するとは、かたちを変えた光の経験でもある。この著作の魅力は「影」を論じながら概念としての「影」が破砕されていくところにある。

引用された詩の一つは「夢の木馬5　夢の中の少年」という作品の一節だった。この作品も「ほとばしる泉の水のように」つむがれた九月九日に生まれた（以下の引用は原典による）。

少年は海辺で私を待っていた
波のしぶきの荒々しい岩だらけの海辺で
少年のぬれた小さな手が私の手をしっかりにぎり
二人ははだしで岩棚を走った

ああ　金色の髪をした小さなお前は誰
あの血のように赤い水平線の彼方まで
お前は私と共に行こうというのか

心理学の定説からいえば、ここでの「少年」を、ある種の「影」として淡々と論じることもできる。しかし、河合は、まったく別な道を行く。先の詩にふれ河合は「ここで、とっておきの「影」などという言葉はもちろん使えない」と書き、こう続けた。

彼女のたましいとでも言うより仕方のない、広がりと深さをもって、この少年は彼女の夢に立ち現われている。少年の手をしっかりと握り海辺を疾走した一瞬は、われわれの世界の何十年にも相当するものであったろう。

「たましい」とは、その人の内奥に存在するものであるだけでなく、ときに、もっとも近しい他者にもなる、というのだろう。そして、この作品に描き出されているのは、私たちが時計で計測する時間とはまったく別種の質感をもった、もう一つの「時」だというのである。

身心は時間を生きることを強いられているときも、「たましい」は「時」とのつながりのなかにある。ここで「時」と呼んできたものを、ある人たちは永遠と呼ぶこともある。

先のような印象的な記述を残しながらも河合は、彼女の名前を本文には記していない。注釈には、出典も彼女の名前がブッシュ孝子であることも記載されているのだが、当時は、彼女の名前も遺稿詩集『白い木馬』の存在も記憶に留めることができなかった。

だが、今日再読してみると、この女性の軌跡を河合が名前を伏せたまま、語っていることと、この場面が、強烈な刻印となって胸に宿ったことがけっして無関係でないことが分かる。名にふれるとき、人は知性によってそれを捉える。名前は一つの概念でもあるからである。そうした営みは、誰が言ったのかに関心を向け、何が語られているのかへの探究を止める場合もある。

氏名を書き記すことによって記録には残り得る。しかしそのことで、読む者の「たましい」に記憶されるかは別な問題だろう。名無き者を前にするとき、読む者は名前以前の実在として対象を認識する。河合はこの女性を概念的にではなく、本質的に捉えようとしたのだった。

記憶とは、「思い」とは別種の「憶い」に記されている事象である。「憶い」の境域は「思い」からは容易に赴けないほど深部にある。「憶念」という言葉もあるようにそれは「念い」に近い。「念」の語感は、ほとんど河合のいう「たましい」に等しい。

念仏とは「たましい」において仏とともにあることだし、キリスト教における念禱（ねんとう）もまた、沈黙のうちに魂の底で神を傍ら近くに感じることにほかならない。

読後の印象は強かったが、記録的な印象とはまったく別種の経験となって内心に残った。それだからなのかもしれないが、この女性の存在を再び想起するのに二十余年の歳月が必要だった。

状況が著しく変化したのは妻の死によってである。彼女の死がきっかけだったというのは正鵠を射ていない。死者となった彼女を探し始めたことだといった方がよい。そのとき世界を彷徨（さまよ）うさまは、遠藤周作の『深い河（ディープ・リバー）』に登場する磯辺に酷似していたことはすでに述べた。

死をめぐる本は数多い。いっぽう、ここでいう死者、「生ける死者」を真摯に論じたものをその書名から発見するのは簡単ではなかった。歴史家の上原専禄の『死者・生者』がほとんど唯一の例外だったといってよい。当時は死者論という言葉さえ、十分に知られてはいなかった。死者という言葉は、多くの場合、遺体を指していたからである。

だが、のっぴきならない主題を胸に秘めるとき、人はもう一つの眼で書物を探りあてる。

神谷美恵子に『生きがいについて』という著作がある。死者論、あるいは作者の痛烈な死者の経験は、この著作の中核をなしている。若き日、彼女は恋人を病で喪っている。この著作のなかでは、第三者の手記のような体裁で、自らの痛切な嘆きを次のように書き記している。

〔……〕ガラガラガラ。突然おそろしい音を立てて大地は足もとからくずれ落ち、重い空がその中にめりこんだ。私は思わず両手で顔を覆い、道のまん中にへたへたとしゃがみこんだ。底知れぬ闇の中に無限に転落して行く。彼は逝き、それとともに私も今まで生きて来たこの生命を失った。もう決して、決して、人生は私にとって再びもとのとおりにはかえらないであろう。ああ、これから私はどういう風に、何のために生きて行ったらよいのであろうか。

「大地は足もとからくずれ落ち、重い空がその中にめりこんだ。私は思わず両手で顔を覆い、道のまん中にへたへたとしゃがみこんだ」、この言葉を読んだとき、目を疑った。まったく同じ経験をしていたからである。

大地が崩れ、空がそこにめり込むなど、あり得ないというかもしれない。もちろん、こうしたことは、外界では起こらない。だが、内なる世界は、先に見たことが、寸分たがわず生起する。むしろ、こうした苛烈な経験によってこそ、私たちは内界というものをありありと経験するといってもよい。

内界は外界と並列的に存在しているのではない。内界というときの「内」は「外」の対義語ではなく、非－外、あるいは超－外といった語感を秘めている。エックハルトが魂と肉体との関係を語ったように、内界が外界を包む。死とは、外界から内界へと移り住むことにほかならない。

死者は内界の住人である。死者の経験とは、その人の人生に内界が実在として立ち現れてくることでもある。内界は、世にいう心の世界でもない。心の世界で起こることは心理学者によって治療することもできる。だが、死者をめぐる問題は、心ではなくその内奥にある魂の次元における現実なのである。

神谷美恵子は精神科医である。しかし、同時に彼女は、この亡くなった若者とともに内村鑑三の霊性を引き継ぐ無教会のキリスト者でもあった。死者を語るとき、彼女は医師としてのみペンを執らない。一個の生の深みへと歩む求道者として言葉を紡ぐ。次の一節にも彼女自身の悲痛な経験が色濃く刻まれている。

しかしやき場で骨を拾うとき、骨壺をかかえて帰るとき、墓の前にたたずむとき、愛する者の存在がただそこにあるものだけになってしまったとはどうしても思えない。のこされた者の心は故人の姿を求めて、理性とは無関係にあてどもなく、宇宙のはてばてまで探しまわる。今にも姿がつかまえられそうな、声がききとれそうな、そのぎりぎりのところまで行って空(むな)しく戻ってくるくやしさ。そのかなしみはひとの心をさまざまな迷路に追いやって来た。

ここで述べられているのは、やり場のない嘆きではない。むしろ、精妙な死者探索を経た者の独語である。死者は空想の産物である、というのではない。語られているのはそれとは正反対の真摯な経験である。

生者は死者の姿を見ることも、それにふれることもできない。しかし、その実在は強く感じている。だからこそ、耐え難いまでの「くやしさ」が生まれるのである。何気なく「宇宙」という表現が用いられている。これも単なる比喩として読み過ごしてはならない。この一語こそ、先に見た内界の異名なのである。

『生きがいについて』を読み、同じ著者の『こころの旅』を手にするまでにはあまり時間はかからなかった。この本を最初から読んだのではなかった。偶然開いたところに引用されている詩を読み、あまりの衝撃にその本を閉じた。「二八歳でガンで逝いたひと」として、名前がふせられたまま、次の詩が引かれていたのである。

暗やみの中で一人枕をぬらす夜は
息をひそめて

私をよぶ無数の声に耳をすまそう
地の果てから　空の彼方から
遠い過去から　ほのかな未来から
夜の闇にこだまする無言のさけび
あれはみんなお前の仲間達
暗やみを一人さまよう者達の声
沈黙に一人耐える者達の声
声も出さずに涙する者達の声

不可視なものを視る、肉眼とは異なる眼を心眼と呼ぶように心耳（しんじ）ということがある。悲しみを生きる者は、不可避的に「心耳」が開かれる。この言葉が現代人になじみがないのは、それを用いることを忘れているからに過ぎない。

心耳は、さまざまな無音の声を受け取る。それは大地から響いてくることもあれば、天空の彼方からもやってくる。過去からも未来からも訪れる。それは「無言のさけび」と呼ぶほかないような、声にも音にもならない魂が呻く声にほかならない。

彼女が歌うように深い悲しみにあるとき、人は声も出せないままに涙を流すことがある。ただ、涙は、頰を落ちるだけではない。悲しむ者は、何もなかったような素振りをしながら、心中に見えない涙を流すことすらある。

生者は死者と「まじわる」ことはできない。「まじわり」は、眼前の他者との間に起こる。しかし、私たちは未知なままでも、それぞれの悲しみを生きるとき、「まじわり」を越えて「つながる」ことがある。生者と死者のあいだにあるものは「まじわり」ではなく「つながり」である。「まじわり」は現象するが「つながり」は現象的次元では確かめられない。しかし、実在する。

先の詩を読んだとき、字義通りの意味で救われたと思った。そして、救われるとは、自分の苦しみが理解され、あるいは癒されることであるよりも、存在がそのまま受け止められることであることを知った。誰にも理解されないと感じていた悲しみが、未知なる他者に深部から慰められるという出来事だった。

「悲しみを慰めるものはまた悲しみの情ではなかったか」（『南無阿弥陀仏』）と書いたのは柳宗悦である。先の詩に出会ったときはまだ、柳の言葉を知らなかったが、それが真実であることは経験された。ニーチェが『ツァラトゥストラ』でいう「血」で書き記されたような先の一節を読みつつ、はっきりと感じたのは、悲しむ自分が、彼女のコトバに寄り添われているということだった。言葉は記号かもしれないが、コトバは生けるものである。古人が言霊といわねばならない何かがそこにある。

もしもあのとき、この詩に出会っていなければ、人生はまったく異なる姿をしていたよ

うにさえ思う。「生きがいをうしなったひとに対して新しい生存目標をもたらしてくれる

ものは、何にせよ、だれにせよ、天来の使者のようなものである」（『生きがいについ

て』）と書いたのは神谷美恵子である。確かに「何にせよ」と書かねばならない理由があ

る。このときの「使者」も一篇の詩だったように限界状況における「使者」は、必ずしも

人の姿をしてはいないからである。

「暗やみの中で一人枕をぬらす夜は」から始まる詩と「夢の中の少年」を歌った作者が同じ人物であることを認識できるには少し日々が必要だった。『白い木馬』は、すでに流通しておらず、古書でも購入するのは難しかった。ただ、時間が経過したのは文献を調べたからではない。異なるモチーフによって描かれた二作品を通底する「ひびき」に同質の何かを感じ分けるのに時間を要したのである。

彼女の作品を二十年前に河合の本で読んでいたことにどのように気が付いたのかは覚えていない。しかし、「暗やみの中で一人枕をぬらす夜は」に強く動かされた印象とともに河合の本を書架から取り出し、やはりそうだったのかと、何か大切な忘れ物を発見したように安堵の気持ちを感じた日のことは覚えている。

ブッシュ孝子との出会いは、ずっと前に起こっており、それがのちには、いのちの危機を生き抜くための路、文字通りの活路となった。大切なものに出会えていない、そう感じる場合でも、出会っていることを忘れているだけのこともあるのかもしれない。出会いと

は、新たな遭遇であるとは限らず、忘却の国からよみがえらせることの異名であることも少なくないようにも感じる。

悲しみは、それを経験する以前には、想像もできないほど、生きるちからを奪う。立ち上がり、家を出るという日常的な営みにおいてすら、困難を感じることがあった。苛烈な悲しみは、そうした日常生活動作にも著しい影響を与える。

立ち上がることに困難があっても、机に向かうことはできた。本を読むことよりも書くことによって、どうにか自分とのつながりを保っていたように思う。自分とのつながり、という表現は何か奇妙な観を与えるかもしれない。だが、この世に在り、生き続けるとは、無意識に、そして、ほとんど無自覚に自分とつながり得ている結果なのである。

哲学者のシモーヌ・ヴェーユは、人がこの世で経験しなくてはならない試練を「重力」と呼び、超越者からのはたらきを「恩寵」という。だが、彼女にとって重力は恩寵をさまたげるだけのものではなかった。重力がはたらきかけなければ、事物がこの世に存在し得ないからだ。その理に似て、人は、自分とのあいだにも「つながり」という存在の引力が必要になる。

存在の危機とは、「つながり」という引力が極度に希薄になることでもある。悲しみは重くのしかかる「重力」である。しかし、その奥に「恩寵」が潜んでいる。このとき、言葉にできないまま、そうした人生の秘義を感じ始めていた。

世は、悲しみという感情をほとんど無反省に遺族とつなげる。グリーフケアという心理療法もあるが、そこでの「グリーフ」は、ほとんどの場合、遺された者たちの悲しみである。だが、当然ながら、逝く者のなかにも苛烈な悲しみが渦巻いている。重篤な病にあるとき、緩和医療によって痛みを軽減させる試みは各所で行われている。しかし、心の、さらにいえば魂の悲痛に対しては、ブッシュ孝子の時代から半世紀を経過した今でも十分な配慮がされているとはいえない。

ブッシュ孝子の詩で描かれていたのは、遺された者の、ではなく逝く者の悲しみである。遺された者の悲しみに変容が起きる契機の一つに、逝った者の悲しみとつながるという営みがある。先に見た「悲しみを慰めるものはまた悲しみの情ではなかったか」という柳の言葉が生まれる源泉が、彼自身が最愛の妹を喪った経験にある。「妹の死」と題する作品には次のような一節がある。

おお、悲みよ、吾れ等にふりかかりし淋しさよ、今にして私はその意味を解き得たのである。おお悲みよ、汝がなかったなら、こうも私は妹を想わないであろう。愛を想い、生命を想わないであろう。悲みに於て妹に逢い得るならば、せめても私は悲みを傍ら近くに呼ぼう。悲みこそは愛の絆である。おお、死の悲哀よ、汝よりより強く生命の愛を吾れに燃やすものが何処にあろう。悲みのみが悲みを慰めてくれる。淋しさのみが淋しさを癒してくれる。涙よ、尊き涙よ、吾れ御身に感謝す。吾れをして再び妹に逢わしむるものは御身の力である。

若き柳は「悲しみ」ではなく「悲み」と書く。のちには「悲しみ」と書くようになるが、このときの柳には「悲」の情感がそのまま露呈したものを「悲み」という文字で表現したかったのかもしれない。

悲しみは、一種の感情の昂まりではない。それは生者と死者が出逢う神聖なる地平だというのである。ブッシュ孝子の詩や柳の言葉に出会うまで、悲しみは自分を苛む出来事だった。悲しみとはすなわち耐えがたく、しかし避けがたい出来事だった。

「妹の死」が書かれたのは一九二一年、柳が三十二歳になる年だった。それから三十年以上経過して記された彼の主著『南無阿弥陀仏』でも「悲しみ」が語られる。ほとばしるような熱情は表現されていないが、悲しみの経験が、柳宗悦の精神の核心にあるものであることは、その記述からも確かめることができる。

「二相のこの世は悲しみに満ちる。そこを逃れることが出来ないのが命数である。だが悲しみを悲しむ心とは何なのであろうか。悲しさは共に悲しむ者がある時、ぬくもりを覚える。悲しむことは温めることである」と柳はいう。

ここでの「二相」とは生と死である。死が、人と人のあいだに割って入る。これが不可避な現実である以上、悲しみは絶えることがない。だが柳は、人はなぜ悲しむのか、悲しむとはどのような営みなのかと問い直す。そして、前ぶれもないまま、悲しみは共に悲しむ者があるとき、単なる痛みの経験ではなく、ぬくもりに変じる。そればかりか、悲しむとは、何かを、あるいは誰かを温めることであると続ける。

「共に悲しむ者」という一節を、生者間の関係において起こることとして読むこともできるが「妹の死」のように生者と死者のあいだに起こることだと考えることもできるだろう。そして、ブッシュ孝子の詩にあったように未知なる生者、未知なる死者を包み込む壮大な出来事であると認識してもよい。先の一節のあとに柳はこう続けている。

悲しみは慈(いつくし)みでありまた「愛(いとお)しみ」である。悲しみを持たぬ慈愛があろうか。それ故慈悲ともいう。仰いで大悲ともいう。古語では「愛し」を「かなし」と読み、更に「美し」という文字をさえ「かなし」と読んだ。

悲しみとは、何かを愛したという証しにほかならない。それはあたかも真の悲しみが愛を種子として咲く魂の花だというのだろう。悲しみの花は目に見えない。それは内界でのみ花開く。それはときにこの上なく美しい。だからこそ、人は「美しい」と書いても「かなしい」と読むようになったというのである。

この一節にたどり着くまで、悲しみがいかに貴い経験であったとしても、終わりなき痛みのようにも感じられていた。それは、ある種の「怖れ」を伴う経験だった。

『ナルニア国物語』の作者であり、優れた神学者でもあったC・S・ルイスも妻ジョイを失っている。その悲しみの深化を描いたのが『悲しみをみつめて』である。ルイスは晩婚で、二人の結婚生活は四年あまりだった。ジョイはアメリカ人で作家、そして、ルイスの著作の熱烈な愛好者だった。その冒頭には次のような一節がある。

だれひとり、悲しみがこんなにも怖れに似たものだとは語ってくれなかった。わたしは怖れているわけではない。だが、その感じは怖れに似ている。

原題は“A GRIEF OBSERVED”という。『悲しみをみつめて』という訳は誤っていない。しかし、本文を読むと「悲しみにみつめられて」と訳してもよいようにも思う。

ここでの「悲しみ」とは死者の象徴でもある。ルイスにとって死者とは生者が見る対象ではなかった。だが、生者が死者によって見つめられているという実感は強くあった。

死者にはわたしたちが見えると、しばしば考えられる。そしてわたしたちは、それが道理か否かは別として、かりにも死者にわたしたちが見えるのなら、前よりはっきり見えるのだと思う。

生者が経験するのは、死者というより死者のまなざし、あるいは、まなざしとしての死者だといってよい。死者の姿を見ようとするものは、自分が死者に見つめられていることに気が付けない。自分がいつも行為の主体であろうとするからだ。死者は、見ることにおいてではなく、見られることにおいて、能動ではなく、受動のなかで経験される。そして、こうしたときの死者は、不可視な隣人であるだけでなく、しばしば、「天来の使者」にもなる。

ルイスの言葉によって死者に見つめられていることに気が付いたのではなかった。だが、彼の言葉によって、ときに不確かに感じられる自己の経験が裏打ちされたように思った。同質のことは内村鑑三の文章にもある。生者は死者を思う存在であるだけでなく、死者によって思われる存在でもある、と愛娘を喪った彼は語っている。

ルイスとアメリカ人の妻ジョイとの出会いと別離は、映画にもなっている。映画は一九九三年に封切られた。アンソニー・ホプキンスがルイスを、デブラ・ウィンガーがジョイを演じた。題名は“Shadowlands”という。邦題は『永遠の愛に生きて』となっているが、原題の原意はもうそこにはない。Shadowlandsとは、死者の国を意味するからである。

どうしてなのか、今となっては理由も分からないが、妻に誘われてこの映画を見た。当時もルイスの著作はキリスト教神学に関するものだけは読んでいた。しかし、そのことを妻が知っていたとは考えにくい。

有楽町駅近くの、小さな劇場だった。興味を持てなければ寝ればよい、というくらいの気持ちで映画館の座席に座った。

はじまってみると異様なまでに引き込まれた。それ以降、再見していないにもかかわらず、今でも印象的な場面をいくつかありありと記憶している。妻は、のちにルイスの妻と同じ病を経験するのだが、それはこれから七年も先のことである。

この映画を見ることがなければ、悲しみの底でルイスの言葉に力を借りようとは思わなかっただろうし、また、彼が経験したのと同質のものを探し当てられたかも分からない。悲しみの迷路はさらに深かったかもしれない。

人生においてはしばしば、人が気の付かない場所で、何ものかによって、ある準備が施されているように思われる。『悲しみをみつめて』にある次の一節によっても、悲しみとは「愛しみ」でもあることを教えられたのだった。

〔……〕すべての愛する二人にとって、離別は愛の体験のすべてに欠くことのできぬ一部なのだ。

出会っていない人と別れることができないように、愛さなかった人との別離を悲しむこともない。悲しみは、死者への供物となったとき、真実の愛へ、愛しみへと姿を変じるというのである。

「福音」とは、キリスト教の言葉で「よろこびの知らせ」というほどの意味である。悲しみを生きる人は、未来に福音を探そうして、何度も転び、その心から血を流す。福音は過去にある。それは過ぎ去ってしまった遠い昔ではなく、宮澤賢治がいうように、振り向けば今もありありと存在する「過去とかんずる方角」にある。

悲しみは藍色をしている。それは暗黒を思わせるような黒でもなければ、冬の空のような青でもない。愛のないところに悲しみはなく、人は、悲しむことによって愛との関係をつむぎ直す。そうであるなら、悲しみこそ、姿を変えたよろこびの知らせなのではあるまいか。

初　出

「群像」　2021年3月号〜2022年10月号にて
連載の「見えない道標」を改題

若松英輔（わかまつ・えいすけ）

1968年新潟県生まれ。批評家・随筆家。慶應義塾大学文学部仏文科卒業。「三田文学」編集長、読売新聞読書委員、東京工業大学リベラルアーツ研究教育院教授（2022年3月まで）などを歴任。'07年「越知保夫とその時代――求道の文学」にて第14回三田文学新人賞評論部門当選。'16年『叡知の詩学　小林秀雄と井筒俊彦』にて第2回西脇順三郎学術賞を受賞。'18年『詩集　見えない涙』にて第33回詩歌文学館賞、『小林秀雄　美しい花』にて同年第16回角川財団学芸賞および'19年第16回蓮如賞を受賞。'21年『いのちの政治学』（中島岳志との共著）にて咢堂ブックオブザイヤー2021演説部門大賞を受賞。

藍色の福音

2023年3月30日　第一刷発行

著者　若松英輔

発行者　鈴木章一

発行所　株式会社講談社
〒一一二―八〇〇一
東京都文京区音羽二―一二―二一
出版　〇三―五三九五―三五〇四
販売　〇三―五三九五―五八一七
業務　〇三―五三九五―三六一五

印刷所　凸版印刷株式会社

製本所　株式会社国宝社

本文データ制作　凸版印刷株式会社

KODANSHA

ISBN978-4-06-530225-5 N.D.C.913